地下街の雨

옮긴이 추지나

일본지역학을 전공하던 중, 문부과학성 장학생으로 선발되어 일본에서 일본사를 공부했다. 도서 MD를 거쳐 편집자로 일하며 마쓰모토 세이초, 미야베 미유키 등 걸출한 일본 작가의 여러 작품을 책임편집했다. 현재 일본 문학 전문 번역가로 활동중이며, 오노 후유미의 〈십이국기〉 시리즈, 『시귀』, 『귀담백경』, 『잔예』, 『흑사의 섬』과 나쓰키 시즈코의 『그리고 누군가 없어졌다』, 오카모토 기도의 『한시치 체포록』 등을 번역했다.

* 이 도서의 국립중앙도서관 출판예정도서목록(CIP)은 서지정보유통지원시스템 홈페이지(http://seoji.nl.go.kr)와 국가자료공동목록시스템(http://www.nl.go.kr/kolisnet)에서 이용하실 수 있습니다. (CIP제어번호 : CIP2016014419)

***이 책은 『지하도의 비』의 개정판입니다.**

이런 어린애의 장례식은 서글퍼。
일이라고는 해도 정말 싫어。

미야베 미유키

불문율

地下街の雨

아무리 그래도 부부 싸움으로
강제 동반 자살이라니、거참。

둘 중 하나가 해서는 안 될 얘기를 해 버린 게 아닌가。

추지나 옮김

북스피어

地下街の雨

지하도의 비

* 일러두기 : 본문의 모든 주는 옮긴이 주입니다.

1

동백꽃 무늬의 넥타이.

잘못 본 게 아니었다. 착각도 아니다. 분명히 그 무늬다. 쪽빛 천에 손으로 그린 붉은 동백. 그때 그 여자가 아쓰시를 위해 산 넥타이. 잊을 리가 없다. 용서 없는 붉은 빛깔을. 넥타이를 매면 가슴 한가운데에 총을 맞은 것처럼 새빨간 구멍이 뚫리겠지, 하고 생각했었다.

"전부 손으로 그려서 한 점씩밖에 없는 상품입니다."

점원은 그렇게 말했다.

"저희 가게의 오리지널이라 이거랑 똑같은 제품은 없습니다. 이것뿐이에요."

지금 이 미터도 떨어지지 않은 곳에, 단 하나뿐이라던 넥타이를 맨 낯모르는 남자가 서 있다. 누구를 기다리는 얼굴로.

아사코는 남자에게서 눈을 떼지 못했다.

오후 여섯시. 지하철 개찰구를 빠져나오자마자 나오는 작은 광장.

아사코는 아쓰시와 만날 때 늘 여기를 이용했다. 서로의 직장에서 그다지 멀지 않고 너무 가깝지도 않은 적당한 역인데다 그럭저럭 사람이 오가는 곳이라 편리했기 때문이다.

"왼쪽에서 세 번째 기둥 그늘에 있어."

전화로 그렇게 말해 두었다.

"아쓰시가 찾아와."

"좀 늦을지도 모르는데 거기서 움직이면 안 돼."

아쓰시가 말했다.

"아사코는 작아서 금세 사람들 속에 묻혀 버린단 말이야."

아무리 아사코가 몸집이 작다 해도 찾다 보면 못 찾을 리가 없건만, 아쓰시는 만날 때마다 꼭 어린애를 타이르듯 그런 말을 했다.

예전에 둘이서 외국 영화를 보고 돌아가는 길에는 이런 얘기를 하기도 했다.

"영어를 쓰는 사람이 부러워."

"왜?"

"사람을 부를 때 여러 가지 말을 쓰잖아. 상대가 애인이면 '허니'라든가 '스위트 하트'라든가. '베이비'라고 부르는 것도 들은 적 있어. 그런 애칭이라면 불린 사람도 기쁘지 않겠어?"

아사코는 웃으면서 대답했다.

"나는 '우리 꼬맹이'라고 부르면 화낼 거야."

그래. 그러니까 아쓰시가 취해서는 "아사코는 왜 그렇게 하나에서 열까지 조그마해?"라고 말했을 때 발끝으로 걷어차 주었다.

"왜 그래. 작고 귀엽다는 말이었는데."

"'하나에서 열까지'란 말이 싫어."

지금 생각해도 우습다. 작디작은 아사코. 꺽다리인 아쓰시와 나란히 걸으면 정말로 그의 팔에 매달린 것처럼 보이는 아사코.

하지만 우리는 괜찮은 짝. 흩뿌려진 퍼즐에서 옆에 놓여야 하는 올바른 조각.

더는 틀리지 않겠다. 이번에야말로 정답. 이 년이나 지난 다른 남자는 잊어버렸다.

그렇게 생각하면서 문득 시선을 들었을 때 개찰구 옆 공중전화 곁에 선 붉은 동백꽃 무늬의 넥타이를 맨 남자를 발견했다.

몇 살쯤 되었을까? 아쓰시보다 훨씬 나이가 많아 보인다. 삼십 대 후반이나 마흔 살 정도?

새빨간 동백꽃이 잘 받는 이유도 남자가 입은 양복이 수수한 은회색이기 때문이다. 이렇게 보니 동백꽃 넥타이는 아쓰시 같은 젊은이가 아니라 저 정도 연배의 남성에게 꼭 맞도록 만들어진 것 같다…….

왜 저 사람이 그 넥타이를 매고 있을까?

그때 심홍색 동백꽃 남자의 얼굴에 갑자기 미소가 떠올랐다. 기다리던 사람이 온 것이다.

여자는 개찰구를 빠져나와 종종걸음으로 다가왔다. 약속에 늦어 허둥거리면서도 웃고 있다. 지각을 해도 웃으며 용서해 줄 사람을 기다리게 한 여자들만의 특권. 그녀들은 웃는 낯으로 혼잡한 인파를 밀치면서 이렇게 말한다. 죄송해요, 정말 죄송해요, 저를 기다리는 남자가 있어서요—.

여자의 얼굴을 보았을 때, 그녀가 누구인지 알았을 때, 기둥에 기댔던 아사코는 등을 꼿꼿이 폈다.

'그 여자'였다.

아사코는 무심결에 그들에게 다가갔다. 누구에게 끌려가듯 몸이 앞으로 기울어져서 다가가지 않고는 배길 수 없었다.

두 남녀는 거의 동시에 아사코를 보았다.

'그 여자'는 하나도 변하지 않았다. 그래서 금세 알았다. 머리 모양도 화장도 옷도. 늘씬하게 뻗은 몸에 정장을 입고 딱 맞는 하이힐을 신었다. 가슴이 벌어진 블라우스는 광택이 있는 하얀 빛깔. 다이아몬드 목걸이가 반짝하고 빛났다.

"미우라 씨……."

여자도 아사코를 기억했다.

2

벌써 일 년 반이 지났다.

당시 아사코는 야에스 지하상가 안에 있는 작은 카페에서 웨이트리스로 일했다.

오후 한시부터 저녁 여섯시까지 하는 아르바이트였다. 사실은 일하고 싶지 않았지만 실업 급여 지급 기간도 끝나 버렸고 부모님도 집에만 있지 말고 바깥에 나가라고 성화여서 마지못해 구한 일이었다.

그 무렵 아사코는 숨을 쉬고 부드러운 피부로 감싸여 있기는 해도 단순한 기계에 지나지 않았다. 가슴 깊숙한 곳에서 톱니바퀴가 돌았다.

인간이 '행복'을 느끼는 곳은 분명 심장이리라. '행복'한 일을 만날 때마다 심장은 쿵쾅거린다. 애인과 단둘이 있을 때 심장 박동이 빨라지는 이유는 상대의 손이 그 행복을 확인할 수 있도록 하기 위함이다.

그런데—.

기계로 전락해 버린 아사코의 심장은 늘 이를 악물고 헉헉대며 아사코를 살려 두기 위해서만 움직이는 톱니바퀴가 되고 말았다. 멈춰도 되나요? 더 움직이지 않아도 되나요? 줄곧 그렇게 물으면서 하는 수 없이 움직였다. 밤에 이불 안에 엎드려 있으면 심장의 불만스러운 삐걱거림이 아사코를 채근했다. 이봐요, 이제 멈춰 버리죠. 깔끔하게요.

한 남자가 아사코를 그렇게 만들었다. 이토 미쓰루. 반년 전까지 아사코와 같은 직장에서 일하던 청년이다.

뭘 잘못한 걸까? 어디가 잘못된 걸까? 아사코는 미쓰루와 사귀고 약혼하고 상사에게 사회를 부탁하고 식장을 정하고 신부 의상을 고르고 저금을 변통해 신혼집에 들일 가구를 사 모았는데.

결혼식 이 주 전에 파혼당하고 말았다.

'미안.' 그 말을 들은 건 기억한다. '어쩔 수 없었어.' 그런 대사도. '더 힘들어지기 전에 그만두는 게 낫겠다 싶었어. 지금이라면 작은 상처만으로 끝날 테니까—.'

당신은 내 목을 가르고는 작은 상처라고 한다. 내 숨을 멈추게 하고는 다른 인생을 걸으라고 한다.

너는 나를 죽여 놓고서 "잘 지내"라고 손을 흔들며 헤어질 생각인 거야.

아사코는 그렇게 말해 주고 싶었지만 이미 소리를 잃고 만 후였다.

마지막에는 서로 변호사를 세워 위자료 액수를 운운하게 되었다. 아사코는 묵묵히 부모님을 따라가 변호사의 얘기를 듣고 질문에 대답하고 시키는 대로 미쓰루에게 받은 편지도 보여 주었다. 어째서 아사코와 헤어져야 하는지 힘없는 글씨로 써 내려간, 미쓰루에게 받은 유일한 편지였다.

'어머니가 끝내 반대하셔서.'

'이대로는 너도 불행해질 뿐이고.'

'잘해 나갈 자신이 없어졌어.'

'그때 나타난 그녀에게 끌리고 말았어. 이런 기분은 처음이야.'

'미안, 너한테는 정말 미안하지만 어쩔 수 없어. 이제 너를 사랑하지 않아. 그녀를 사랑해. 거짓말 못하겠어. 미안, 정말 미안.'

몇 번이고 반복되는 공허한 말. 알맹이를 잃은 병 속에서 울리는 배신의 목소리. 미쓰루는 그걸 봉인해 버리는 대신 번쩍 치켜들어 아사코를 쳤다.

산산조각이 날 때까지.

"이건 대체 어떻게 되어먹은 사람이죠?"

변호사가 말했다.

"무책임하기 짝이 없군요. 이런 남자에게는 매운맛을 보여 줘야 해요. 소송을 겁시다."

결국 나머지는 돈 문제에 지나지 않았다.

약혼과 결혼 준비에 든 돈. 일실 이익逸失利益. 사내 연애였기 때문에 아사코는 약혼과 동시에 회사를 그만두었다. 대기업이었으니 그대로 다녔다면 괜찮은 월급을 계속 받을 수 있었으리라. 그걸 일실 이익이라고 하는 모양이다. 그리고 위자료.

당신은 나를 죽여 놓고서 돈은 준다고 한다.

아사코는 변호사의 소송 위임장에 도장을 찍고 팔려 가는 자신의 영혼에 작별을 고했다.

“좀 더 안정되고 오래 근무할 수 있는 직장을 찾지그랬니?”

부모님이 그렇게 트집을 잡을 건 알고 있었다. 그래도 웨이트리스를 고른 이유는 마음이 편했기 때문이다.

조용히 컵을 나르기만 하면 된다. 주문을 받기만 하면 된다. 직원이 적고 자그마한 가게로 하자. 그러면 이력서에 적당히 거짓말을 쓰더라도 뒤를 캐지 않겠지. 시끄럽게 말을 걸며 ‘예전에는 어떤 일을 했어? 왜 그만뒀는데?’ 하고 묻는 일도 적으리라.

‘전 회사처럼 건실한 직장을 잡아’라니. 엄마, 엄마는 그런 회사에 채용 시험을 보러 가서 이력서를 내밀고 ‘예전에 꽤 괜찮은 곳에 다니셨네요. 왜 퇴직하셨죠?’란 질문을 받을 때 내가 어떤 심정일지 생각해 본 적 있어? 전화 한 통이면 들켜 버릴 걸 알아도 ‘시야를 넓히고 싶어서……’ 같은 거짓말을 할 수밖에 없는 내 비참함을 상상해 본 적 있어?

나도 괴로워. 빛바랜 원색 줄무늬 앞치마를 두르고 주머니에는 계산서 다발을 꽂고. 낮은 구두의 뒤축이 닳도록 접시를 안고 종일 서 있지. 고등학생 여자애가 할 만한, 아무런 전망도 없는 아르바이트를 스물여섯 살이 된 지금에 와서 한다는 게 괴롭지 않을 리가 없잖아.

예전에 다니던 회사보다 훨씬 급이 낮은 회사의 제복을 입은 여직원들에게 점심을 나르고 그네들이 손짓하면 커피를 리필해 주고, 그네들이 남긴 역겨운 음식 찌꺼기를 처리하고, 접시 위에 떨어진 긴 머리칼을 발견하는 게 즐거울 리 없잖아.

엇나간 인생이란 그런 것이다.

그런 생각을 품고서 일하던 즈음 '그 여자'를 만났다.

3

그녀는 창가 자리에 앉아 카페오레를 마셨다. 미끈한 하얀 손가락으로 컵을 받치고 오른손 새끼손가락에 두꺼운 골드 핑키링을 끼었다.

지하상가니까 창가에 앉아도 예쁜 경치는 볼 수 없다. 맞은편의 중고생을 상대하는 부티크와 핸드백 가게 가판, 오가는 사람의 얼굴, 얼굴, 얼굴. 여자는 그런 것들을 흥미롭게 바라보는 듯했다.

월요일 오후 네시의 가게는 한산했다. 그녀 외에는, 미팅이라도 하는지 서류를 펼친 한 쌍의 회사원이 그녀와 대조적으로 안쪽 깊숙한 칸막이 자리에 진을 치고 머리를 모아 소곤소곤 이야기를 나누고 있을 뿐이었다.

이 시간대에 웨이트리스는 아사코와 또 한 사람, 애니메이션 전문학교에 다니는 여자애가 있을 뿐이다. 그 애는 한가해지면 금세 안쪽 주방에 들어앉는다. 설거지 담당 아르바이트생 남자애와 좋아지내는 사이로 발전중인 듯했다.

아사코는 관엽 식물 그늘에 숨듯 홀로 벽에 기대 우두커니 가게 안을 바라보았다. 두 자리를 사이에 두고 건너편에 있는 창가 여자는 아사코 쪽으로 몸을 향했지만 눈길이 맞는 일은 없었다. 여자는 조용히 카페오레를 마시고 바깥 통로를 흘러가는 사람들을 눈으로 좇았다.

가게 안에는 라디오가 흘렀다. 가벼운 팝 계열 음악만 트는 채널이다. 음악에 관심이 별로 없는 편인 아사코의 머리 뒤로는 늘 모르는 곡만 스쳐 간다.

창가의 여자가 말을 걸어왔을 때도 당장에는 무슨 이야기인지 알지 못했다.

"네?"

눈을 깜빡이면서 살짝 몸을 내밀자 창가 여자는 "이거 말이야, 이거" 하고 말하며 흘러나오는 음이 눈에 보이는 것처럼 검지손가락을 세워 허공을 가리켰다.

"좋아하는 곡이야."

아사코는 귀를 기울였다. 음악이 흘렀다. 영어로 된 노래다. 뜻을 파악하기까지 조금 시간이 걸렸다.

Who's that boy

I need a quick identification

Who's that boy

Here I go again

— Tell me what's his name

"들어 본 적 없어?"

"음악에는 별로 흥미가 없어서요."

"그래. 유감이네."

창가 여자는 늘씬한 다리를 꼬더니 옆에 두었던 가방에서 담배를 꺼냈다. 버지니아 슬림 멘솔. 날씬한 라이터로 불을 붙이고 천천히 담배를 피우면서 곡에 맞춰 중얼거리듯 노래하기 시작한다.

아사코도 노래의 나머지 부분을 들었지만 이렇게 다 큰 여자가 '좋아해'라고 공언할 만한 분위기의 곡은 아니라고 생각했다.

다음에 흐른 곡은 빠른 박자의 활기찬 노래였다. 창가 여자는 담배를 끄고는 계산서를 들고 자리에서 일어났다. 아사코도 계산대로 갔다.

"고마워."

창가에 있던 여자는 그렇게 인사하고 가게를 나갔다.

그저 그뿐이었다. 한가할 때 손님이 말을 거는 일은 종종 있다. 혼자서 훌쩍 들어온 중년 회사원이 치근거리며 말을 붙여 온 적도 있었다. 아사코는 전혀 신경 쓰지 않았지만.

하지만 여자는 달랐다. 아사코의 마음에 그녀의 낭창낭창한 다리 선이, 살짝 처진 어깨가, 창문에 머리를 반쯤 기댄 모습이 희미한 그림자가 되어 남았다.

시간이 흐르고 나서야, 어쩌면 BGM이 밝은 사랑 노래로 바뀌자마자 담배를 비벼 끄고 일어선 그녀의 모습에서 자신과 닮은 무언가를 발견했기 때문인지도 모르겠다고 생각했다.

그녀는 다음 날도 왔다.

시각도 비슷했다. 가게 안도 전날처럼 한산했다. 어제와 같은 창가 자리에 앉아 또 카페오레를 주문했다. 그러고서 일어나 가게 안 공중전화로 다가가 수화기를 들었다.

한동안은 둘 다 모른 체했다. 그러다 어제 좋아한다던 노래가 흐르자 그녀는 고개를 들고 아사코와 눈길을 맞추며 "아, 나온다" 하고 말했다.

"신청하셨어요?"

"응, 처음이야. 정말로 나오는구나."

"당연하죠."

공중전화 옆에 라디오에 노래를 신청하고 싶은 손님을 위해서 번호를 써 붙여 두었다. 그녀도 그걸 이용했으리라. 이 시간대는 노래를 신청하는 사람이 적어서 나오기 쉬운지도 모른다.

창가 여자는 조용히 허밍으로 노래를 따라하고 손가락으로 박자를 맞추며 창밖을 걷는 사람들을 바라보면서 담배를 태웠다.

노래가 끝나자 다시 아사코를 올려다보았다.

"어쩐지 남 일 같지 않아, 이 노래."

아사코는 애매하게 웃을 수밖에 없었다. 오늘도 그다지 귀 기울여 듣지 않았기 때문이다.

"대학생?"

창가 여자가 물었다.

"그렇게 보이나요?"

"응."

"그럼 그렇다고 해 둘게요."

창가 여자가 웃었다. 처음으로 잇몸이 보였다. 부자연스러울 정도로 가지런했다. 물장사하는 사람일까? 연예인은 아닐 테고.

"회사원이세요?"

여자는 고개를 저었다.

"예전에는. 지금은 한창 일자리를 찾는 중이야. 그렇지 않으면 이런 시간에 카페에서 노닥거릴 리가 없잖아?"

그러고 보니 그렇네요, 하고 대답하고서 아사코도 따라 웃었다.

"이 부근이라면 교통도 편리하고 통근 시간도 얼마 걸리지 않는데 좀체 괜찮은 회사가 없네. 내가 좀 더 젊었다면 얼마든지 일이 있었을 테지만."

"그렇게 어려운가요?"

그녀는 얼굴을 찌푸렸다.

"심각해. 대부분 슬쩍 이력서를 본 것만으로 바이바이."

"요즘은 인력 부족 시대인 줄 알았는데요."

"그런데도 거절당하니까 한심하지. 사무직 여자는 일단 젊은 게 최우선 조건인가 봐. 경력이 있고 없고는 관계없어."

"예전에는 무슨 일을 하셨어요?"

아사코는 무심코 묻고 나서 후회했다. 자신도 그런 질문을 받기 싫어서 가능한 한 피했는데. 창가 여자 역시 똑같은 입장일지도 모르지 않는가.

그녀는 고개를 한차례 가볍게 내젓고서 머리를 쓸어 올리더니 시원스레 대답했다.

"사장 비서."

"멋지네요."

"겸 내연녀. 그쪽이 끝나서 잘렸어."

담배에 불을 붙이고 시험하는 눈초리로 아사코를 쳐다본다. 어떻게 생각해, 아가씨?

"여자에게는 일과 사생활이 이상한 식으로 불리하게 엮이는 일이 잦죠."

아사코는 천천히 말했다.

창가 여자는 고개를 끄덕거렸다. 묘하게 가련한 느낌이다.

"아가씨는 대학생이 아니구나."

"티 나요?"

"지금 한 말에 진심이 담겨 있는걸. 학교 공부만 할 때는 그렇게 말 못하지."

"그럴까요."

아사코는 접시를 고쳐 안아 가슴 앞으로 가져갔다. 무의식중에 자신을 지키려고 했는지도 모른다. 이토 미쓰루의 일이 있고 나서 처음으로 다른 사람에게 자신의 이야기를 '말해 버리고 싶은' 기분이 들었다.

"나는 배신당했어."

창가 여자가 중얼거렸다. 눈은 유리 너머를 본다. 끊이지 않는 낯모르는 타인의 행진을.

"언젠가 부인과 헤어지고 너랑 합칠 거라는 얘기를 몇 년 동안이나 들었지. 계속 믿었는데. 육 년이나. 육 년 전에는 나도 좀 더 젊었거든."

아사코는 눈을 내리깔았다.

택시 운전사나 아사코 같은 웨이트리스, 신칸센에서 옆에 앉았을 뿐인 처음 본 승객—그런 낯선 이에게 속내를 얘기하고 싶어 하는 사람이 있다. 뒤탈 없이 흘려들어 주겠지, 하고 생각하기 때문이리라.

창가 여자는 카페오레를 한 모금 마시고 컵을 내려놓더니 씁쓸한 걸 씹는 듯이 입가를 일그러뜨리며 희미하게 웃었다.

"사장은 부인과 헤어질 마음이 없었어. 나랑 헤어질 마음은 있었지. 훨씬 더 젊은 여자애가 생긴 거야. 대신할 사람이 말이야. 웃겨서 정말."

"부인한테 일러바치지 그러셨어요."

아사코의 말에 그녀는 키득거리며 웃었다.

"당연히 했지. 소용없었어. 부인은 내 일부터 시작해서 전부 알고 있더라고. '여자 놀음은 남편의 병이에요. 죽을 때까지 낫지 않을 테죠'라던데? 내 꼴만 우스워졌지."

웃겨 정말, 하고 다시 한번 침을 뱉듯 말하고 갑자기 구역질이 나기라도 한듯 오른손으로 입가를 꽉 눌렀다.

아사코는 터질 것 같은 울음을 참는 거라고 생각했다.

"그딴 남자는 이제 됐어."

잠시 시간이 흐르고서야 그녀는 손을 내리고 말을 이었다.

"하지만 포기 못해. 이 정도로 전부 포기할 마음은 없어. 아직 기회가 있을 거야. 나한테도 진짜 제대로 사랑해 줄 남자가 나타날 거라고. 그렇지 않으면 너무 불공평하잖아?"

아사코는 아무 말도 할 수 없었다. 함께 나락의 밑바닥으로 떨어진 동지끼리 언젠가 사다리가 내려올 거라고 위로해 보았자 공허할 뿐이지 않은가.

그녀도 입을 다물고 말았다. 이마를 유리창에 댄 채 우두커니. 아사코는 자리를 뜨려고 했다. 너무 많은 얘기를 들었다.

"아, 비다."

창가 여자의 말에 아사코는 돌아보았다.

지하상가를 흘러가는 인파 속에 우산을 든 사람들이 섞여 있었다. 어떤 우산은 젖어서 빛나고 어떤 우산은 빗물을 떨어뜨린다.

"우산은 있으세요?"

아사코는 저도 모르게 물었다. 그녀가 젖은 채 돌아가는 모습을 떠올리기 싫었기 때문이다.

"없지만 괜찮아. 계속 지하철이고 집은 역 바로 옆이니까."

여자는 미소 지으며 "고마워" 하고 인사했다. 그러더니 갑자기 먼 곳을 바라보며 중얼거렸다.

"지하도의 비라."

아사코는 몸에서 접시를 떼고 그녀 쪽으로 돌아섰다.

"계속 지하에 있으면 비가 내려도, 줄곧 내려도 전혀 눈치채지 못하지? 그런데 어느 순간 별생각 없이 옆 사람을 보니 젖은 우산을 들었어. 아, 비가 내리는구나, 그때 비로소 알지. 그러기 전까지

지상은 당연히 화창하리라고 굳게 믿었던 거야. 내 머리 위에 비가 내릴 리가 없다고."

어수룩하지, 하고 그녀는 말했다.

"배신당할 때 기분이랑 참 비슷해."

그녀가 나가고서 아사코는 오가는 사람들이 손에 든 우산을 바라보면서 생각했다. 그녀의 말처럼 자신도 계속 지하도에 있었다. 밖은 장대비가 내리는데 무엇 하나 깨닫지 못하고.

'미안. 이제 너를 사랑하지 않아.'

미쓰루의 얼굴이 떠올랐다 사라졌다. 너는 나를 갑자기 지상으로 끌어내 놓고는 '너 우산 없었어?' 하고 말한 거야…….

4

수요일과 목요일에도 '창가 여자'는 찾아왔다.

그때마다 '또 허탕이야'라며 웃었다.

"일도 없고 남자도 없어. 불쌍하지."

아사코는 그녀의 말투가 차츰 자조적으로 바뀌는 게 걱정되었다. 정말로 자조적이다. 스스로 '비웃는' 척할 때는 괜찮다. '나도 사실은 웃는 게 아니야'라는 비웃음일 때는 괜찮다. 하지만 '나는 웃어 주겠어'라고 진심으로 생각하기 시작하면 위험하다. 웃고 웃고 웃으면서 역 승강장에서 뛰어내리는 꼴이 되기 십상이니까.

그녀는 서서히, 그러나 확실하게 변했다. 담배를 조급하게 태웠다. 카페오레를 남겼다. 창문 너머로 사람의 흐름을 바라보는 눈이 어딘지 각오한 것처럼 바뀌었다. '왜 당신들만 행복해?' 하고 따지는 것처럼. 아사코 역시 몇 번이나 그런 눈을 했을지도 모른다. 그걸 생각하면 무서워 소름이 돋으면서도 동시에 강렬한 공감을 느꼈다.

아사코는 목요일에 그녀와 만났을 때 반쯤 위로하는 기분으로 자신이 과거에 겪은 일을 털어놓고 말았다. 운이 없는 건 당신 혼자가 아니다, 나 역시 우산이 없었다고 말해 주고 싶어서.

그때만은 창가의 그녀도 자기 걱정거리 속에 갇힌 것 같은 눈빛을 버리고 아사코 이야기를 귀담아들어 주었다.

"지독한 일을 당했네."

"날벼락을 맞은 기분이었어요."

둘이서 그런 얘기를 하고서 말을 맞춘 것처럼 창밖을 보았다.

"다들 행복한데……."

그녀는 이렇게 말을 이었다.

"내가 아직 아가씨의 이름을 묻지 않았지? 앞으로도 묻지 않을 생각이야. 나도 이름을 대지 않을 거고. 그편이 나아. 이런 밑바닥에서 벗어났을 때를 위해서—."

아사코는 고개를 끄덕이고 살짝 안도했다. 그녀의 볼에 부드러움이 돌아왔기 때문이다.

다음 날 오후 평소와 같은 시각에 그녀가 가게 문을 열고 들어왔을 때 아사코는 점장에게 양해를 구하고 딱 삼십 분만 휴식 시간을 받았다.

"다섯시가 지나면 바빠지니까."

"네, 알아요."

그녀의 테이블에 평소처럼 카페오레를 나르고 아주 자연스럽게 맞은편 의자에 앉았다.

"어머나, 오늘은 당당히 딴짓해도 돼?"

"네, 보시는 대로 파리가 날리는걸요."

어제 터놓고 얘기해 버렸으니 더 할 말은 없다. 해 주고 싶은 말도 찾지 못했다. 하지만 지금 그녀한테는 카페에서 마주 앉아 있을 누군가가 필요하다. 그렇게 생각했다. 자신에게도 필요할지 모른다. 우리 둘은 병원 대기실에서 우연히 옆에 앉은, 같은 병으로 괴로워하는 환자다.

하루가 지나고 가까이에서 본 그녀의 얼굴에는 피로한 기색이 한층 짙게 배어 나왔다.

오늘은 담배에 불을 붙이는 손이 떨렸다. 희미하지만 감출 방도가 없을 정도로. 입가도 때때로 경련이 난 것처럼 움찔거렸다.

"이제 지긋지긋해."

아사코는 테이블 위에 손을 두고 살짝 몸을 내밀었다.

"조금 쉬시면 어때요? 일을 찾지 못해도 당장 생활하기 곤란하신 건 아니죠?"

불륜 상대였던 사장도 그녀에게 땡전 한 푼 주지 않고 내쫓지는 않았으리라. 관계를 끊을 때는 어떤 식으로든 생활의 보장을 해 주게 마련이다.

그녀는 세차게 고개를 내저었다.

"돈 문제가 아니야. 나는 남겨지고 싶지 않아. 세상이 나만 따돌리는 걸 허락하고 싶지 않아. 다들 잘하고 있잖아. 왜 나만 안 되지?"

"지금은 운이 없을 뿐이에요."

"늘 운이 없었어. 언제나 그랬어. 왜 나만 이런 꼴을 당해야—."

그녀는 얘기하다 말고 말을 끊더니 창문 쪽으로 시선을 옮겼다. 누구의 시선을 느낀 걸까. 아사코도 이끌려서 그녀의 눈을 좇았다.

창문 너머에는 지하상가 통로가 뻗어 있었다. 시야를 가로지르며 많은 사람이 걸어간다. 오른쪽에서 왼쪽으로, 왼쪽에서 오른쪽으로. 사람의 흐름 저편에 멈추어 선 젊은 남자가 거치적거리는 사람들 틈으로 고개를 좌우로 움직이면서 이쪽을 보았다.

아사코가 아는 얼굴이다.

이시카와 뭐라고 했더라. 이시카와—맞다, 아쓰시다. 독신자 기숙사에서 미쓰루의 옆방에 살았다. 작년 가을, 회사 기숙사 축제에 갔을 때도 미쓰루와 같은 음식점을 맡아 앞치마 차림으로 야키소바를 만들었던가. 회사에서는 부서가 달라 가끔씩 얼굴을 마주치는 정도였다. 복사실이나 식당이나 회의석이나.

'체격은 좋으면서 소심한 녀석이야.'

미쓰루가 그렇게 말했었다.

'장래에는 가업을 물려받기로 되어 있다니까 회사 근무는 수행 같은 건가 봐.'

사내에서 연고가 별로 없더라도 미쓰루와 아사코의 파혼을 모를 리가 없다.

만나고 싶지도 않거니와 눈조차 마주치고 싶지 않은 상대다. 하지만 아쓰시는 이쪽을 빤히 쳐다보았고 아사코가 그를 발견한 걸 깨닫고는 힘없이 부드러운 미소를 돌려주었다.

"아는 사람?"

창가 여자가 작은 소리로 물었다. 여자의 어두운 말투—갑작스럽게 금이 간 것처럼 잔뜩 갈라진 목소리에 아사코는 놀라서 돌아보았다.

"네……, 그냥 얼굴만요."

창가 여자의 얼굴에서 표정이라 부를 만한 것이 사라졌다. 볼 부근이 굳고 입술을 깨물었다.

"좋겠네, 남자가 있어서."

여자는 툭 내뱉듯 말했다.

아사코는 눈을 동그랗게 떴다. 갑자기 얻어맞기라도 한 기분이었다.

"그런 거 아니에요……."

아사코는 설레설레 고개를 저으며 눈앞의 여자와 아쓰시를 번갈아 보아야 했다. 아쓰시는 무슨 일이냐는 얼굴로 아직 그 자리에 멈춰 서 있다.

창가 여자의 말투는 격했다.

"행복한 당신은 나 같은 여자를 속으로 비웃었겠지? 신변 이야기도 전부 지어낸 말 아니야?"

"아니에요. 저는—."

"처음부터 우습게 보고 놀린 거야."

"아니라고요. 저 사람은 정말로 그냥 알고 지내는 사이예요. 저 역시 조금도 행복하지 않아요."

아사코는 양손을 꼭 쥐었다. 이 여자, 역시 정도를 잃어 가고 있다. 알고 있었다. 어떻게든 막으려고 했는데 완전히 역효과였다.

아쓰시는 아사코의 번민에 아랑곳하지 않고 드디어 어떻게 할지 정한 듯 움직이기 시작했다.

'그대로 가 버려!'

하지만 아쓰시는 이쪽으로 다가왔다. 가게 문을 향한다. 아사코는 자리에서 일어났다. 이런 상황에서 아쓰시가 곁에 오기를 바라지 않았기 때문이다.

창가 여자는 재빨리 입술을 핥더니 날카롭게 말했다.

"저기, 소개해 줘."

그렇게 조르며 눈을 치뜨고 아사코를 바라보았다.

"이름을 알려 줘. 저 사람, 어디의 누구야? 뭐 어때? 그냥 알고 지내는 사이라면 아까워할 이유 없잖아?"

아쓰시가 문을 밀고 가게 안으로 발을 디뎠다. 아사코보다 먼저 창가 여자가 일어났다. 아쓰시 곁으로 쓱 다가가서는 밝은 목소리로 묻는다.

"이쪽이랑 아는 사이?"

당연하지만 이시카와 아쓰시는 상황을 잘 파악하지 못한 듯했다. 그녀의 명랑함에 이끌려 상냥하게 미소를 띠면서 가볍게 고개를 숙였다.

"예. 미우라 씨, 오랜만이네."

아쓰시는 아사코에게 말을 붙였다.

"처음에는 사람을 잘못 봤나 했어. 쇼핑이라도 하러 왔어? 친구랑 함께 있는데 방해했나."

아사코는 곧바로 대답하지 못했다. 무슨 말을 어떻게 하면 좋을지 몰랐다.

간신히 "난 여기서 일해"라고만 대답했다.

"그래? 아, 앞치마를 둘렀네. 나도 바보지. 바로 눈치를 못 채고. 잘 지내?"

아쓰시는 평화로운 얼굴이었다. 아사코는 그의 팔꿈치 바로 옆에 있는 그녀의 표정을 곁눈으로 보고 저도 모르게 움찔했다.

여자는 얼굴 반쪽으로는 아쓰시에게 웃음을 날리면서 다른 반쪽으로 아사코를 흘겼다. 눈가에 걸친 것 같은 시선에는 새카만 악의가 담긴 듯 보였다.

"일하는 중이니까 너무 방해하면 안 되겠네."

아쓰시는 아사코가 대답하지 않는 이유를 멋대로 해석했는지 그렇게 말하고 서둘러 웃옷 안주머니에 손을 넣어 명함첩을 꺼냈다.

"나는 지금 회사를 그만두고 아버지 밑에서 일해. 여기, 연락처. 의류품 물류 회사라서 백화점 바겐세일을 맡아 처리하기도 해. 괜찮으면—."

쓱 내민 명함을 아사코의 손에 건네기 전에 그녀가 불쑥 팔을 뻗어 가로챘다.

"나한테도 줘요. 괜찮죠? 미우라의 친구인 모리이 요코예요. 잘 부탁해요."

아사코는 천연덕스럽게 움직이는 여자의 입술을 기가 막힌 얼굴로 바라보았다. 아쓰시는 난처한 표정으로 그녀와 아사코를 번갈아 보았지만 미소는 지우지 않았다.

"물론이죠."

명함을 또 한 장 꺼내 이번에는 아사코의 손에 쥐여 준다. 아사코는 명함을 받은 채 여자의 얼굴만 바라보았다.

아쓰시는 그제야 거북한 분위기를 느꼈는지 아사코에게 어색하게 "그럼 이만 가 볼게" 하고 말하더니 장신의 몸을 숙여 여자에게 인사했다. 그러고서 가게를 나갔다.

아사코와 그녀, 조금 전 '모리이 요코'라고 이름을 밝힌 여자는 테이블을 사이에 둔 채 마주 보고 우뚝 섰다. 서로 이름을 들은 순간 천적이었음을 깨닫기라도 한 것처럼.

"뭐 어때."

요코가 말했다.

"그냥 알고 지내는 사이잖아?"

요코는 핸드백을 열고 아쓰시의 명함을 안에 쏙 집어넣더니 소리 내서 닫았다. 손놀림이 꼭 '붙잡았다'고 말하는 것 같았다.

"느낌이 괜찮은 사람이야."

요코는 히죽 웃었다.

"느낌이 괜찮아."

그러고는 계산서를 쥐었다.

"계산 부탁해, 웨이트리스 씨."

5

정상이 아니다. 아무리 생각해도 정상이라고 볼 수 없다.

아사코는 주말 내내 모리이 요코만 생각했다. 상대할 필요도 없는 여자지만 머리에서 떠나지 않았다.

그렇게 갑작스럽게 태도를 바꾸다니 대체 무슨 일이지? 극심한 망상, 아사코에게 '남자가 있잖아'라고 말했을 때의 심술궂은 말투, 더러운 말.

다시 떠올려도 몸서리가 쳐진다.

아사코는 아사코 나름대로 그녀를 이해하고 그녀와 조금씩 친해지고 있다고 생각했건만. 설령 서로 이름도 모른 채 지내는 사이라도, 아니, 오히려 그렇기 때문에 진심을 나눌 수 있었다고 생각했건만.

아사코는 그녀랑 만나면서 낯모를 사람이 우산을 받쳐 준 것 같은 기분을 맛보았다. 동시에 자신도 발이 걸려 넘어진 사람을 부축해 일으킨 듯한 기분이었다. '닮은꼴인 우리, 서로 힘내자' 하고 생각했다.

그런데 안면이 조금 있을 뿐인 이시카와 아쓰시가 아사코에게 웃는 얼굴로 인사한 것만으로 왜 그렇게 변해 버렸을까? 아사코는 이해할 수 없었다. 이상하게 여길 수밖에 없었다.

저녁 준비를 도우며 자신에게 일어난 일이 아니라는 얼굴로 어머니에게 얘기해 보았다. 어머니가 말했다.

"엄마는 어릴 때 피난을 갔다가 논에서 넘어진 적이 있어."

"응?"

"친구랑 둘이서. 엄청 진창인데다 걷는 법을 모르니까 좀체 일어서지를 못했지. 그래도 엄마는 비교적 활기찬 편이라 어떻게든 일어나려고 했단다. 그랬더니 함께 있던 친구가 진창에 발이 걸린 척하며 엄마 바지를 끌어당겨 다시 넘어뜨렸어."

엄마는 프라이팬에 야채를 넣고 기름이 튀는 커다란 소리에 지지 않도록 큰 소리로 외치며 말을 계속했다.

"아사코, 비슷한 재난을 당한 사람이 둘 있으면 말이야. 너만 먼저 빠져나가게 할까 보냐 하는 기분이 드는 법이야. 누구든 그래."

아사코는 어깨를 늘어뜨렸다.

"하지만 오해야. 나 역시 일어설 자세도 잡지 못했는데."

"어머, 너, 네 일을 떠든 거니?"

아사코는 '진작에 꿰뚫어 보았으면서' 하고 어머니를 흘겼다.

"뭐, 자주 있는 일이란다, 아사코."

그렇게 속 편히 받아들일 수 없었다. 집에 있어도 도저히 진정이 되지 않았다. 일요일에는 시끌벅적한 사람 소리가 그리워서 긴자로 나가 보았다. 딱히 갖고 싶은 것도 없었지만 어슬렁어슬렁 아이쇼핑을 즐기다 보니 기분이 약간 개운해져서 '모리이 요코'의 얼굴이 눈앞을 어른거리지 않게 되었다.

카페에서 쉬고 있을 때 노래가 들려왔다. 요코가 좋아한다던 노래가.

Who's that boy

You can always make exceptions

Who's that boy—

I could use that boy

To give me some affection—

'저 사람이라면 내 가슴을 다시 뛰게 해 줄지도 몰라'라는 가사에 아사코는 등골이 서늘해졌다.

요코는 월요일에도 찾아왔다.

같은 창가 자리에 앉았다. 아사코가 다가가지 않으려 하자 손짓을 한다. 신나서 들떠 있는 것처럼 표정이 밝았다.

"저기, 몇 시까지 일해?"

"여섯시까진데요……."

"잘됐다! 그럼 끝나고 나서 같이 쇼핑할래? 선물을 사고 싶어. 그 사람이랑 아는 사이니까 취향도 조금 알지? 도와줘."

아사코는 믿을 수 없다고 생각하면서 물었다.

"누구요?"

"어머머, 이시카와 씨 말이야. 어제 돈을 너무 많이 썼거든. 뭔가 보답을 하고 싶어."

아사코는 눈을 부릅떴다.

"이시카와 씨를 만났어요?"

"안 돼?"

요코는 담배에 불을 붙이고 크게 빨아들였다.

"즐거웠어."

아사코에게 연기를 내뿜으면서 노래하듯 말했다.

"괜찮지? 당신이랑 그이는 그냥 알고 지내는 사이니까."

요코는 아사코의 근무 시간이 끝날 때까지 줄곧 가게 안에서 버텼다. 도망칠 방도가 없다. 하는 수 없이 둘이서 함께 물건을 사러 갔다. 요코는 백화점 신사복 매장을 돌아다니다 결국 넥타이를 골랐다. 쪽빛 바탕에 직접 그린 동백꽃 무늬가 있었다. 심홍색에 가까운 빛깔은 요코의 입술 색과 많이 닮았다.

"넥타이를 주는 건 '나는 당신에게 목맸다'라는 뜻이야."

요코는 그렇게 말하고 웃더니 날카롭게 찌르는 것처럼 아사코를 보며 이렇게 덧붙였다.

"하지만 '배신하면 이걸로 목을 졸라 버리겠어'라는 뜻으로도 해석할 수 있지……."

그날 밤 아사코는 많이 망설인 끝에 이시카와 아쓰시의 명함에 적힌 번호로 전화를 걸었다.

그럴 의무는 없다. 아쓰시 역시 성인 남자니까 쓸데없이 참견할 필요 따윈 없다. 그러나 아사코는 전혀 그럴 마음이 없었음에도 결과적으로 그에게 터무니없는 여자를 소개하고 말았는지도 모른다는 생각으로 마음이 어지러웠다.

아무도 전화를 받지 않는다.

명함에는 회사 전화번호가 적혀 있으니까 밤중에 응답이 없는 게 당연했다. 그런 사실도 깨닫지 못할 만큼 당황했던 것이다. 아사코는 자신에게 화를 내면서 수화기를 내려놓았다.

한참 지나서 당사자인 아쓰시에게 전화가 걸려 왔다.

“예전 사원 명부가 어디로 갔는지 몰라서 쉽게 걸 수가 없었어. 갑자기 미안.”

“괜찮아, 나도 이시카와 씨한테 연락하고 싶었거든.”

아사코가 달려들 것처럼 말하자 아쓰시는 목소리를 낮췄다.

“혹시 그날 카페에 있던 친구 때문에?”

“그 사람은 내 친구가 아니야!”

무심결에 목소리가 커졌다.

“이름도 그때 처음 들었어. 저기, 이시카와 씨, 일요일에 그 여자랑 만났어?”

“—응.”

“데이트였구나?”

“그쪽에서 연락이 와서……. 그 사람이 미우라 씨도 오니까 셋이서 만나자고 했어. 나도 그래서 걱정 없이 나간 거야. 그랬더니 혼자 있더라고—.”

아사코는 한 손으로 입을 눌렀다. 대체 무슨 일이람.

“그 사람, 과거에 약간 문제가 있는 여자야. 알아줬으면 좋겠는데, 나는 심술이나 험담으로 이런 얘기를 하는 게 아니야.”

“응, 알아.”

아쓰시의 말투가 신중해졌다.

“이상한 느낌이 나더라. 어쩐지 끈덕지고…….”

아사코는 소리 내서 핸드백을 닫던 요코의 손놀림을 떠올렸다. **붙잡았다**.

“그 사람, 식사 답례로 이시카와 씨에게 줄 선물을 샀어. 만나기로 했어?”

“내일 내가 자주 가는 신주쿠의 칵테일 바에서 일곱시에 만나기로 했어. 거절했지만 이번에는 정말로 미우라 씨도 함께라던데. 이상해서 전화를 걸어 본 거야.”

“그게 그 사람 수법이야! 믿으면 안 돼. 나는 그런 약속을 한 적 없고 얘기도 듣지 못했어.”

“정말?”

“진짜야. 만나기로 한 칵테일 바 장소를 알려 줘. 나도 갈게.”

아쓰시는 알기 쉽게 설명해 주었다. 그제야 아사코는 마음을 다잡았다.

“미안.”

“뭐가?”

“이시카와 씨가 그 여자랑 사귀고 싶다면 이런 건 쓸데없는 참견이잖아.”

아쓰시가 작게 웃었다.

“그럴 마음이었다면 미우라 씨에게 전화할 리가 있나. 솔직히 말해서 난처해. 일할 때도 전화를 걸어 오고……. 이 상태라면 회사에까지 쳐들어오기 십상이겠어. 조금 기분 나빠.”

조금 정도가 아니다.

“미안. 이상한 일에 휘말리게 해서.”

“괜찮아. 미우라 씨 탓이 아닌걸. 그보다 그 사람, 과거에 무슨 문제가 있었는데?”

“나도 잘은 몰라. 이시카와 씨, 그 여자랑 일 얘기 한 적 있어?

예전에 어떤 회사에 다녔는지 듣지 못했어?"

"들었어. 뭐라고 했더라……."

한참을 끙끙거리더니 겨우 떠올랐나 보다. 아사코는 회사 이름과 도내에 있는 고급 수입 잡화를 다루는 곳이라는 설명을 들으며 메모했다.

"그런 걸 물어서 뭐하려고? 아, 그렇구나. 거기에 물으면 그 여자에 대해 조금은 알겠구나."

"응, 그럴 거야."

"그럼 내가 회사에 물어볼게."

"남자가 물으면 상대방도 그렇게 쉽게 알려 주지 않을 거야. 그런 종류의 일이거든. 괜찮아, 내가 물어볼게."

요코가 다녔다는 회사의 전화번호는 104한국의 114와 같은 전화번호 안내 서비스에 물어서 알아냈다. 화요일 오전에 회사로 걸어 보니 여자가 받았다. 예전에 그쪽에서 근무했던 모리이 요코라는 여자 때문에요, 하고 물어보자 상대는 '잘 모른다'고 한다.

"저는 모리이 씨가 퇴사하면서 채용됐거든요. 사장님이 아니면 모를 것 같네요. 사장님은 지금 잠시 외출하셨는데 저녁…… 여섯 시쯤에는 돌아오실 겁니다."

"인사 담당은요?"

상대는 이상하다는 듯 웃었다.

"여기는 개인 사무소 같은 곳이에요. 사장님 혼자서 전부 꾸려 가세요."

아사코는 하는 수 없이 아르바이트를 나갔다. 자꾸 시계에만 눈이 갔다.

오늘은 요코가 모습을 보이지 않았다. 아쓰시를 잡았으니까 더는 아사코를 만날 필요가 없다고 여긴 걸까.

여섯시 반 정각에 공중전화로 회사에 전화를 걸었다. 이번에는 남자 목소리가 들렸다.

"사장님이신가요?"

전언을 남겨 놓았는지 상대는 "점심에 전화한 분이시군요?" 하고 되물었다.

"모리이 요코 일로 전화를 하셨다고 들었습니다. 모리이가 또 무슨 짓을 저질렀습니까?"

아사코는 말문이 막혔다.

"여보세요?"

"또 무슨 일을 저질렀느냐는 말씀은…… 무슨 의미죠?"

아사코의 물음에 사장은 한숨을 푹 쉬었다.

"미우라 아사코 씨라고 하셨죠? 모리이 요코에게 어떻게 해서 여기를 그만두게 되었다고 들으셨습니까?"

아사코는 요코에게 들은 대로 이야기했다. 사장은 불쾌해하는 목소리로 크게 웃었다.

"전부 엉터리예요."

"네?"

"전부 모리이가 지어낸 얘기입니다. 내가 모리이를 내연녀로 삼았다니 말도 안 돼요."

"그야…… 사장님께 여쭈면 부정하시는 게 당연하지만……."

사장은 정말로 복장이 뒤집힌 듯 아사코의 말을 가로막았다.

"믿건 믿지 않건 당신의 자유지만 나로서는 달갑지 않군요. 나는 모리이를 어떻게도 생각하지 않았고 단둘이서 술을 마신 적조차 없습니다. 알겠어요? 모리이 요코는 거짓말쟁이예요. 이기적인 망상을 관철하려고 어떤 더러운 거짓말이라도 아무렇지 않게 하죠. 내 애인이었다느니, 내가 질려서 자기를 버렸다느니 하는 날조한 얘기를 떠들고 다녀서 나도 아주 곤란한 상황이에요. 그건 모리이의 망상입니다."

"망상……."

"그래요. 피해망상이라고 해야 하나요? 나는 그럴 생각이 조금도 없는데 모리이는 멋대로 그렇다고 믿었죠. 집으로 쳐들어와서 아내에게 나랑 헤어지라고 다그치기까지 했어요. 아무리 봐도 이상했어요. 그래서 해고한 겁니다."

수화기를 쥔 손에서 힘이 빠질 뻔했다.

'다들 행복한데 왜 나만 이런 꼴을 당해야 하지?'

"여보세요? 듣고 있습니까?"

"네……."

"한 가지 충고해 두죠. 모리이랑 엮이지 마세요. 그건 병입니다. 위험해요. 정상적인 연애가 꼬이는 것도 달갑지 않지만 모리이는 처음부터 있지도 않은 연애를 멋대로 뒤틀어서 혼자만의 생각에 빠져드니까요. 나는 하마터면 찔릴 뻔한 적도 있어요. 여보세요? 듣고 있어요?"

아사코는 듣고 있지 않았다. 수화기를 내던지고 전화 부스에서 튀어나왔다.

자세히 가르쳐 주었음에도 좀처럼 칵테일 바를 찾을 수 없었다. 등에 땀이 배고 무릎이 덜덜 떨렸다. 겨우 다다른 가게의 유리 너머로 아쓰시와 요코의 얼굴을 발견했을 때는 숨이 턱에 닿았다.

요코가 화사하게 웃으면서 아쓰시에게 뭔가 얘기하고 있다. 잔은 이미 거의 비었다. 대조적으로 아쓰시는 웃음기가 거의 없고 잔에도 손을 대지 않은 듯했다.

둘이 기대앉은 카운터 위에는 포장해서 리본을 단 선물이 놓여 있었다.

가게에는 손님이 많았다. 아사코는 손님 사이를 요리조리 피해서 둘에게 다가갔다. 숨을 한 번 내쉬고서 말을 붙였다.

"늦어서 미안."

요코가 재빨리 돌아보았다. 웃는 얼굴이 달라붙은 것처럼 고정되어 있다.

"오래 기다렸어?"

아사코는 억지로 미소를 지었다. 아쓰시는 한숨 돌린 것처럼 웃으며 대답했다.

"그렇지도 않아."

"당신이 여기에 웬일이지?"

요코는 입을 일그러뜨리며 물었다. 아사코는 겁먹지 않았다.

"어머, 셋이서 만날 약속이었잖아요?"

아사코는 요코와 시선을 맞췄다. 절대로 먼저 피할 생각은 없었다. 피하면 지는 거다. 무시무시한 일이 벌어지고 만다.

요코는 눈을 깜빡이며 카운터 뒤쪽으로 눈을 돌렸다.

"미안해요."

아사코는 가능한 한 조용히 말했다.

"나랑 이시카와 씨는 그냥 알고 지내는 사이가 아니에요. 당신한테 거짓말했어요. 사과할게요. 그러니까 이제 이시카와 씨를 건드리지 마세요. 방해하지 말았으면 좋겠어요."

요코는 딴 곳을 보며 뾰로통하게 말했다.

"이 사람은 당신보다 내가 좋댔어."

아쓰시가 고개를 내저었다.

"그런 말 한 적 없어요."

요코는 잔을 들어 조금 남았던 내용물을 단숨에 들이켜더니 홱 하고 아사코 쪽으로 돌아섰다.

순간 둘은 팽팽히 마주 보았다. 요코는 아무렇지 않게 손가락을 펼쳐서 잔을 놓았다. 깜짝 놀라 움츠린 아사코의 발치 바로 옆에 잔이 떨어져서 산산조각 났다. 다른 손님들이 일제히 이쪽으로 고개를 돌렸다.

"제기랄."

요코는 그렇게 내뱉고서 가게를 나갔다—.

6

그런 그녀가 지금 아사코의 눈앞에 서 있다. 그때와 마찬가지로 아름답고, 그때와는 다른 사람처럼 차분한 표정을 볼에 띠고서.

생각해 보면 그녀는 아사코와 아쓰시의 큐피드였다. 그녀의 일을 계기로 두 사람은 빠르게 친해졌으니까.

그리고 넥타이. 절대로 잊지 못할 진홍색 동백꽃 무늬 넥타이.

그때 칵테일 바에 아쓰시와 단둘이 남아서 이야기를 나누었다.

'이거 어쩌지. 버릴까.'

'하지만…… 어쩐지 그것도…….'

아사코는 '그딴 건 버려'라고 할 수 없었다. 요코가 병적인 거짓말쟁이라 하더라도 이기적이고 괴상한 여자라 하더라도 그녀가 얘기한 쓸쓸함은 분명히 진짜였다. 아사코가 가슴에 품은 마음과 똑같은 것이었기 때문이다.

그때 아쓰시는 그걸 알아채고 '미우라 씨 눈에 닿지 않는 곳에서 슬쩍 버릴게' 하고 말했다…….

그 넥타이를 지금 요코와 함께 있는 남자가 맸다.

모리이 요코는 한동안 양손을 배배 꼬더니 가만히 말했다.

"미안."

아사코는 눈을 동그랗게 뜨고 두 사람을 바라보았다.

"설명이 필요하겠네. 그이랑 만나기로 했지? 잠깐 보이지 않는 곳으로 가자. 얘기는 금방 끝나니까."

“그래야겠군” 하고 동의한 남자의 목소리는 그때 아사코에게 ‘모리이 요코는 위험해요’라고 충고했던 사장의 목소리였다.

“일생일대의 무대를 꾸몄지.”

모리이 요코는 개찰구에서 떨어진 곳으로 가더니 입을 떼었다.

“나는 작은 바를 하고 있어. 이시카와는 단골이었고. 학창 시절에 잠시 우리 집에서 아르바이트한 적도 있어서 나한테는 동생 같은 사람이야.”

아사코는 벽에 기댔다.

“괜찮아? 정신 바싹 차리고 들어줘. 정말로 미안했지만 달리 좋은 방법이 떠오르지 않았어. 미안.”

요코는 용서를 구하듯 두 손을 모았다.

“이시카와는 훨씬 전부터 미우라 씨를 좋아했어. 미우라 씨가 이토 미쓰루라는 남자와 약혼해 버리자 우리 가게에서 곤드레만드레 취할 정도로 마셨지. 미우라 씨의 결혼이 무산되었을 때는 진심으로 ‘이토를 죽여 버리겠어!’라고 했을 정도야. 달래는 데 얼마나 애를 먹었던지.”

아사코는 양손으로 얼굴을 덮었다.

“이시카와에게 말했지. 미우라 씨가 솔로로 돌아왔으니까 이번에는 네가 대시해 봐, 미우라 씨를 행복하게 해 줘, 라고. 하지만 안 된다는 거야. ‘나는 이토의 친구였어요. 나랑 함께 있으면 미우라 씨는 늘 좋지 않은 기억을 떠올려야 하잖아요. 게다가 내가 다가가도 절대로 순수하게 받아들이지 않을걸요. 마음을 다친 미우라 씨는 남이 버린 물건이라서 한번 건드려 보는 거냐고 생각할 게 분명해요'라면서……."

아사코는 본의 아니게 웃고 말았다. 분명히 당시 아쓰시가 직접 접근해 왔다면 그렇게 해석하며 그를 상처 입히고 자신도 비참해졌으리라.

아쓰시, 나를 꿰뚫어 보았구나?

"그렇게 억측만 하다 눈앞에서 행복을 놓치다니 너무 바보 같잖아. 그래서 '내가 인상적인 재회를 연출해 줄게, 그러면 괜찮겠지?' 라며 이시카와를 설득했지."

요코는 변명처럼 "제법 힘들었어" 하고 말했다.

"옛날에 배우가 되고 싶어서 무대에 섰던 적도 있지만 그런 역할은 어려웠지."

아사코는 마음속으로 '연기가 훌륭하던걸요' 하고 말했다.

요코는 옆에 있는 동행을 올려다보며 수줍게 미소 지었다.

"이 사람은 우리 남편. 그 회사는 진짜로 이 사람 회사야."

아사코는 쓴웃음을 지으면서 고개를 끄덕였다.

"넥타이는 처음부터 소도구로 쓸 생각이었어. 연극이 대단원의 막을 내린 다음 날, 이시카와가 몰래 내게 돌려주었고 나는 남편에게 선물했어. 처음부터 그럴 작정으로 남편한테 어울릴 만한 무늬를 골랐으니 나도 주부지."

요코는 말을 끊고 아사코의 얼굴을 들여다보았다.

"이것도 배신이라고 생각해?"

아사코는 고개를 갸웃거렸다. 엄청 슬프고 엄청 우스웠다.

"지하도의 비라고요?"

요코는 주저주저 웃었다.

"기억하네?"

그러고는 아사코와 요코를 바라보던 남편의 팔짱을 끼면서 작게 말했다.

"이시카와는 미우라 씨를 위해 계속 우산을 들고 기다렸어. 미우라 씨는 '어차피 젖어 버릴 테니까 이제 우산 따위 필요 없어'라는 표정이었지만—."

아사코는 끄덕끄덕 고개를 흔들었다.

"그만 가야 해요."

만나기로 한 장소까지 천천히 걸었다. 가능한 한 시간을 벌고 싶었다.

"아사코!"

아쓰시의 목소리였다. 몹시 허둥거리며 손등으로 열심히 땀을 닦는다.

"무슨 일이야? 정말로 미아가 되어 버렸나 했잖아."

아사코는 아쓰시의 숨김없는 얼굴을 가만히 올려다보고 한동안 침묵을 지켰다. 그러고서 물었다.

"찾았어?"

"응."

"걱정했어?"

"그래. 당연하잖아."

아쓰시는 이상하다는 듯 몇 번이나 눈을 깜빡거리고서 아사코

쪽으로 몸을 굽혔다.

"왜 그래?"

아사코는 어깨에 힘을 빼고 아쓰시를 보며 웃었다.

"아무것도 아니야. 얼른 가자. 배고파 죽겠어."

지하상가를 나가는 계단을 올라갈 때 시야 끝에 진홍색 동백꽃 넥타이와 곁에 바싹 달라붙어 걷는 늘씬한 여자가 보인 것 같았다. 아사코는 돌아보지 않았기 때문에 그들이 웃고 있는지 어떤지는 알지 못했다.

결코 보이지 않는다

부옇게 시야가 흐린 비 내리는 밤이다.

낮보다 기온이 십 도 가까이 내려갔다. 그래도 이제 봄은 봄이라 가만히 서서 택시가 오기를 기다리는 사이 발을 동동 구르며 발끝을 녹일 필요가 없었다. 다만 그러고 싶은 상황이기는 했다.

벌써 삼십 분째 택시가 한 대도 오지 않는다.

미야케 에쓰로는 자신의 뒤에 선 남자를 곁눈으로 흘깃 훔쳐보았다. 나이가 제법 지긋하다. 예순이 넘었는지도—아니, 칠순에 가까울지도 모르겠다. 머리카락 여기저기가 하얗게 빛나는 것도 볼 부근에 주근깨 같은 반점이 보이는 것도 가로등 불빛 때문만은 아니리라.

역시 나기사 하이타운에 사는 사람일까—하고 생각했다. 그렇다면 좋겠는데. 그러면 합승할 수 있다. 줄곧 단둘이 여기서 기다렸으니까…….

동료들이나 지난달 결혼한 아내에게 '큰 덩치에 비해 상냥하다'고 평가받는 에쓰로는 늦은 밤 택시 정류장에서 택시를 기다릴 때면 늘 이런 기분을 느꼈다. 뒤에 서서 순서를 기다리는 사람을 내버려두고 홀로 유유히 가는 게 아무래도 마음에 걸려 죽겠다.

"이상해. 신경 쓸 필요 없잖아. 당신이 먼저 기다렸는걸."

아내 미치에는 웃으면서 그렇게 말했다. 에쓰로도 웃으며 대답했다.

"그야 그렇지. 하지만 고작 일 분이나 이 분 차이야. 하물며 뒤에 어르신이나 젊은 여자애가 서 있으면 면목 없는 기분이 들어."

"당신, 나랑 사귈 적에는 긴자나 신주쿠에서 곧잘 몸을 던져 택시를 잡아 주었잖아? 그때는 쟁탈전에서 이기고 엄청 의기양양한 얼굴을 했으면서."

"거긴 번화가였으니까 그렇지. 그런 곳에서 택시를 잡으려는 사람은 다들 놀러 온 패들이잖아. 별로 마음에 걸리지 않아. 평등하니까. 하지만 버스가 끊기고 역 앞에서 택시를 기다리는 사람들은 좀 다르잖아? 부득이한 일이 있어서 나왔는지도 모르고……."

"이상한 사람이네. 지나친 생각이야."

'그렇기는 하지. 나는 생각이 지나쳐.'

에쓰로는 또다시 등 뒤로 흘끗 시선을 던지며 그렇게 생각했다. 사람 좋은 것도 정도가 있지.

하지만—.

등 뒤 남자의 옆얼굴이 보였다. 남자는 T자로의 신호를 우두커니 바라보았다. 빨간 램프가 규칙적으로 깜빡거린다. 졸음이 몰려와 눈을 천천히 깜빡이는 모습 같다. 신호를 보고 있으려니 갑자기 피로가 밀려왔다.

'〈빨리 집으로 돌아가고 싶어Homeward Bound〉가 사이먼&가펑클의 노래였던가…….'

우산을 쓸 필요는 없을 것 같은데 접어 버리면 뺨이 차가웠다. 귀찮은 비다. 지하철 출구 부근에 있는 작은 시계는 오전 한시 십오분 너머를 가리켰다. 거리며 사람, 도로, 신호는 모두 졸린데 비만은 그렇지 않은 듯하다.

뒤의 남자는 우산을 들지 않았다. 얇은 코트로 감싼 어깨가 젖어서 빛났다.

교외의 신흥 주택가였다면 사정이 또 달랐으리라. 막차가 끊긴 뒤의 택시 쟁탈전은 번화가와 마찬가지로 격렬해서 다른 사람을 생각할 여유가 없을 테니까. 어중간하게 도심에 가까운 거리라 택시를 기다리는 사람도 적고 지나가는 택시도 별로 없는 탓에 이상하게 감정 이입 하고 만다.

"너무 안 오네요."

갑작스럽게 뒤에서 목소리가 들렸다. 몸을 비틀어 돌아보니 등 뒤의 남자가 웃는 낯으로 에쓰로를 보았다. 윗니 오른쪽 눈에 띄는 곳에 금니가 있다.

"예, 그렇네요."

에쓰로가 대답하며 도로 맞은편을 바라보았다. 갑자기 얘기를 붙여 와서 겸연쩍어졌다.

"늘 이런가요?"

남자는 다시 물었다.

"할멈에게 된통 혼이 나게 생겼어요. 것 보세요, 하고."

"저도요."

에쓰로는 발 방향을 바꾸어 남자 쪽으로 돌아서면서 대답했다. 상대의 편안한 말투에 조금 안심이 되어 얘기를 계속해도 좋을 것 같은 기분이 들었기 때문이다.

"댁은 어디세요?"

에쓰로가 묻자 나이 든 남자는 어째서인지 잠시 생각하는 듯 뜸을 들였다. 그러고서 반대로 되물었다.

"그쪽은요?"

"나기사 하이타운이에요. 육지의 외딴섬이죠."

과장은 아니다. 매립지에 새롭게 두둥 하고 세워진 고층 주택. 물건을 사러 나갈 때도 출퇴근할 때도 차와 버스에 의지해야 한다. 가까운 역이라곤 여기뿐이지만 밤 열한시 오분에 막차가 출발해 버리면 택시를 이용해서 돌아가는 길밖에 없다. 한 시간 가까이 걸을 각오가 있다면 얘기는 달라지겠지만.

"그래요? 그거 큰일이네요."

남자는 공감하듯 고개를 끄덕이면서 대답했다.

"혹시 방향이 같으면—."

에쓰로는 슬쩍 말해 보았다.

"같이 타고 가지 않으실래요? 처음부터 아는 사람인 척하면 운전사도 거절하지 않을 겁니다일본은 기본적으로 택시 합승을 하지 않는다."

나이 든 남자가 미소 지었다.

"해 본 적이 있나요?"

에쓰로는 저도 모르게 쓴웃음을 지었다.

"네, 그래서 마누라한테 혼났죠."

여태껏 네 번 정도 합승해서 돌아온 적이 있다. 그중 한 번은 이제 막 취직했다는 젊은 여자 회사원이었다. 물론 에쓰로에게는 이상한 속내 따위 없었고 여자도 그런 부분을 잘 생각해 보고 이 사람이라면 괜찮겠지 싶었으니까 제의에 응했으리라.

다음 날 아침 커피를 마시면서 별생각 없이 얘기했더니 미치에는 부루퉁한 얼굴로 화를 냈다. 에쓰로는 진심으로 깜짝 놀랐다.

"이상한 짓은 하지 않았어."

"알아. 하지만 어쨌든 마음에 안 들어. 젊은 여자애랑 합승한다는 게 말이 돼? 두 번 다시 하지 마. 알았지?"

에쓰로도 묘하게 고지식한 구석이 있는 남자라서 단순히 '마음에 들지 않는다'로는 받아들일 수 없었다.

"나를 믿지 않는 거야?"

"그렇지 않아."

"택시 승강장에 둘밖에 없었어. 한 시간이나 기다렸다고. 내가 타고 가 버리면 여자애는 혼자서 또 한 시간을 기다려야 했을지도 몰라. 새벽 두시가 넘었는데, 위험하잖아. 그러니까—."

"안다고!"

미치에는 손에 들었던 행주를 내팽개치며 소리쳤다.

"하지만 유쾌하지 않아. 나한테는 딴 여자애 따위 아무래도 좋아. 어떻게 되든 상관없어. 그 애도 늦으면 위험할지도 모른다는 걸 알고서 논 거잖아. 무슨 일이 생겨도 자업자득이야. 당신이 걱정해 줄 필요 따위 없어. 알았어? 생판 모르는 사람이랑 허물없이 엮이지 마. 좀 더 어른이 되란 말이야."

미치에가 그 말만 하고 입을 다물어 버려서 큰 싸움은 되지 않았다. 하지만 여태껏 이해할 수 없는 부분이 많다. 미치에의 생각은 역시 틀렸다. 그런 생각이 마음속에 있었기 때문이리라. 에쓰로는 미소를 띤 채 나이 든 남자에게 제법 조리 있게 그때의 대화를 떠들고 말았다.

얘기를 다 들은 나이 든 남자는 눈가의 주름을 한층 깊이 잡으며 즐거운 듯 웃었다.

"당신은 다정한 사람이군요."

불쑥 그렇게 말했다.

"마누라는 그냥 요령이 없을 뿐이라고 여기는 모양이에요. 어린애 같다고요."

"음, 그건 의견이 갈릴 만한 부분이죠. 당신이 같이 타자고 제안했을 때 묘한 의심을 하는 여성도 있을 수 있고요."

"불편한 일이네요."

그렇게 대답하자 남자는 "아하하" 하고 큰 소리로 웃더니 에쓰로의 얼굴을 가만히 바라보았다.

"어쨌든 부인의 귀여운 질투에 대고 화를 내면 가엾지요."

부드러운 표정과 눈길에 에쓰로는 문득 어떤 사람의 얼굴을 떠올렸다. 작년 여름 동창회에서 십오 년 만에 다시 만난 중학교 시절 담임 선생님이다. 선생님도 이렇게 부드러운 얼굴로 기뻐하며 웃곤 하셨다…….

나이 든 남자는 이윽고 웃음을 거두더니 혼잣말을 중얼거리는 듯 작은 목소리로 말했다.

"나는 운이 나빴어."

"네?"

에쓰로가 반사적으로 되묻자 남자는 얼버무리듯 시선을 피하고는 고개를 갸웃거리며 말했다.

"그건 그렇고 택시 그림자도 보이지 않는군요. 걷지 않겠습니까? 가만히 있으면 아침까지 여기에 있게 생겼어요."

"네, 그건 그렇지만……."

그렇다는 건 이 사람도 역시 나기사 하이타운 방면으로 돌아간다는 뜻일까?

"가죠."

나이 든 남자가 재촉하며 걷기 시작했다. 나기사 하이타운이 있는 방향이었다. 에쓰로는 잠시 망설이다가 뒤를 따랐다. 그전에, 아쉬워서라기보다 습관적으로 뒤를 슥 돌아보고—.

빈차의 빨간 등을 켜고 다가오는 택시를 확인했다. 택시는 승강장으로 천천히 미끄러지듯 달려왔다.

"아, 왔다!"

목소리가 커지고 말았다.

"왔어요."

남자한테 말해 두고서 승강장으로 몸을 돌렸다. 택시가 가까워졌다. 핸들을 잡으면서 껌을 씹는 중년의 운전사가 보였다.

그럴 필요도 없는데 아쓰로는 손을 들어 택시 운전자에게 신호를 보냈다. 상대도 손짓을 본 것 같았다. 차가 천천히 달려왔다.

그러나 멈추려고는 하지 않았다. 저속으로 차를 몰면서 승강장을 지나치려고 했다.

"어라? 이봐, 잠깐만!"

양손을 크게 흔들면서 불러 세워도 차는 멈추지 않았다. 운전사는 머리조차 움직이지 않았다. 쫓으려는 에쓰로를 뿌리치는 것처럼 승강장을 몇 미터 지나친 곳에서 갑자기 속도를 올려 중앙 차선으로 돌아가더니 눈 깜짝할 사이에 사라져 버렸다.

기가 막혔다.

"뭡니까, 저거."

에쓰로는 나이 든 남자에게 말했다. 남자는 인도 가장자리에 서 있었다.

"대놓고 승차 거부라니. 번호판을 기억해 둘걸 그랬어요."

에쓰로가 화를 내자 남자는 택시가 사라진 방향으로 눈길을 보내면서 말했다.

"보이지 않았겠죠."

"네?"

"우리가 보이지 않았던 겁니다."

"하지만……."

듣고 보니 조금 전 차는 승강장에 손님이 한 사람도 없는 걸 확인하고서 속도를 올린 것 같기도 했다.

하지만 에쓰로의 모습이 보이지 않았을 리가 없지 않은가.

"걷죠."

나이 든 남자는 그렇게 말하고 천천히 걸음을 옮겼다. 에쓰로는 한동안 우두커니 섰다가 끈기 있게 눈을 계속 깜빡이는 빨간 신호등을 의미도 없이 한번 쏘아보고서야 걷기 시작했다.

"어릴 적에 개를 길렀어요."

십오 분쯤 말없이 어깨를 나란히 했을까. 나이 든 남자가 고개를 숙이고 시선을 떨어뜨린 채 얘기를 꺼냈다.

구불구불 이어지는 버스 길을 따라 걸어가면 되니까 혹시라도 길을 잃을 걱정은 없지만 에쓰로는 때때로 주변을 둘러봐야 안심이 되었다. 대조적으로 남자의 걸음은 한결같아서 모퉁이나 갈림길에 이르러도 망설이는 기색이 없었다.

안개 같은 비는 여전히 내렸지만 비의 차가움은 그다지 신경 쓰이지 않게 되었다. 역시 가만히 있는 것보다 걷는 게 낫다.

쥐 죽은 듯 조용한 늦은 밤의 도시는 그 자체가 부드러운 사람들의 몸을 감싸고 있는 알과 비슷한, 어디로도 깰 수 없고 침입할 길이 없는 하나의 물체처럼 보였다. 아침이 와서, 또는 아침이 오는 소리가 들려 물체의 출입구를 닫은 지능을 지닌 무언가가 올바른 암호를 읽고 '열어도 좋다'고 판단할 때까지 외부 세계를 완벽하게 차단해 많은 이들의 수면을 지킨다.

에쓰로와 나이 든 남자는 함께 주변을 한가로이 걷는 쓸쓸한 보초 같았다.

"어떤 개였나요?"

에쓰로는 그다지 흥미가 없었지만 남자의 기분 좋은 저음에 이끌려 물었다.

"잡종이었어요. 어미나 할미쯤에 순종 시바이누몸집이 작고 털색이 불그스름한 일본 고유 견종가 있었으려나 싶은 정도의. 귀여운 개였죠. 매일 아침 내가 학교에 갈 때 문까지 나와 주었어요."

"이름은요?"

"로쿠였습니다. 아버지의 아버지 대부터 합해서 우리 집에서 기르는 여섯 번째6은 일본어로 로쿠라고 한다 개였거든요."
그것참 개를 좋아하는 집이다. 넓은 정원이라도 있었나 하며 에쓰로는 물었다.
"출신은 어느 쪽이세요?"
"여기예요."
남자가 대답하고서 이마를 살짝 훔쳤다. 비가 얼굴을 적셨다.
"이 땅에서 태어나고 쭉 자랐습니다. 물론 전쟁 통에 저랑 두 남동생은 지방으로 피난을 갔었지만요."
얘기를 듣자마자 에쓰로는 옆의 남자가 갑자기 노인네처럼 여겨졌다. 전쟁 체험담을 꺼내려나, 싫은데—.
그러나 그런 걱정은 할 필요가 없었다. 나이 든 남자는 가볍게 기침을 하더니 말을 이었다.
"로쿠는 내가 어른이 될 때까지 살았어요. 엄청 장수했죠. 어쩌면 이 개는 불사신이 아닐까 하고 농담한 적도 있을 정도였어요."
"소중히 기르셨기 때문이 아닌가요?"
남자는 미소 지었다.
"그럴까요. 나한테는 정말로 소중한 친구였지만 특별히 정성을 들여 보살핀 기억은 없네요."
비 저편에 꼬리를 흔드는 로쿠가 보이기라도 하는 것처럼 그리운 듯 눈을 가늘게 뜬다.
"저희 집에서는 한때 황금햄스터를 길렀어요. 그것도 귀여웠죠."
에쓰로는 이야기를 이어 갈 요량으로 그렇게 말했다.
"사람을 잘 따라서 제 손 위에서 먹이를 먹었어요. 해바라기 씨

앗이었는데요."

남자는 에쓰로의 이야기 따위 귓등으로도 듣지 않은 것처럼 말했다.

"로쿠가 죽었을 때 이상한 일이 있었습니다."

조금 머쓱해진 에쓰로는 아무 말도 하지 못했다. 남자는 고개를 들고 이쪽을 바라보았다.

"어떤 일이었다고 생각하세요?"

"글쎄요……."

정말로 짐작이 가지 않았다. 에쓰로는 남자가 겉보기와 달리 수다쟁이에 다른 사람을 그다지 배려하지 않는 사람인지도 모른다고 생각하기 시작했다.

"어느 날 산책을 데려갔더니 말이죠."

남자가 운을 떼었다.

"그때껏 한 번도 만난 적 없는 생판 남의 뒤를 따라가려는 겁니다. 줄을 잡아당기며 아무리 세게 말려도 앞다리를 힘차게 들고 목을 막무가내로 내빼면서요."

한 집에서 계속 기른 개의 행동치고는 분명히 이상했다.

"정말로 한 번도 보신 적이 없는 사람이었나요? 전 주인이었을 가능성은……."

"로쿠는 막 태어난 강아지였을 때 우리 집에 분양되었어요. 우리 가족 외에 기르던 주인이 있을 턱이 없습니다."

남자는 똑 부러지게 말하고는 어째서인지 작게 한숨을 흘렸다.

"상대방도 개가 쫓아와서 깜짝 놀랐겠어요."

에쓰로는 말했다.

나이 든 남자는 고개를 끄덕였다.

"예에, 그랬죠. 기분 나빠했어요. 젊은 아가씨였는데."

에쓰로는 '어라?' 하고 생각했다.

"설마 그 아가씨가 사모님이 되신 건 아닙니까?"

나이 든 남자는 익살스럽게 양 눈썹을 치켰다. 입가가 크게 벌어지자 눈에 띄는 금니가 다시 엿보였다.

"맞아요. 어떻게 아셨습니까?"

"개가 맺어 준 인연인가요? 멋진 얘기네요."

택시 승강장에 우연히 함께 있었을 뿐인 사람에게 자신의 인생 속 멜로드라마를 얘기해 주다니 역시 말이 많은 남자다. 하지만 그만큼 인간성이 괜찮은 남자인지도 모른다. 에쓰로는 키득키득 웃고 말았다.

"나는 로쿠를 달래면서 집사람에게, 앞으로 집사람이 될 아가씨에게 사과했습니다. 우리 개는 사납지 않으니까 무서워하지 마세요, 하고 열심히 변명하면서요. 그 정도로 아가씨가 떨었거든요."

"개를 싫어하셨나요?"

"아뇨, 아닙니다. 집사람은 이유가 있어서 무서워했던 거였어요."

남자가 그렇게 말했다. 그때 처음으로 걸음이 조금 흐트러졌다. 꼭 얘기하려는 내용이 무척 무거워서 그걸 입까지 가져오다 저도 모르게 휘청거리고 만 것처럼.

"집사람은 로쿠를 안다고 했어요. 근래 연달아 로쿠를 꿈에서 보았다면서요. 자신을 따르는 개가 귀여워서 무척 즐거웠지만 개가 금세 죽어 버리는 꿈이었다더군요."

에쓰로는 걸음을 멈추었다. 남자는 그렇게 하지 않았으므로 둘의 거리가 두세 걸음 떨어졌다. 에쓰로는 성큼성큼 따라잡았다.

"괴담 같은 얘기네요."

그랬나, 남자는 그런 타입이었나. 택시 운전사 중에도 많이 있다. 최근에 이상한 일을 겪었는데요—하고 얘기를 꺼내는 타입.

"그래요……. 무서운 얘기죠."

남자가 대답했다. 뒤처졌다 다시 쫓아온 에쓰로 따위 전혀 안중에 없다는 표정으로.

"그때 나와 집사람은 서로 이상한 일도 있네요 하고 말하고 헤어졌습니다. 집사람은 건널목을 건너 저쪽으로, 나는 로쿠를 억지로 끌고 평소 산책 코스로요. 로쿠는 계속 목을 비틀며 집사람에게 가려고 킁킁거렸죠. 나는 목을 두드려 진정시키려 했고 아주 잠시 로쿠를 매었던 줄을 든 손에 힘을 풀었어요."

에쓰로는 무심결에 숨을 멈추고 남자의 말을 기다렸다.

"로쿠는 집사람을 쫓아 도로로 뛰어들었다가 차에 치여 죽었습니다."

그럴 법하지만 의외이기도 한 결말이다.

"옛날 일이니 차라고 해도 삼륜 화물차지요. 그때부터 집사람은 삼륜 화물차를 아주 싫어하게 됐죠. 좀 더 좋은 화물 운송차가 나와 삼륜 화물차가 거리에서 보이지 않게 되자 한숨 돌렸다고 하더군요."

넓은 신간 도로를 건너는 교차점에 이르렀다. 여기를 넘으면 이제 나기사 하이타운의 부지 안으로 들어간 거나 마찬가지다. 집이 가깝다고 생각하니 에쓰로의 다리에 힘이 돌아왔다.

"신기한 얘기를 들었네요."

붙임성 있게 그렇게 말해 보았다.

"회사 여직원들한테 얘기하면 좋아하겠는데요. 다들 괴담을 즐기니까. 로쿠는 어르신과 사모님의 연분을 맺어 주고 죽었으니 미담이기도 하고요."

남자는 손을 들어 이마의 물방울을 훔칠 뿐 대답하지 않았다. 물방울은 빗물이 아니라 땀처럼도 보였다. 왜 땀을 흘리는 걸까.

"그 일은 오래도록 나와 아내에게 의문의 사건이었죠."

밤의 어둠 속에서 나기사 하이타운의 하얀 건물이 보이기 시작했다. 불이 켜진 창문은 꼭대기 층에 하나뿐이다. 그 위에 붉은색으로 깜빡이는 항공 충돌 방지등. 두 불빛을 빼면 한밤중에 선 거인의 표식처럼 그저 하얗고, 밋밋했다.

"왜 로쿠는 전혀 알지 못했던 집사람을 쫓아갔을까 하는 게 줄곧 의문이었습니다. 수수께끼가 풀린 건 불과 오 년 정도 전이에요."

"풀렸습니까?"

내막이 밝혀지는 괴담은 처음 듣는다.

"예, 풀렸습니다. 비슷한 일이 집사람 지인 신변에 일어났거든요."

지인은 어느 날 아들 부부와 손자와 함께 어느 유원지에 갔다. 유원지에서 놀이기구의 차례를 기다릴 때 초등학교 삼학년쯤 되는 남자애가 이상하게 따랐다고 한다.

“물론 전혀 모르는 집 애였습니다. 일면식도 없었죠. 하지만 지인은 떠올렸다고 합니다. 요 며칠간 밤마다 꾸는 꿈을. 꿈속에서 자신을 따르며 함께 즐겁게 놀았던 아이의 얼굴을.”

에쓰로는 그때 처음으로 한기를 느꼈다. 비에 젖은 탓이라고 자신을 타일렀다. 이런 가랑비는 몸의 심지까지 얼게 한다—.

멀리서 무언가가 웽웽대는 소리가 들렸다. 엄청나게 큰 파리가 십 킬로미터 앞에서 날아다니는 듯한 소리.

“그 애는 죽었습니다.”

나이 든 남자가 말했다. 억양이 없는 말투다.

“제트코스터에 탔다가 심장마비를 일으켰어요. 재판 소동이 됐다고 합니다.”

“죽었다니, 사모님 지인의 눈앞에서요?”

“예, 그래요.”

두 사람은 한동안 말없이 걸었다. 엄청나게 큰 파리가 날아다니는 듯한 소리가 조금 가까워진 것처럼 느껴졌다.

“결혼한 지 얼마 안 되셨죠?”

에쓰로는 갑작스러운 질문에 눈을 동그랗게 떴다.

“네?”

“신혼이시죠?”

나이 든 남자의 눈이 살짝 운 것처럼 빨갛다.

“예, 결혼해서 이제 한 달이 됐어요.”

“그래요.”

남자는 그렇게 중얼거리더니 다시 혼잣말을 했다.

"나는 운이 나빴어……."

제아무리 에쓰로라도 기분이 상해 목소리가 거칠어졌다.

"아까도 그렇게 말씀하셨는데 무슨 뜻이죠? 기분이 좋지 않은데요."

남자는 에쓰로의 말 따위는 들으려고도 않고 자신만의 세계에 빠진 것 같았다. 마침내 부드러운 목소리로 이렇게 말했다.

"결혼할 때 '붉은 실의 전설' 얘기를 듣지 못했습니까? 결혼할 상대랑은 날 때부터 서로의 새끼손가락이 붉은 실로 묶였다는 얘기 말입니다."

파리의 날갯소리 같은 웽웽거림이 커져서 에쓰로의 귀로도 알아들을 수 있을 정도였다. 아아, 엔진 소리다. 또 폭주족인가—.

남자는 목을 꺾고 하늘을 올려다보더니 잿빛 구름에서 배어 나오는 것처럼 내리는 비를 얼굴로 맞으며 말했다.

"전설은 진짜입니다. 그리고 그 반대도 있어요."

"반대라니요?"

"사신이에요."

남자는 에쓰로를 보려고도 하지 않았다.

"이렇게 말하면 잔인할지도 모르지만 역시 이렇게밖에 말할 도리가 없네요. 우리는 부부가 될 상대와 붉은 실로 묶여 있는 것과 마찬가지로 임종을 지켜 주는 상대와도 묶여 있어요. 아마 검은 실로요."

정말로 실이 묶여 있는 것처럼 남자는 자신의 손을 뚫어져라 바라보았다. 에쓰로도 반사적으로 그러고 말았다. 그곳에는 아무것도 없을 게 분명한데.

"대개 임종은 가족과 배우자가 지켜 주지요. 붉은 실로 묶인 상대가요. 다시 말해 우리는 일생을 끝낼 때까지 함께 할 상대와 빨간색과 검은색 두 줄의 실로 묶인 겁니다. 대개는. 하지만 **그렇지 않을 때도 있어요.**"

남자의 어깨 너머로 무언가 빛나는 게 보였다. 헤드라이트다. 가까워진다. 엔진 소리도 굉음이라고 할 정도로 커지고—.

"때로는 붉은 실로 묶인 상대가 아닌 사람과 검은 실로 묶인 사람이 있어요. 임종을 지키는 건 검은 실로 묶인 인간, 다시 말해 그 사람은 그이에게 사신이죠. 그 사람과 만나 정답게 얘기를 나누었을 때, 동물이라면 그 사람이 머리를 쓰다듬어 주고 귀여워해 준 그때가 죽음이 찾아올 때인 겁니다. 그것도 가까운 가족이 지켜 주지 못하는 죽음, 비명횡사일 때. 검은 실로 묶인 상대가 실을 끊고 **당신을 현세에서 떼어 놓지요**—."

에쓰로는 미끈미끈한 손이 등을 훑는 듯한 기분이 들어 몸을 떨었다.

"나는 운이 나빴어요. 나도 괴롭습니다."

남자는 얼굴을 찡그리며 말했다.

"나는 당신 같은 상냥한 사람의 사신이 되어야 할 모양이에요. 왜일까요? 왜 나랑 당신 조합일까요. 아무도 모를 일이죠. 운명이란 녀석은 엄청나게 넓은 게임판이나 퍼즐 같은 건가 봅니다. 나나 당신이나 두 사람 사이에 공통점이나 인과관계를 찾을 수 없지만 운명의 눈으로 보면 나와 당신은 옆에 나란히 있기에 어울리는, 비슷한 모양인지도 모르겠네요. 그렇기에 만났을 때 서로 그립게 느꼈을까요. 정해진 상대를 겨우 만났다고 생각해서. 그래서 로쿠는 집사람을 따랐습니다. 그래서 죽은 아이는 지인을 따랐던 겁니다. 와, 찾았다, 반쪽을 찾았다. 그렇게 생각했으니까, 둘이 만나서 완성된 운명의 그림을 발견했으니까. 하지만 자신의 눈에는 그게 보이지 않아요. 결코, 결코 보이지 않습니다. 당신이 마지막에 보는 건 운명의 가위로 검은 실을 끊는 사신의 얼굴뿐이에요—."

남자는 갑작스럽게 "그럼 안녕히" 하고 말했다. 홱 등을 돌려 사라져 간다. 양손을 늘어뜨리고 그저 망연히 섰던 에쓰로는 남자의 등을 보며 갑자기 강한 그리움을 느꼈다. 가게 하면 안 된다. 좀 더 얘기하고 싶다. 단지 그것만 생각했다.

"잠깐만요! 잠깐 기다리세요!"

도로에 발을 내디뎠다. 달리려고 다리를 움직였다. 그리고 그곳에 웽웽거리는 엔진과 째는 듯한 헤드라이트의 불빛이—.

미야케 에쓰로는 눈을 번쩍 떴다.

전차는 벌써 역에 정차했다. 마지막 역이라서 같은 차량의 손님들이 줄줄이 내렸다. 어느 역에서 잠이 들어 버렸을까?

서둘러 승강장으로 내려 겸연쩍음에 한숨을 한 번 쉬었다. 눈을 뜨는 게 조금만 더 늦었다면 역무원이 흔들어 깨워 일어날 뻔했다.

그건 그렇고 이상한 꿈을 꿨다. 아직도 심장이 쿵쾅거린다. 미치에에게 얘기하면 걱정할지도 모른다. 자신이 죽는 꿈이라니, 결혼한 지 얼마나 되었다고 불길하게.

개찰구를 빠져나갈 때까지는 어느 정도 사람이 있었는데 거리로 나오니 택시 승강장으로 가는 사람은 에쓰로 한 명이다. 오늘 밤 마지막 전차에 탄 나기사 하이타운 주민은 에쓰로 혼자뿐인 모양이다.

에쓰로는 삼단 우산을 펼쳤다.

부옇게 시야가 흐린 비 내리는 밤이다.

낮보다 기온이 십 도 가까이 내려갔다. 그래도 이제 봄은 봄이라 가만히 서서 택시가 오기를 기다리는 사이 발을 동동 구르며 발끝을 녹일 필요가 없었다. 다만 그러고 싶은 상황이기는 했다.

벌써 삼십 분째 택시가 한 대도 오지 않는다—.

불문율

〈부두에서 죽음의 다이빙
일가족 네 명, 차에 탄 채 바닷속으로. 강제 동반 자살 의심〉

• 옆집 주부 · 야자키 사치코의 이야기

"비교적 조용한 가족이었어요. 큰애 아키라가 초등학교 사학년인데 남자애니까 한창 저지레할 때잖아요? 그래서 가끔 엄마한테 혼나곤 했던 정도죠. 우리 집은 여자애만 둘이지만 가타세 씨네보다 훨씬 시끄러울걸요? 부인도 얌전한 사람인데다 언제 얼굴을 마주쳐도 싹싹하게 인사하고……. 말수가 적은 사람이기는 했어요.

남편분도, 거 있잖아요, 농담으로 많이 말하죠, 시곗바늘 같다고. 그런 느낌이었죠. 매일 아침 정확하게 일곱시에 집을 나가서 밤 여덟시에는 돌아와요. 우리 집 그이랑 얘기하면서 가타세 씨 댁 남편 드나드는 모습을 보고 시계를 맞춰도 되겠다고 했을 정도로요. 네? 어머나, 왜 그러세요. 아니에요, 관찰했던 게 아니라요. 집이 계단 옆이다 보니까 자연히 사람 드나드는 걸 알게 된 것뿐이에요. 정말이에요. 예—괜찮은 가족이었죠. 단지에서 오래 살았지만 정말로 그런 부인은 드물었어요."

• 가타세 미쓰오의 회사 동료 · 쓰노 히로시의 이야기

"사고였다죠? 네? 자살? 동반 자살요? 으음, 이해가 가지 않네

요. 그야 분명히 갑자기 익숙하지 않은 영업부로 발령 나서 한때는 꽤 고민하기도 했죠. 가타세 씨는 원래 기술자 출신이니까요. 그렇지만 아무리 일 때문에 고민했더라도 그깟 걸로 아이까지 길동무로 삼아 죽겠어요? 그런 짓은 하지 않겠죠. 절대로 못해요. 부모 마음을 갖고는요. 보통 어머니는, 뭐랄까, 애랑 일심동체 같은 구석이 있어서 남기고 가기 불쌍하다며 함께 죽기도 하죠. 하지만 아버지는 다르잖아요. 좀 더 냉정하다고 할지……. 어머니보다 객관적으로 아이를 보는 구석이 있잖아요. 물리적으로도 이십사 시간 찰싹 붙어 있는 게 아니니까. 아버지는 아이랑 강제 동반 자살은 못해요. 네? 먼저 부인을 설득하고 둘이 의논해서 온 가족이—뭐, 그런 일이라면 있을지도 모르겠네요. 신문에서 읽었는데 차가 떨어질 때 부인의 비명을 들은 사람이 있다던데, 그렇다면 합의한 동반 자살이 아니었다는 얘기죠? 역시 사고예요. 요란스럽게 동반 자살이라고 써 대다니 실례라고요. 그만뒀으면 좋겠네요."

• 가타세 시즈코의 어머니 · 이토 우메코의 이야기

"……하루 전날 전화가 왔어요. 가족끼리 드라이브를 간다면서. 고민이 있다든가 하는 낌새는 없었어요. 원만했을 거예요. 사위는 성실한 사람이었거든요. 취미라고 해 봤자 스케치를 하러 가는 정도고, 도박도 한 적 없고……. 파친코나 마작도 하지 않았어요. 빚도 없어요. 없을 거예요. —예, 그날은 디즈니랜드에 간댔어요. 아키라랑 유미도 전화를 바꿔서 할머니 선물을 사 온다고……. 죄송해요, 이제 그만해 주세요. 슬슬 장례식도 시작하고요, 정말 뭐가 뭔지…….”

• 담당 경찰서 교통과 직원 · 아마노 후미오의 이야기

“목격자의 증언으로는 가타세 씨 일가가 탄 차가 부두에서 바다로 뛰어내리기 직전에 차체 전체가 덜거덕거리는 것처럼 작게 요동치며 운전했다더군요. 이 사실은 현장 검증 때 부두 아스팔트 위에 남은 타이어 흔적으로도 뒷받침되었습니다. 운전석에서 사람이 다투는 낌새도 있었다고 하니까 아마 차에 탄 채로 바다에 뛰어들려는 가타세 씨를 조수석에 앉았던 부인이 말리려다가 싸움이 났겠죠. 끌어올렸을 때 차 문은 꼭 잠겼고 창문도 전부 닫혀 있었습니다. 두 아이는 뒷좌석에 있었지만 떨어질 때 충격으로 앞쪽으로 내던져져 유체는 어머니랑 포개어지듯 쓰러져 있었죠.

—딱 하나 이상한 게 있는데요. 안전벨트입니다. 부인은 안전벨트를 맸지만 가타세 씨는 매지 않고 풀어 놓았더군요. 가타세 씨가 혼자 결심해서 저지른 강제 동반 자살에 부인과 아이들이 휘말렸다고 하면 반대 상황이어야 하잖아요? 가타세 씨는 벨트를 꽉 매고 부인은 풀어야죠. 아니면 풀려고 한 흔적이 있든지요. 차에서 도망치려면요. 그런 형태가 아니면 이상하다고 보는데요……. 네 명 다 숨을 거두고 말았으니 확인할 방도가 없어 유감입니다. 명복을 빌 수밖에 없네요.”

• 가타세 아키라의 동급생 · 미요시 겐지의 혼잣말

“아키라가 그런 일을 당하다니, 이제 유괴 놀이도 같이 못하게

됐잖아.”

• 가타세 미쓰오의 부하 · 야나기 아유미가 동료와 나눈 대화

“파리에 데려가 준다고 했는데 결국 날아갔네……. 뭐, 파리 따위 아무나 다 가는 데지만. 위트릴로프랑스의 화가도 아닌데 둘이서 스케치라니 어이가 없어서 못 해 먹을 짓이지. 계장님도 참, 내가 미대 출신이라는 걸로 야단스럽게 굴었다니까. 처음에는 멋진 사람이다 싶었지만 사귀어 보니 중년 아저씨는 다 똑같더라. 너도 조심해. 돈 없으면 끝장이야. 깔끔하게 헤어질 수 있는 상대가 아니면 얼마나 힘든지 몰라. 아저씨의 눈물 따위 보고 싶지 않잖아?”

• 옆집 부인 · 야자키 사치코의 이야기

“얌전한 사람이었지만 집요하고 무서운 구석도 있는 부인이었어요. 그래, 맞아, 생각났어요. 한번은요, 내가 친하게 지내는 사층 부인이…… 이름은 밝힐 수 없죠. 여하튼 그이가 쓰레기 당번을 깜빡하고 하지 않은 적이 있어요. 그때 가타세 씨 부인이랑 같이 당번이었죠. 성격이 그런 사람이라 한동안은 로비에서 스치기라도 하면 곁눈으로 흘긴다고 했어요. 슈퍼 안에서도 어디서 누가 쳐다보는 것 같아 돌아보면 가타세 씨 댁 부인이 멀리서 째려보고 있더래요. 기분 나빴어요. 그러다가 곧 멈춘 모양이지만, 아무리 그래도 쓰레기 당번 한두 번쯤은 괜찮지 않아요? 일부러 그런 것도 아닌데.”

• 가타세 아키라의 담임 교사 · 아사카 요코의 이야기

“자식 교육에 관심이 많은 어머님이셨어요. 그렇다고 해서 시끄럽게 화내거나 애한테 강요하거나 하는 타입은 아니고 애의 능력을 길러 주고 싶어 하시는 듯했어요. 아키라가 산수를 잘하는 걸 자랑스럽게 여기시는 것 같았고요. 여동생 유미도 아직 일학년이지만 삼학년쯤에 배울 만한 한자를 술술 읽고 써서 담임 선생님이 놀란 적이 있대요.

그래요—어디까지나 제가 개인적으로 품은 인상이긴 한데 아주 책임감이 강한 어머님이시라 자신에게도 엄격하지만 그만큼 남에게도 엄격한 부분이 있었어요. 만사에 무책임한 일, 대충대충 하는 일은 싫다고 똑 부러지게 말씀하셨죠. 이론만 내세우는 게 아니었어요. 오히려 순수한 분이라고 말씀드려야 마땅해요. 훌륭한 어머님이셨어요.”

• 가타세 아키라의 동급생 · 미요시 겐지의 혼잣말

“우편함에 넣어 두었던 협박장, 경찰 아저씨가 보지는 않았을까……. 엄마한테 들키면 엄청 혼날 텐데.”

• 가타세 미쓰오의 부하 · 야나기 아유미가 동료와 나눈 대화

“부인이랑 헤어질 테니까 자기랑 결혼해 달라는 말이라도 꺼내봐. 진짜 못 살아. 나는 맞선으로 고학력 엘리트를 잡게 생겨서 들떴는데 말이야. 계장님도 참……. ‘지금까지의 내 인생은 잘못됐어. 너랑 둘이서 다시 시작하고 싶어’라니, 소름 끼쳐. 마흔이 다

돼 정식으로 데생 공부를 시작해서 화가가 될 수 있으리라고 진심으로 생각하더라니까.

—있잖아, 그래도 말이야, 너도 계장님이 나한테 차여서 자살했다고 믿어? 그렇게 생각 안 하지? 아니지? 그러면 혼자서 죽을 테니까. 애들까지 길동무로 삼는 건 이상하지?"

• 가타세 미쓰오의 고교 시절 친구 · 모토키 유스케의 이야기

"원래 저는 동창회 같은 데는 거의 나가지 않아요. 우리는 인문계였으니까 옛날의 반 친구는 모두 일류 대학으로 진학해서 일류 기업에 들어가 열심히 일하며 기업 전사가 돼 있을 것 아닙니까? 그에 비해 저는 햇병아리 일러스트레이터고 간신히 입에 풀칠하는 형편이니까요. 서른여덟 살이나 먹어서 아직 독신이고……. 아무래도 주눅이 들 수밖에 없지요. 올 일월의 동창회에 나간 건, 뭐라고 할지, 마가 끼었다고 해야 할까요. 요즘에 소설 잡지 같은 데 삽화 그리는 일도 늘었고 일이 궤도에 올라 옛날보다 우쭐해 있었던 것도 분명히 참석 이유 중 하나였어요. 갔더니 천만의 말씀이더군요. 아무도 제가 한 일을 몰랐고 애초에 소설 잡지 따위 보지도 않았죠.

그중에서 가타세만 제 일에 흥미를 보여 주었어요. 엄청 열심히 얘기를 들어 주더군요. 저도 솔직히 허세도 있어서 조금 각색해 떠들었는데, 헤어지고 나니 겸연쩍었죠. 동창회에서 사나흘이 지나고 가타세한테 전화가 걸려 왔을 때는 두 번 놀랐어요. 제가 한 작업물을 보았다고 하더라고요. 일부러 도서관이나 서점을 돌며 잡

지를 찾아서요. 기뻤지만 죄책감도 느꼈어요.

'너는 열심히 하는구나. 좋겠다. 좋아하는 길에서 먹고살 수 있으니 최고의 인생이야. 사실은 나도 회사를 그만두고 그림으로 먹고살고 싶었거든. 힘이 났어.'

그런 소리를 합디다. 얼마나 당황했던지요. 이 길은 그렇게 쉽지 않다, 내가 허세를 부리느라 좋은 점만 떠들었지만 현실은 혹독하다고 했는데도 가타세는 이미 생각을 굳힌 모양이었습니다. 아내와는 상의했느냐고 물으니까, '마누라랑은 인생관이 뿌리부터 달랐어. 얘기해도 소용없어'라더군요. 헤어질 생각이었는지도 모르겠네요. 이별 얘기가 잘못돼서 그런 일이……. 하고 싶지 않은 상상이지만요."

• 오노 멘탈 클리닉 소장, 의학박사 · 오노 요시오의 이야기

"긴다이 주택 상사와는 전속 카운슬링 계약을 맺고 올해로 오 년째입니다. 사원분들이 가볍게 건강 상담을 하러 찾아올 수 있는 분위기를 만들려고 애써 왔죠. 노력한 보람이 있었는지 여사원들도 퇴근길에 들러 주거나 해요. 두통, 불면, 초조감, 생리불순 등 직장의 인간관계에서 생기는 스트레스가 원인일 때가 많아요.

가타세 씨가 처음 찾아오신 건 설계에서 영업으로 이동하고 석 달쯤 지나서였지요. 반년 전 일이군요. 회사로서는 기술 지식을 가진 영업 사원을 양성하려고 이동을 시도했겠지만 개인적인 의견으로는 그다지 찬성할 만한 방법이 아니었어요. 그렇다면 영업 사원이 고객과 구체적인 교섭에 들어갈 때 기술 분야 사람을 동행시키

면 그만이잖습니까.

가타세 씨는 자신은 말주변이 없어서 영업이 힘들다고 하셨어요. 노이로제라고 할 정도는 아니었지만 잠을 잘 이루지 못해서 낮에도 머리가 아프다기에 가벼운 정신 안정제를 처방해 두었습니다. 일주일이나 열흘 건너서 두세 번 오셨을까요. 세 번째 왔을 때에는 취미였던 스케치를 본격적으로 시작했다고 하셨어요. 여가에 기분 전환을 할 수 있게 되어서인지 꽤 밝아지셨더군요. 이제 약도 필요 없다고 똑똑히 말씀하셨어요. 이직? 화가로? 호, 그거 처음 듣네요. 저한테는 그런 말씀은 한마디도 하지 않으셨어요.

—으음, 어려운 질문이군요. 저로서는 돌아가셨을 때 가타세 씨의 정신 상태에 이상한 점이 있었다고 생각하기 어렵네요. 석 달 전에 세 번째로 찾아오시고는 뵌 적이 없으니까요. 하지만 가타세 씨가 설계 일을 하던 시절과 전혀 다른 새로운 스트레스 속에 있었던 건 사실이니까, 일 외적인 요소로 상당한 부담이 될 만한 문제가 생겨 마음의 무거운 짐이 겹쳤다면, 어느 순간에 도를 넘고 마는 일도 가능할지 모릅니다.

하지만 그건 사고였죠?”

• 이웃집 주부 · 야자키 사치코의 이야기

“예? 남편에게 딴 여자가 있었어요? 회사 사람들이 그렇게 말했나요? 아, 소문으로. 그래요, 그랬구나. 아뇨……. 남편의 기분을 알 것도 같아서요. 어두운 부인이었으니까요…….”

• 가타세 미쓰오의 여동생 · 가타세 유리코의 이야기

"오빠는 이혼하고 싶다고 했어요. 석 달 정도 전에 처음 얘기를 들었을 거예요. 달리 좋아하는 여자가 생겼다든가 하면서……. 직장 부하라고 했어요. 스물두 살이라니 당치도 않다고, 제가 엄청 화를 냈어요. 오빠는 귓등으로도 듣지 않는 것 같았지만요.

새언니랑 그 일로 직접 얘기한 적은 없어요. 아무래도 못 하죠. 오빠는 이혼 얘기를 꺼냈나 봐요. 보름 정도 전이었나, 볼일이 있어 전화했더니 새언니가 떠보더라고요. '오빠한테 무슨 얘기 못 들었어요?'라고. 제가 '무슨 얘기요?' 하고 대답했더니 애매하게 말을 흘렸지만.

새언니는 아주 좋은 아내였어요. 오빠한테 성심을 다했어요. 다만 그만큼 오빠한테도 여러 의미로 요구가 심하지 않았나 싶어요. 이혼 얘기에 절대로 고개를 끄덕이지 않았을걸요. 새언니는 '나한테 아무 잘못도 없는데 그런 무책임한 소리를 하면 곤란하다'고 생각했겠죠.

그러고 보니 한번 깜짝 놀란 적이 있었어요. 오빠와 새언니가 둘이서 상의해 정한 일은 문서로 남겨 둔다고 들었을 때요. 올해 여름방학에는 오키나와에 간다든가 냉장고는 겨울 보너스를 받으면 이러이러한 기종으로 새로 산다든가. 구두 약속으로는 적당히 넘어가고 마니까 문서로 남긴다는 거예요. 가정 안에서요. 부부인데. 새언니는 오빠 귀가가 늦어져 먼저 잘 때도 무슨 용건이 있으면 항목별로 써서 편지를 남겨 둔대요. '항목별로'라는 부분이 엄청나지 않아요? 저는 그 얘기를 듣고서 오빠가 가여워졌어요."

• 가타세 시즈코의 친구 · 야마다 노리코의 이야기

"요 한 달 새 남편이랑 사이가 점점 나빠졌던 것 같아요. 저는 얘기를 낱낱이 들었는데요…….

분명히 딴 여자를 만든 남편이 나쁘죠. 게다가 회사를 그만두고 화가가 된다든가 하는 꿈같은 얘기를 꺼냈다니까요. 하지만 시즈코도 좋지 않은 점은 있었어요.

시즈코는 헤어지네 마네 하고 싸우는 모습을 애들한테 보이고 싶지 않다며 남편 앞으로 편지를 쓴다고 했어요. 문장으로 남겨 두면 증거가 되니까 그편이 낫다든가 하면서. 인정머리 없어 보이는 방법이니까 그만두라고 충고했지만 멈추지 않았어요.

'남편한테는 나랑 애들을 부양할 책임이 있는데, 이제 와 딴 여자가 생겼다느니 그 여자를 사랑한다느니 말해서 어쩌라고. 그런 이치에 맞지 않는 무책임한 일, 나는 절대로 용서하지 않을 거야'라며 버텼어요. 시즈코는 감정적인 사람이 아니었으니까 가타세 씨도 힘들겠지 하고 생각할 때가 있었어요. 솔직히요.

한번은 시즈코가 이런 말을 한 적이 있어요. 이혼 얘기를 꺼냈을 때 가타세 씨가 '네가 그런 식으로 나한테 너희를 부양할 의무가 있다, 가정을 지킬 의무가 있다고 우길 때마다 나는 죄인이 된 기분이야. 내 인생을 저당 잡힌 것 같다'고 말했대요. 시즈코는 엄청나게 화를 냈지만 저는 가타세 씨의 기분을 조금은 이해할 수 있었어요……. 우리 남편은 '그런 기분은 가정을 가진 남자라면 누구든 안고 있어. 나한테도 가정은 소중한 동시에 족쇄이기도 해. 쇠사슬을 끄는 듯한 기분이 들 때도 있어. 그래도 그런 얘기를 입 밖에 꺼내면 안 되지. 그건 남편이 나빠'라고 하지만."

• 담당 경찰서 교통과 직원 · 아마노 후미오의 이야기

"바닷속에서 끌어올린 차 안에 가타세 씨 것으로 추정되는 작은 보스턴백이 있었는데, 가방 안에 부부의 자택인 분양형 공단 주택 권리증과 인감, 주택 융자 지급에 관한 서류 일체, 저금통장이 들어 있었습니다. 통 영문을 모르겠어요. 애를 데리고 놀러 가면서 왜 이런 물건들을 가지고 갔는지……. 디즈니랜드에는 부인이 가자고 한 모양인데 그러기 전에 대체 무슨 얘기를 나누었는지……."

• 가타세 아키라의 동급생 · 미요시 겐지의 혼잣말

"아키라 녀석, 갑자기 디즈니랜드에 가게 돼서 유괴 놀이를 잊어버렸는지도 몰라. 아침 일찍 우편함에 협박장을 넣어 둔다고 약속했는데. 큰일이네. 협박장은 어떻게 됐지?"

• 단지 근처 편의점 점원의 이야기

"사건이 있었던 일요일 아침 가타세 씨 댁 남편분이 왔어요. 잠이 부족한지 눈이 빨갛더군요. 커피를 마시고 갔는데 떨리던 손이 똑똑히 기억나요. 역시 동반 자살을 결심했던 걸까요……. 시간? 일렀죠. 일곱시 무렵이었나."

• 가타세 아키라의 담임 교사 · 아사카 요코의 이야기

"아, 유괴 놀이요?(웃음) 애들 사이에서 유행인가 봐요. 그렇게

위험한 놀이는 아니에요. 두세 사람 정도가 짜고 인질 역과 범인 역으로 나뉘는데, 먼저 범인 역 애가 인질 역 애에게 협박장을 보냅니다. '널 유괴했다'라고요. 그러면 인질 역 애는 범인이 요구하는 대로 몸값을 준비해서 범인의 지시에 따릅니다. 몸값이라고 해도 대단한 건 아니에요. 만화책이나 바코드 배틀러실제 유통되는 상품의 바코드를 읽으면 해당 바코드에 따라 게임 전투력이 정해지는 게임기에 쓰려고 잘라 놓은 바코드 정도죠. 경찰 역은 없어요. 인질은 인질인 동시에 스스로 자신을 구출해 내는 역할도 해야만 해요. 요즘 애들은 여럿이 모여 놀지 않으니까 일인 이역을 해내는 거죠.

몸값 건네기가 클라이맥스예요. 공원 벤치나 도서관이나 단지 주차장 같은 여러 장소를 무대로 하죠. 인질 역은 범인의 지시대로 몸값을 숨기거나 방치하거나 얌전히 두거나 해요. 범인 역 애가 정면으로 가지러 갈 리가 없으니까 여기가 도박이죠. 언제 어디서 나타날지 모른다는 스릴이 있어서 재미있는 모양이에요. 인질이 다행히 범인을 잡고 자유의 몸이 되면 인질 역 아이의 승리. 인질도 도망치는 데 성공했지만 범인이 몸값을 빼앗아서 도망쳐 버리면 무승부. 몰래 나타난 범인이 인질과 몸값 양쪽을 제압해 버리면 범인 역 아이가 이기는 놀이예요.

협박장을 보내는 부분이 다소 지나치다는 느낌이 들기는 해도 전화라면 부모가 대화를 듣고 시끄럽게 간섭하거나 할 테고, 편지 쪽이 분위기가 난다네요.

애들은 참 엉뚱한 놀이를 생각해 내죠?"

• 가타세 가족과 계약했던 신문 보급소 배달원의 이야기

"일요일 아침에 조간을 배달하러 갔을 때 가타세 씨 댁 우편함에 편지 같은 게 한 통 들었더군요. 여섯시 반쯤이었나. 그 건물에 신문을 다 배달하고 자전거에 타는데 마침 계단을 내려오는 그 댁 남편분이 보였어요. 그 아저씨는 일요일에도 아침 일찍 일어나세요."

• 장례식을 도우러 온 가타세 미쓰오의 사촌・사노 다카하루의 이야기

"쓰레기통 안에 찢어서 버린 편지가 있었어요. 갈가리 찢겨서 원래대로 완벽하게 복원할 수는 없었지만 내용은 대강 알 수 있었죠.

'너를 유괴했다. 몸값으로 네 전 재산을 요구한다. 내놓지 않는 한 너는 영원히 자유의 몸이 될 수 없다.'

무시무시한 내용이죠? 깜짝 놀라서 이래저래 물어보았더니 아키라의 담임 선생님께서 '유괴 놀이' 얘기를 해 주셨어요. 요즘 애들은 터무니없는 놀이를 하네요. 주도면밀하게 워드프로세서로 친 글씨였어요. 정말 기겁을 했죠."

• 가타세 아키라의 동급생・미요시 겐지의 혼잣말

"아빠의 워드프로세서를 몰래 썼는데 들키면 그것도 위험하지 않을까."

• 가타세 가족의 장례를 담당한 장례 회사 사장의 마음속 독백

'이런 어린애의 장례식은 서글퍼. 일이라고는 해도 정말 싫어.

아무리 그래도 부부 싸움으로 강제 동반 자살이라니, 거참. 둘 중 하나가 해서는 안 될 얘기를 해 버린 게 아닌가.'

• 가타세 시즈코의 친구 · 야마다 노리코의 이야기

"위자료를 받고 헤어졌으면 좋았으련만. 아니, 얘기를 나눠 보았으면 좋았을 텐데. 얼굴을 맞대며 생활하는 사람들끼리 편지 같은 건 역효과예요."

• 분향하러 온 담당 경찰서 교통과 직원 · 아마노 후미오가 상사와 나눈 대화

"자유의 몸이 되고 싶다면 돈을 내놔라."

"네? 지금 뭐라고 하셨어요?"

"아무것도 아니야."

"방금 돈을 내놓으라고—."

"자네는 아직 독신이니까 이해 못할지도 모르겠군."

"뭘 말입니까?"

"월급 배달부인 아버지는 가족에게 인질로 잡힌 거나 마찬가지야."

"네에……."

"가타세는 거기서 도망쳐 나오려고 했을지도 몰라. 몸값을 내놓고. 그래서 안전벨트를 매지 않았던 거지. 그는 몸값을 주고 도망치려고 했던 거야."

"—디즈니랜드에 가는 중에요?"

"어쩌다 보니 그렇게 흘러간 거지. 그래서 차가 요동쳤고 결국 바다에 뛰어들어 버렸어."

"……."

"그런 얘기는 해서는 안 돼. 몸값이라느니 인질이라느니. 입 밖에 내면 안 됐어. 인질을 잡은 쪽이건 잡힌 쪽이건, 말하지 않아도 아는 일이니까 말하면 안 돼. 무심코 얘기를 꺼냈다가는 이런 꼴이 되지."

• 가타세 미쓰오의 부하 · 야나기 아유미가 동료와 나눈 대화

"응? 내 탓이 아니지? 나는 잘못 없지?"

• 가타세 아키라의 동급생 · 미요시 겐지의 혼잣말

"아키라, 왜 죽었을까?"

혼선

전화벨 소리에 벽시계를 쳐다보았다. 새벽 두시 반. 동생 말대로 어김없이 정각이었다.

벨은 계속 울렸다. 착신을 가리키는 빨간 등이 조급하게 깜빡였다. 나는 동생을 채근해서 수화기를 들게 했다.

"네."

상대가 누구인지 알 때까지 그 말밖에 하지 않는다. 목소리도 조심스럽다. 경계하는 것이다.

동생은 수화기를 귀에 댄 채 미간에 주름을 꽉 잡더니 나를 돌아보고는 고개를 작고 빠르게 끄덕였다. 역시 녀석이다.

나는 일어나서 전화로 다가갔다. 송화기를 손바닥으로 감싼 동생은 빠르게 떠들었다.

"평소처럼 소름 끼쳐. 정말 짜증 나는 놈이야."

나는 수화기를 받아 들며 등을 펴고 말했다.

"여보세요? 전화 바꿨습니다. 아, 끊지 말아 주세요. 저는 당신이 밤마다 전화 거는 번호를 쓰는 여자애의 오빠예요—끊지 마세요, 끊지 마요. 당신은 동생에게 늘 얘기를 조금 나누고 싶을 뿐이라고 한다면서요? 얘기하는 것쯤 뭐 어떠냐, 상대해 줘도 되지 않느냐고요. 그러면 오늘 밤은 제가 상대해 드리죠."

찰칵 하는 소리가 들리며 상대방은 전화를 끊어 버렸다. 나는 수화기를 손에 든 채 동생의 얼굴을 보았다. 동생은 검은 콘택트렌즈를 빼내려던 참이었다. 커다란 눈에 손가락을 살짝 댄 채 귀엽게 메롱을 한다.

"끊겼어."

"걱정하지 마. 조금 기다리면 또 걸어 올걸. 늘 그래."

"너 혼자라면 그렇겠지만 남자 목소리가 들렸으니 경계하지 않을까? 오늘 밤은 포기할지도 몰라."

나는 수화기를 내려놓았다. 동생은 느긋하게 힘을 빼고 좋아하는 의자에 앉았다. 세 가닥으로 땋아서 내린 긴 머리를 풀고 머리를 한번 흔들어 어깨 위로 늘어뜨린다. 언제 봐도 정말 예쁜 머리칼이다.

"그런 사람들에게 일반 상식은 통하지 않아. 그 사람은 절대로 포기하지 않을걸. 한번 봐. 또 걸어서 왜 오빠한테 전화를 바꿨느냐고 화낼 테니까. 내기해도 좋아."

만약 내기에 응했다면 동생에게 무언가 사 줘야 할 뻔했다. 정확히 삼십 분이 지나고 다시 전화벨이 울리기 시작한 것이다.

"이제 오빠도 돌아가고 또 나 혼자 있으리라 생각하겠지."

동생은 수화기를 들고 다시 "네" 하고 짧게 말하더니 얼굴을 찌푸린 채 재빨리 팔을 뻗어 수화기를 멀리했다. 꼭 수화기가 침을 뱉은 것처럼.

"봐, 화내잖아."

나는 내민 수화기를 귀에 대고 상대의 목소리를 들었다.

"야, 이 나쁜 년아! 왜 내 전화를 오빠한테 바꿔! 그리고 내 전화를 중간에 끊지 말라고. 너한테는 그럴 권리 따위 없으니까. 내가 너랑 얘기하고 싶다면 너는 상대해야 해. 알겠어?"

취하지는 않은 것 같다. 또박또박한 말투였다. 엄청난 기세로 지껄였으니 정말로 침이 튀었으리라. 더러운 남자다. 비참한 남자다.

"당신은 나랑 얘기하고 싶은지 모르겠지만 나한테는 수다 떨 친구가 아주 많아. 그러니까 당신 같은 사람이랑 얘기할 여유는 없어. 이렇게 늦은 밤에는 늘 자는걸. 평범한 사람은 다들 그래."

동생이 침착한 말투로 그렇게 대답하자 상대는 말이 끝나기 무섭게 잡아먹을 듯이 고함쳤다.

"나는 너랑 얘기하고 싶어. 그러니까 너한테는 상대할 의무가 있어. 끊어도 몇 번이고 걸어 줄 테다."

"나는 싫어. 당신과 얘기하고 싶다는 사람을 소개해 줄게. 그러니까 끊지 마."

동생은 그렇게 선언하고 다시 내게 수화기를 건넸다. 나는 무심결에 한숨을 한 번, 그러고서 수화기를 받아 들고 귀에 댔다.

근래 보름가량 심야 두시 반이 되면 동생에게 전화를 건다. 그는 세상에 잔뜩 잠재한 음침한 변태 중 한 명이었다.

동생은 처음에 장난 전화임을 깨닫고 바로 수화기를 내려놓았다. 설명서에 적힌 대로. 그러자 상대는 몇 번이나 다시 걸었다. 그것 또한 설명서에서 이야기하는 그대로의 반응이기는 했다.

동생은 네 번째인가 다섯 번째에서 다음 단계로 넘어가기로 했다. 상대와 대화를 시도하는 것이다.

'이봐요, 왜 이런 시각에 전화해요? 나는 졸리다고요.'

상대는 히죽히죽 목 안에 웃음을 숨긴 듯한 목소리로 '잤어? 팬티는 입지 않았겠지? 네글리제는 입었어?' 같은 말을 지껄였다고 한다.

이걸로 확정이다.

동생은 다시 설명서대로 행동했다. 이 회선의 관할서로 연락해 자신의 이름과 등록 번호를 대고 상황을 설명했다.

동생의 연락을 받은 쪽에서는 즉시 입건해 파일을 만들어 준다. 추적 센터가 회선을 모니터하기 시작한다. 센터의 멤버는 모두 우수해서 한 번만 모니터하면 장난 전화를 거는 상대의 번호를 밝혀 내 버린다.

그때부터는 상대가 어떻게 나오느냐에 달렸다. 동생은 그저 상대를 내버려두고, 요컨대 이쪽에서 일부러 도발하는 듯한 말은 삼가고, 그래도 여전히 끈질기게 거는지 마는지 가만히 관찰한다. 전화가 계속된다면 관할서에 경과를 보고한다. 그러면 결재가 떨어진다.

회선 모니터로 확인한 전화 주인에 대해 전과까지 다 조회되니까 잘못된 결재를 내릴 일은 없다. 늘 아주 정확하다.

마지막은 내가 있는 그룹의 차례다. 솔직히 그다지 유쾌한 일은 아니다. 하지만 모든 것을 원만하게 추진하기 위해 누군가 해야 하는 일이다.

나는 가능한 한 호감을 느낄 만한 목소리를 내도록 노력하면서 상대에게 말을 붙인다—.

안녕하세요. 아까도 말했듯이 저는 얘의 오빠예요. 끊지 말아 주세요. 정말로 당신에게 하고 싶은 얘기가 있어요. 묻고 싶은 것도 있고요.

당신에게 전화가 걸려 와 곤란하다는 얘기는 동생에게 들었습니다. 동생 말로는 당신이 듣기에 아주 민망한 말을 한다더군요. 그리고 무선 전화기를 쓰는 것 같다고요. 전화기를 든 채 화장실에 가서 당신이 볼일 보는 소리를 일부러 동생에게 들려주거나 한다면서요?

여보세요? 조용히 있지 말고 무슨 말이든 해 주세요. 그거 진짜인가요? 제가 보기에 당신은 꽤 특이한 사람 같네요. 당신은 어떻게 생각하세요?

아, 끊지 마세요, 끊어도 이쪽에서 다시 걸 테니까. 네? 그런 걸 할 수 있을 리 없다고요? 아니, 할 수 있어요. 역탐지는 당신 생각만큼 어렵지 않거든요. 물론 경찰이나 전화국에 부탁하지 않아도 할 수 있답니다. 시험 삼아 끊어 보실래요? 아니면 제가 당신 전화번호를 말해 볼까요? 369에 ××××죠?

조용한 걸 보니 맞나 보네요. 깜짝 놀라셨어요?

자, 이제 얘기가 수월해지겠네요. 잘 들으세요. 당신에게 아주 중요한 얘기니까.

아, 맞다. 그러기 전에 한 가지만 확인할게요. 당신이 동생에게 전화를 걸 때마다 '너한테는 내 얘기를 들을 의무가 있다'고 했다던데 사실인가요? 동생이랑 아는 사이예요? 아니라고요? 그럼 전혀 모르는 사이네요. 당신이 동생에 대해 아는 건 전화번호뿐이군요.

우연히 발견한 번호죠?

그러면 이것도 이상하네요. 이상하죠? 생판 모르는 사람이 멋대로 번호를 알아내 전화를 걸어서는 '얘기 상대가 되어 달라'는 것만으로도 뻔뻔한데 '너한테는 내 얘기를 들을 의무가 있다'니, 자신이 왕이라도 되는 줄 아세요? 이 세상 모든 여자를 자신의 하렘에 가둬 둔 첩으로라도 생각하는 건가요. 다른 것보다 한밤중이에요. 다른 사람을 두들겨 깨워도 된다니 당신은 진짜로—.

끊으셨네요? 보세요, 여기서 문제없이 다시 걸 수 있죠? 끊어도 소용없다고 했잖습니까. 이 얘기는 들어 두는 편이 좋아요. 당신을 위해서. 그러니까 앞으로 더 이상 끊지 마세요.

본론은 이제부터에요. 이건 제 친구의 친구가 경험한, 그러니까 실화인데요. 이름은 밝히기 그렇지만 진짜 있었던 일이에요.

제 친구 이름은 일단 유지라고 해 둘까요. 그쪽이 얘기하기 편하니까요.

유지는 대학생이었어요. 학교 이름과 과까지는 말하지 않아도 되겠죠? 뭐, 비교적 성실하게 공부한 편이에요. 앞으로 얘기할 사건 뒤에 제대로 졸업해서 취직했으니까요.

유지는 대학이 집에서 멀어 하숙을 했어요. 친구네 집에 신세를 졌지요. 친구 이름은, 그래요—다케시라고 해 둘까요?

다케시는 어머니와 단둘이 살았습니다. 아버지는 다른 지방으로 발령이 나서 홀로 멀리 떨어진 도시에 계셨어요. 그래서 방이 비었죠. 유지가 신세를 져도 곤란할 게 없었어요.

그런데 하숙을 시작하고 한 달 정도 지났을 무렵부터 유지에게는 곤란한 일이 한 가지 생겼어요.

다케시에게 밤마다 장난 전화를 걸며 즐기는 나쁜 버릇이 있음을 눈치챈 거죠.

함께 사는데다 유지는 올빼미형이라서 금세 알아챘어요. 처음에는 여자 친구에게 거는 줄 알았는데 문득 떠올려 보니 다케시에게는 여자 친구가 한 사람도 없었어요. 다케시나 유지나 겉모습은 고만고만한데 어째서인지 다케시에게는 친구가 적었죠. 그래요, 남자 친구도요. 유지 외에는 이렇다 할 사람이 없었어요.

유지 역시 다케시와는 아르바이트로 일하는 편의점에서 알게 된 사이일 뿐이지 그렇게 친한 친구가 아니었습니다. 하숙도 너무 열심히 권해서 차마 거절하지 못하고 승낙한 거나 다름없었어요. 다케시와는 취미도 비슷하지 않았고 놀러 가는 장소도 달랐지요. 애초에 다케시에게는 이렇다 할 취미가 없었거든요. 한밤중에 야한 전화 걸기 외에는.

곤란한 녀석이죠, 다케시란 남자는.

유지는 어려운 처지에 놓이고 말았습니다. 밤마다 추잡한 전화를 거는 다케시에게 두세 번 충고해 본 적도 있었어요. 그런 바보 같은 짓은 그만두라고. 다케시는 들어주지 않았죠. 능글맞게 웃으면서 전화니까, 어차피 들키지 않으니까 뭘 하든 괜찮아, 라고만 했죠.

하지만 그렇지도 않았어요. 이런 건 뜻밖에 쉽게 들키는 법이라서요. 다케시가 어떤 계기로 이런 장난을 시작했는지 모르지만 대가는 확실히 다케시의 등 위에 쌓였습니다.

물론 장난 전화를 받은 사람이 앙갚음하러 온 건 아니에요. 그러나 밤만 되면 그런 반사회적인 짓을 한다는 게 다케시의 얼굴에, 온몸에서 절로 풍기는 분위기에 숨김없이 드러났죠. 여자애들은 기분 나빠서 다케시에게 다가가지 않아요. 치한을 보는 듯한 눈으로 볼 뿐이죠. 그녀들은 본능적으로 깨달았겠죠. 다케시는 그게 마음에 들지 않아서 또다시 야한 전화를 겁니다. 이런 걸 악순환이라고 하죠.

어쨌든 즐거워야 할 대학 생활이 이어지는 이면에서 다케시의 장난은 점점 심해졌습니다. 끝내는 전화를 받은 본 적도 없는 여자애에게 "내일 오후 여섯시 신주쿠 역 동쪽 출구로 백만 엔을 가지고 와. 경찰에 떠들면 얼굴에 황산을 뿌려 버리겠어" 같은 말로 위협하며 즐기기에 이르렀죠.

유지는 생각다 못해 다케시의 어머니에게 한번 상담해 보기로 했어요.

다케시의 어머니는 화만 냈지요. 그런 끔찍한 얘기를 하면 유지를 집에서 쫓아내겠다는 기세였죠.

"너야말로 그런 짓 하는 거 아니니? 그걸 다케시 탓으로 하려고? 우리 다케시가 그런 추잡한 애일 리가 없잖아."

다케시의 어머니 편을 조금 들자면 가정용 내선 전화를 이용하는 다케시네 집에서는 각자의 방에 전화가 설치되어 있어서 문을 닫아 버리면 다케시가 누구에게 어떤 전화를 걸어도 바깥에서 알 길이 없다는 걸 밝혀 두죠. 그러나 어머니가 그렇게 둔한 존재일까요? 유지는 다케시의 어머니가 애초에 자식을 교육하려는 마음조차 없는 게 아닐까 싶었답니다.

실패로 끝난 상담 때문에 유지는 그날 중으로 나가 달라는 말을 듣고 말았습니다. 소중한, 단 한 명의 친구를 잃으면 큰일이라며 다케시가 열심히 중재해 주었지만 다케시의 나쁜 버릇과 그것을 조금도 고치려 하지 않는 태도에 유지는 다소 진저리가 나 있던 터라 하숙을 나가기로 했습니다. 대학 가까이에 싼 집을 구해 혼자 살기 시작했을 때는 속이 후련해서 왜 좀 더 빨리 이렇게 하지 않았는지 후회했을 정도였죠.

그런데 '도망치면 쫓아온다'라는 비유는 남녀 사이에만 적용되는 게 아닌지, 다케시는 끈질기게 유지를 따라다녔답니다. 다시 함께 집에서 살자든가 엄마는 잔소리가 심하니까 다른 집을 빌려서 같이 살자든가 하며 지치지 않고 말을 붙였죠.

유지는 늘 쌀쌀맞게 거절했어요. 유지에게는 달리 많은 친구가 있었고 얼마 지나지 않아 여자 친구도 생겨서 다케시를 상대할 여유가 없었거든요. 언제나 즐거워 보이는 유지를 다케시는 멀리서 가만히 지켜보았습니다. 배신당해 버림받은 여자가 자신을 내친 남자의 결혼식을 멀리서 지켜보는 듯한 눈초리로요.

그로부터 보름쯤 지나 여자 친구가 유지에게 "요즘 기분 나쁜 전화가 걸려 와서 죽겠어"라고 털어놓았습니다. 놀란 유지가 자세히 들어 보니 말하는 내용으로 미루어 아무래도 다케시가 범인 같았어요.

유지의 여자 친구는 가족과 함께 살았죠. 그러니까 비교적 경계하지 않고 자택 전화번호를 다른 사람에게 알려 주거나 명부에 싣거나 했어요. 다케시는 그걸 찾아내 그녀에게 전화를 걸기 시작했겠죠. 끝내는 "유지와 헤어지지 않으면 면도칼로 얼굴을 그어 주겠어"라는 말까지 꺼냈다더군요.

이것 때문에 유지도 진심으로 화가 났죠. 어느 날 결국 유지의 눈을 피해 살금살금 행동하는 다케시를 붙잡았어요.

따지고 캐물어도 다케시는 실실 웃기만 했습니다.

"나라는 증거라도 있어?"라든가 "네 여자 친구 같은 못난이를 누가 상대하겠냐?"라든가 하며 시치미를 뗐어요. 정말이지 손쓸 길이 없는 남자죠.

유지도 결국 이런 녀석과 진지하게 얘기해 보았자 소용없다고 생각하기 시작했습니다. 그때 묘한 광경을 보았죠.

둘은 대학 근처 카페 안에서 얘기하고 있었습니다. 유리 벽으로 된 밝은 가게예요. 둘의 자리는 창가에서 조금 떨어진 곳이었지요.

구름 한 점 없는 유리 너머로 차가 오가는 도로와 지나가는 사람을 볼 수 있었습니다. 빨강과 흰 줄무늬의 커다란 차양 덮개도 내려져 있었어요. 도시의 어디에든 있는 풍경이에요.

저도 모르게 숨을 삼킬 만큼 예쁜 얼굴의 아이 하나가 유리창에 찰싹 달라붙어서 이쪽을 바라보았다더군요.

예? 뭡니까? 아, 웃고 계신 거군요. 좋아요, 사양 말고 웃으세요. 이야기의 뒷부분을 들으면 그렇게 웃지 못할 테니까요.

음, 어디까지 얘기했죠? 맞다, 무척 귀여운 얼굴을 한 아이가 유지와 다케시를 가만히 지켜보았어요. 유지는 그것을 알아챘지만 다케시는 눈치채지 못했죠. 창문을 등지고 있었거든요.

유지도 가만히 그 애를 응시했죠. 그래서 알았어요. 그 애는 유지가 아니라 다케시를 바라보았어요.

고작 열 살이나 됐을 아이예요. 유지랑 나란히 서면 그의 팔꿈치에도 닿지 않을 겁니다. 호리호리하고 작은 몸에 넋이 나갈 정도로 반듯한 얼굴을 했습니다. 아무래도 여자애 같지만 머리칼을 짧고 가지런히 잘랐고 앞머리는 눈썹을 가릴 정도의 길이였어요. 인형 같은 얼굴이었다고 합니다.

검은 옷을 입은 아이였어요.

유지는 창을 가리키며 다케시에게 물었습니다.

"야, 아는 애야?"

다케시는 돌아보았습니다. 그러고는 되물었지요.

"누구?"

그래요. 다케시가 돌아볼 때까지 불과 몇 초 사이에 그 애는 사라져 버렸습니다. 유지가 바라보기 전에 전원을 내려 화면을 끈 것처럼 휙 사라져 버렸어요.

유지도 그때는 잘못 보았나 했어요. 그렇게 생각하지 않으면 설명이 되지 않고 깊이 생각할 만한 일도 아니라고 생각했기 때문에요. 대화는 어긋난 채 끝났지만 유지의 기세에 압도되었는지 여자친구에게 걸려 오던 이상한 전화는 멈추었습니다.

그런데 그로부터 며칠도 지나지 않아 그때와 똑 닮은 얼굴의 여자애를 거듭 보았어요.

이번에는 한창 수업중이었습니다. 계단강의실이었는데 유지는 맨 위에, 다케시는 중간 정도에 앉아 있었죠.

여자애는 또 창문 너머로 강의실 안을 들여다보았습니다. 이번에도 다케시를 주시했죠. 다케시는 눈치채지 못했습니다. 칠판만 보고 있었어요.

유지는 교수의 목소리가 머리 위로 스쳐 가는 걸 느끼면서 여자애를 뚫어져라 바라보았습니다. 여자애는 꿈쩍도 하지 않고 창틀에 작은 손을 댄 채 동물원의 코끼리나 기린을 관찰할 때처럼 열의를 담아 다케시를 보았죠.

강의실은 삼층에 있었어요. 창문에는 베란다 따위 없었고요.

유지는 심장이 쿵쾅거리기 시작했습니다. 옆구리에 땀이 줄줄 흘러내렸어요. 그럴 만한 계절은 아직 멀었는데 말이죠.

수업의 끝을 알리는 종이 울리기 시작했을 때 하마터면 소리를 지를 뻔했습니다. 유지는 숨을 삼키고 눈을 부릅떴어요.

벌써 눈치채셨죠? 맞아요. 종과 동시에 또다시 여자애는 사라져 버렸답니다.

이후로 여자애는 유지의 마음에 크게 뿌리내리고 말았습니다. 유지는 '내가 유령을 보았나' 하고 생각했어요. 유령이라고 한다면 아이가 다케시를 보았던 게 신경 쓰였죠. 다케시가 어린 여자아이의 마음이나 몸에 해를 끼칠 만한 짓을 한 걸까요?

유지의 결론은 '녀석이라면 할 만하다'였어요.

피해를 입은 여자아이가 원한을 품고서 유령이 되어 나타났을까요—?

유지는 다케시를 지켜보았습니다. 여자애가 또 나타나지 않을까 확인하기 위해서. 그리고 다케시의 행동 속에서 무언가 이상한 낌새를 찾을 수 있지 않을까 조사하기 위해서.

만약 다케시가 어린 여자애에게 장난을 치거나 끝내 죽여 버릴 만한 짓을 했다면—그런 생각을 하자 유지는 구역질이 날 것 같았죠. 만약 그런 짓을 했다면 절대로 말려야 했습니다. 경찰에 알리기에는 증거가 없었고 스스로 하는 수밖에 방법이 없었어요.

여전히 다케시는 청소하지 않은 화장실처럼 불쾌한 인간이었죠. 장난 전화 걸기도 그만두지 않았어요. 그러기는커녕 이거다 싶은 여자 한 명을 찍어 놓고 철저히 괴롭히며 기뻐하는 꼴이었습니다. 상대가 결국 손들고 전화번호를 바꿔 버리면 어떻게든 해서 바꾼 번호도 알아내겠다며 눈에 핏발을 세웠어요.

다케시의 어머니 역시 변함없이 무엇 하나 눈치채지 못했답니다. 정말 태평하죠.

유지의 생각대로 여자애는 그 후로도 자주 모습을 나타냈습니다. 분명히 다케시를 바라보았어요. 아니, 지키고 있었습니다.

유지는 대학에서, 전차 안에서, 게임 센터에서, 다케시의 집에서 몇 번이나 여자애를 보았습니다. 크고 새카만 눈동자와 무표정한 얼굴. 한결같이 그곳에야말로 노리는 게 있다는 얼굴로 다케시를 관찰했어요.

기묘하게도 당사자인 다케시는 여자애의 모습을 볼 수 없는 것 같았습니다.

확신이 선 건 초여름의 어느 날이었죠. 어머니가 남편이 일하는 지방으로 가는 바람에 다케시는 집에 혼자 있게 되었어요. 그러자 유지에게 놀러 오라고 치근거렸습니다.

유지는 용기를 내서 갔어요. 틈을 봐서 다케시의 방을 뒤질 정말 좋은 기회니까요.

하지만 유지는 좀체 혼자 있을 기회가 없었어요. 다케시의 지루한 이야기에 맞장구치며 귀를 기울이는 표정을 지으면서도 마음은 콩밭에 있었죠.

저녁이 되어서야 겨우 절호의 기회가 찾아왔어요. 다케시가 샤워를 하겠다는 겁니다.

이층에 있는 다케시의 방에 혼자 남겨진 유지는 발소리와 숨을 죽이고 발에 땀이 나도록 돌아다녔어요. 결국 그리 보람은 없었지만요. 다케시는 일기도 쓰지 않았고, 벽장 속에서 누드 사진집과 성인 비디오가 산처럼 나온 것 외에는 수상한 유류품이나 어린 여자애를 어떻게 했다는 냄새가 풍길 만한 물건은 무엇 하나 찾지 못했어요.

이래저래 하는 동안 샤워를 마치고 나왔는지 계단 아래에서 다케시가 부르는 소리가 들렸습니다. 맥주를 마시자고 하더래요.

유지는 미련이 남았지만 하는 수 없이 계단 아래로 내려갔죠. 다케시는 선 채로 차가운 캔을 손에 들고 꿀꺽꿀꺽 마셨습니다. 유지도 맥주 캔을 따고 부엌 의자에 앉았어요.

"아아, 덥다."

다케시는 그렇게 말하면서 복도를 어슬렁어슬렁 걸었어요. 그러고서 "여기는 바람이 잘 들어서 기분 좋아"라며 계단 맨 아랫단에 앉았죠.

유지는 이렇게 된 이상 다소 위험한 다리를 건너더라도 직접 다케시를 떠봐서 무언가 알아내 보자고 결심했습니다. 태평한 얼굴을 가장하고 다케시에게 다가갔어요.

벌써 저물녘이 지나 밤이 시작됐습니다. 부엌에는 등을 켰지만 다른 방은 캄캄했죠. 다케시 곁에 서서 간격을 두기 위해서 무심코 계단을 올려다본 유지는 이층으로 이어지는 어스름 속에서 어떤 걸 발견했어요.

무릎이었습니다.

계단 맨 윗단에 누군가 앉아 있었어요. 하얀 두 무릎이 가지런히 있었어요. 다만 이층 방과 복도도 등이 꺼져 있어서 무릎 위는 어스름에 뒤섞여 보이지 않았죠.

'아, 또 그 여자애다.'

순간적으로 유지는 그렇게 생각했습니다. 무릎이 아주 작았거든요.

드디어 집 안까지 들어온 거야.

유지가 위를 올려다본 채 우뚝 서 있자 다케시가 말을 걸었습니다.

"그런 얼굴로 뭘 보냐?"

"저기에 누가 앉아 있어."

"뭐?"

"봐."

다케시는 그 말에 따라 계단 위를 올려다보았지요. 이윽고 "아무것도 안 보이는데" 하고 말했습니다.

유지의 눈에는 꼼짝 않는 무릎이 보였어요. 유지는 눈을 몇 번 깜빡이고서 다케시에게 물었습니다.

"정말로 아무것도 안 보여?"

"전혀."

유지는 순간 어금니를 꽉 깨물고 각오를 다지고서 계단 등의 전원을 켰습니다. 힘이 넘쳐서 거의 마시지 않은 캔맥주 내용물이 엄지손가락에 찰팍 하고 튀었을 정도였어요.

계단 위에는 아무도 없었죠.

다만 빛이 켜지기 직전 눈 깜짝할 정도로 짧은 시간에 형태가 있는 무언가가 계단에서 슥 일어나 안쪽 방으로 도망치는 모습을 본 것 같았어요. 펄럭이듯 움직이는 생선의 배처럼 하얀 무언가를 본 것 같았습니다.

유지는 이것저것 생각하기보다 먼저 계단을 올라갔어요. 쿵쾅거리며 층계참까지 오르자마자 다케시의 방으로 뛰어들었죠. 불을 켜고 활짝 열어 두었던 문 입구에 가로막고 서자—.

다케시의 방 벽에 설치된 전화기의 착신을 알리는 둥근 녹색 불빛이 번쩍 하고 깜빡였습니다. 그러더니 수화기가 혼자 떨어졌어요. 꼭 무언가가 수화기 속으로 뛰어들어 도망치는 바람에 떨어져 버린 것처럼 보였죠.

유지는 천천히 바닥에서 수화기를 주워 들었습니다. 귀를 대자

발걸음이 들렸어요. 이미 녹색 전등은 깜빡이지 않았습니다.

"너, 어떻게 된 거 아니야?"

다케시는 그렇게 말하고 소름 끼치게 웃었다고 합니다. 유지는 '그 녀석, 장난 전화를 걸 때 상대 여자애에게 지금 같은 목소리로 했겠지' 하고 생각했어요.

어쨌든 유지의 눈에 보이는 신비한 여자애가 다케시에게는 보이지 않는다는 게 확실해졌죠.

그날 밤 묵고 가라는 권유를 뿌리치고 유지는 집으로 돌아가기로 했습니다. 솔직히 말하면 무서웠거든요.

다케시는 역에서 가까운 비디오 가게에 가는 김에 중간까지 바래다주겠다며 함께 밖으로 나왔죠. 둘이 나란히 서서 걸으며 모퉁이 하나를 꺾어 다케시의 집이 보이지 않게 되기 직전, 유지는 도저히 참을 수 없어서 어깨 너머로 돌아보았습니다.

불이 꺼진 이층의 다케시 방 창문에 흐릿한 그림자 같은 게 보였어요. 사람의 상반신 윤곽을 한 그림자였는데 아주 작았죠.

그림자는 창문에 찰싹 달라붙어 있었습니다. 두 손바닥과 다섯 손가락의 형태를 분명히 더듬을 수 있을 정도로 힘껏 창문에 들러붙어 있었어요. 그곳만 하얗게 보였죠.

유지는 꼭 빨판 같다고 생각했다더군요.

여보세요? 아, 다행이다. 듣고 계셨군요. 이야기가 길어서 지치셨나요? 얘기하는 저도 좀 지치네요. 하지만 이제 얼마 남지 않았어요.

유지는 사건이 있고 나서 통 영문을 알 수 없게 되었답니다. 여자애는 유령일까요? 그렇다면 왜 전화기로 드나들까요?

그렇게 고민하다가 문득 이런 생각이 떠올랐어요. 여자애는 전화기의 정령이 아닐까?

그렇다면 전화기 속으로 사라진 것도 설명됩니다. 그 애는 전화의 정령인데 다케시가 전화를 너무 더러운 목적으로 쓰는 바람에 화가 나서 나온 게 아닐까…… 하고요.

어라, 웃으셨나요? 이건 그렇게 엉뚱한 이야기가 아니에요.

생각해 보세요. 1876년에 유선 전화가 발명되었습니다. 미디어로서는 무척 젊죠. 어리다고 해도 될 정도예요. 그러니까 전화의 정령은 어린애 모습을 하고 나타난 거예요.

이거이거, 너무 웃으시네요. 뭐, 상관없어요. 계속해도 될까요?

유지는 가설을 뒷받침하기 위해서 먼저 다케시에게 물어보았습니다.

"야, 너 요즘에도 밤중에 장난 전화 걸어?"

다케시는 웃었습니다.

"그런 얘기 큰 소리로 하지 마."

"아직 하는 거야?"

"하지. 뭐 어떠냐. 전화 요금 꼬박꼬박 내고 전화받는 쪽도 꽤 즐기는데."

유지는 다케시의 주장에 찬성할 마음은 없었지만 입을 다물었어요.

자신이 너무 허황된 사고에 빠졌는지도 모른다고 몇 번이나 생각했죠. 딱 한 번 절대로 비밀을 지킨다는 약속을 받고서 여자 친구에게 모든 걸 털어놓아 보았습니다.

처음에 여자 친구는 웃었어요. 하지만 진지한 표정을 지을 뿐 함께 웃으려 하지 않는 유지를 보고 귀여운 얼굴을 불안한 듯 찌푸리며 이렇게 말했습니다.

"자기는 피곤한 거야. 그딴 녀석이랑은 그만 어울리는 편이 낫지 않을까?"

여자 친구는 하얗고 매끈한 손을 들어 유지의 이마를 만졌습니다.

"어쩐지 열이 있는 것 같은데."

"그렇지 않아. 넌 내가 환각을 보았다고 생각해?"

"그게 아니라. 여자애는 정말로 있겠지. 누군가의 동생이라든가 사촌인지도 몰라. 그뿐이야. 전화의 정령이라니, 꼭 애들 동화 같은 얘기잖아? 자기가 너무 깊이 생각한 거야."

유지도 '그런가' 하고 마음이 흔들렸어요. 주말에는 아버지의 차를 빌려 여자 친구와 바다로 드라이브를 갔습니다. 기분이 상쾌해져서 다케시나 다케시 주위에 어른거리는 작은 여자애는 아무래도 좋아졌어요.

그런데 월요일에 강의실로 가기 위해 캠퍼스를 걷는데 뒤에서 다케시가 엄청난 속도로 따라와서 말하는 겁니다.

"재미있어졌어."

"갑자기 뭐야."

"금요일 밤에 또 그냥 막 건 전화를 여자가 받았는데, 혼자 사나 봐. 몇 번을 다시 걸어도 걔가 받고 나중에는 자동 응답으로 돌렸는데 그것도 그 여자 목소리였어. 덕분에 유키라는 이름까지 확실히 알았지. 바보라니까."

"너는 여태 그런 짓에 열을 올리냐?"

유지는 한심한 기분이 들었어요. 다케시는 유지도 그런 장난을 재미있어한다고—적어도 다퉈서까지 말릴 생각은 없다, 묵인한다고 생각하니까 의기양양 보고했겠죠. 유지는 자신은 그런 남자가 아니라고 분해했어요.

"그런 짓을 계속 하다가는 큰코다친다."

"전혀 문제없어. 이번 유키라는 여자는 기개가 있어. 내 목소리를 전부 녹음해서 경찰에 가져가겠다든가 자기 애인이 조직 폭력배라든가 역탐지해 주겠다든가 꽥꽥 되받아친다니까. 아주 웃겨서. 주말에는 계속 밤이고 낮이고 기분이 내킬 때는 몇 시간쯤 줄기차게 십 분 간격으로 걸어 주고 있어. 그쪽이 자동 응답으로 돌려도 상관없어. 녹음 테이프가 가득 찰 때까지 내 메시지를 녹음해 줄 테니까. 그러면 그 여자한테 일이 있는 녀석이 걸어도 용건을 녹음할 수 없겠지? 꼴좋다."

'이 녀석은 돌았어.'

유지는 다케시의 빨간 눈을 바라보면서 생각했습니다. 십 분 간격으로 장난 전화를 걸었으니 수면 부족이겠죠.

그날은 가능한 한 다케시에게서 떨어지려고 노력했어요. 여자친구의 말처럼 다케시와 어울리지 않는 편이 현명하다고 생각했기 때문입니다.

하지만 운 나쁘게 저녁에 여자 친구랑 함께 교내의 실내 수영장에서 수영을 하다 거기에 있는 다케시를 보고 말았죠.

수영장은 대학교 시설 중 하나로 수영부나 다른 운동부가 연습에 쓰지 않을 때는 아주 값싼 요금으로 일반 학생에게 개방했어요. 덕분에 북적거렸죠. 색색의 수영복을 몸에 두른 여학생들이 즐겁게 환성을 지르며 물보라를 튀겼어요.

다케시는 풀 사이드의 칸막이 너머에서 그런 여자들을 뚫어져라 바라보았어요.

"소름 끼쳐."

유지의 여자 친구가 말했습니다.

"돌아가자. 난 저런 사람에게 수영복 차림을 절대로 보이고 싶지 않아."

유지는 지당한 요구라고 생각했기 때문에 되돌아가기로 했습니다. 그런데 그때 수영장을 끼고 다케시와 정반대 위치에 있는 여자애를 발견했어요.

또다시 수영장 너머로 가만히 다케시를 바라보았죠.

"잠깐만."

유지는 여자 친구를 슬쩍 찔렀어요.

"저것 봐, 저기에 여자애가 있지? 보여?"

여자 친구는 고개를 끄덕였어요.

"응, 있네."

둘은 슬슬 풀 사이드로 돌아갔어요. 여자애는 꼼짝도 하지 않았어요. 다케시 역시 눈도 깜빡이지 않고 수영복 차림의 여자들을 보고 있었어요.

“저 애야. 저 애를 노상 본다니까.”

여자 친구는 “귀여운 애네” 하고 말했습니다. 그러고서 고개를 갸웃거렸죠.

“그렇게 어린애가 아닌 것 같은데. 얼굴은 어른이야. 몸이 조그마할 뿐이야.”

“그럴 수가 있나?”

“그래도 예쁜 애다. 미소녀인걸.”

유지는 머뭇거리는 여자 친구를 잡아끌고 다케시에게 걸어갔어요. 말을 붙여도 다케시는 흘끗 시선을 올렸을 뿐 수영장 관찰에 흠뻑 빠져 있었죠. 제대로 대답도 하지 않았어요.

유지는 때를 보아서 소곤소곤 말했습니다.

“아까부터 수영장 저쪽에 있던 굉장한 미소녀가 널 계속 쳐다보는데 알고 있어?”

“뭐? 어디?”

다케시는 허둥지둥 고개를 들고 찾기 시작했어요. 유지는 여자애가 있는 곳을 손가락으로 가리켜 알려 주었죠. 유지의 여자 친구는 불쾌한 듯 입술을 일그러뜨린 채 아무 말도 하지 않았어요.

“어디? 아무도 없잖아.”

다케시가 부루퉁하게 말했을 때 유지의 여자 친구는 눈을 동그랗게 떴습니다.

여자애는 줄곧 같은 장소에 있었거든요. 수영장을 끼고 다케시의 바로 맞은편에요.

다케시에게는 보이지 않았죠.

"너도 속을 때가 있구나."

유지가 그렇게 말하자 다케시는 유지를 때리는 시늉을 했습니다. 그러고서 훔쳐보듯 유지 여자 친구의 봉긋한 가슴 주변을 슥 훑었어요.

"가자."

여자 친구의 재촉에 유지는 자리를 떴습니다. 목덜미가 오싹했어요.

"저 사람은 정말로 여자애를 보지 못하네."

"이제 믿겠어?"

유지는 바깥에 나오기 전에 다시 한 번 돌아보고 그 자리에 있는 여자애를 확인하려 했어요. 여자애는 마침 반대쪽 출구로 가던 참이었죠. 그쪽은 로커룸으로 이어져 있어서 바깥으로 나가는 문은 없었어요.

"여기에 있어 봐."

유지는 여자 친구에게 말해 놓고 여자애 뒤를 쫓았어요. 작은 다리는 뜻밖에 재빠른 속도로 점점 사라져 갔습니다. 유지는 전속력으로 달려 층계참에서 겨우 여자애를 따라잡았어요.

"얘!"

불러 세우자 작은 여자애는 발을 멈추었죠. 그대로 가만히 섰어요. 짧은 목덜미로 엿보이는 피부는 인간 같지 않게 새하얬죠.

어둑한 층계참에는 둘 외에 아무도 없었어요. 멀리 수영장 쪽에서 이따금 물소리와 떠들썩한 사람 목소리가 들려 와서는 높은 천장에 부딪혀 울렸죠.

유지는 천천히 계단을 내려갔습니다. 심장은 당장에라도 입 밖으로 튀어나올 것 같았어요. 왜 이렇게 무서운지 자신도 알지 못했습니다.

초등학생 시절 무서운 만화를 읽고서 불을 끄고 혼자 잠들었다 한밤중에 갑자기 눈을 떠 보니 어쩐 일인지 벽장문이 활짝 열려 있어서, 쩍 벌린 새카만 입 같은 어둠에서 눈을 떼지도 못하고 일어나 불을 켜거나 문을 닫는 일조차 할 수 없던, 결국 덜덜 떨면서 땀을 흠뻑 흘리며 새벽까지 벽장과 눈싸움을 했을 때의 심정. 유지는 여자애의 등을 바라볼 때도 꼭 그런 기분이었다고 나중에 얘기했답니다. 그만큼 무시무시했다고요.

그래도 여자애를 쫓아온 유지는 이미 초등학생이 아니었습니다. 큰맘 먹고 계단 마지막 세 단을 뛰어내려 여자애의 어깨를 잡았죠.

여자애가 몸을 돌렸습니다.

순간 유지는 비명을 질렀어요. 여자애의 얼굴을 보자마자.

여자애의 반듯한 얼굴은 변함없었어요. 하지만 눈이 달랐죠. 여자애의 눈은 눈처럼 새하얗고 눈동자가 없었답니다.

유지의 외마디 비명이 울리고 나자 여자애는 싱긋 웃었어요. 그러고는 말했습니다.

"이번 주 주말이야."

다음 순간에는 이미 유지의 눈앞에서 사라졌습니다. 퍼뜩 정신을 차리고 뒤를 쫓은 유지는 로커룸 바깥에 있는 초록색 공중전화 수화기가 누가 슬쩍 건드려 흔든 것처럼 흔들거리는 광경만 목격했답니다.

여보세요? 듣고 계세요? 어라? 지금 잠깐 혼선되었나 보네요. 다른 소리가 들렸어요. 당신 전화는 자주 혼선되나요?

이번 주 주말이야. 유지는 여자애가 한 말의 뜻을 놓고 고민했어요. 틀림없이 주말에 다케시의 신변에 무슨 일이 일어나겠거니 했지요. 자신은 그 자리에 있어야 한다고 결심했어요.

주말에 묵어도 되냐고 물으니 다케시는 흔쾌히 승낙했습니다. 마침 엄마가 또 아버지한테 가서 집이 빈다면서요.

“너 아직 유키라는 여자한테 전화를 걸어?”

“당연하지. 녀석은 반응이 있어서 재미있거든. 너도 할래?”

문제의 주말 밤에 다케시가 전화를 걸기 시작했을 때, 유지는 온몸에 닭살이 돋는 기분으로 지켜보았습니다.

정말로 십 분 간격으로 걸더랍니다. 상대는 잠을 잘 수 있을 리가 없겠죠.

때때로 맥주로 목을 축이면서 두 시간은 걸어 댔을까요. 추잡하기만 한 서투른 농담을 날리고 더러운 말을 쓰면서.

다케시의 방 시계가 오전 두시를 가리켰을 때 유지는 문득 주변 공기가 차가워졌음을 깨달았어요. 등이 서늘했죠.

“어라, 씻고서 물기를 제대로 닦지 않아서 그러나. 한기가 드네.”

다케시도 그렇게 말했습니다.

유지는 밤이 왔다고 생각했어요.

다케시는 열서너 번째 전화를 건 참이었어요. 유키라는 여성은 바로 찰칵 하고 끊어 버렸어요. 다케시는 수화기를 쥔 채 "이 여자, 슬슬 한계가 왔어" 하고 웃었습니다.

그리고—.

"어?"

다케시는 수화기를 바라보았어요.

"중얼거리는 소리가 들리네."

다시 귀에 대고 감이 먼 소리를 들으려고 미간에 주름을 모았어요.

"이상하네, 끊었을 텐데. 혼선인가?"

다케시는 수화기를 귀에 바짝 대다가 갑자기 비명을 지르기 시작했습니다.

너무 큰 소리로 아우성쳐서 유지는 다케시가 무슨 말을 하는지 곧바로 알아들을 수 없었어요. 다케시의 몸에 변화가 일어나고서야 알았죠.

"아파! 아파!"

다케시는 그렇게 외쳤어요. 그도 그럴 게 수화기가 다케시의 왼쪽 귀를 끌어당겼거든요. 그에 저항하며 머리를 떼려고 하자 귓불이 고무처럼 늘어나 귀가 떨어져 나갈 것처럼 새빨개졌어요.

"살려 줘!"

외마디 비명을 지른 순간 다케시의 머리 왼쪽은 수화기에 거세게 부딪혔고 그 바람에 다케시는 바닥에 쓰러졌어요. 열심히 수화기를 떼어 내려고 바르작거렸죠.

유지는 움직일 수 없었어요. 몸이 얼어붙고 무릎이 덜덜 떨려서 목소리도 나오지 않아 그저 지켜만 보았죠.

유지 앞에서 다케시는 조금씩 천천히, 하지만 확실하게 수화기 속으로 끌려들어 갔습니다. 먼저 머리 왼쪽이 마치 흡착기로 빨아들이기라도 하는 것처럼 납작하게 변형돼 용서 없이 빨려 들어갔지요.

머리가 반쯤 빨려 든 다케시는 더욱 격렬하게 발버둥 쳐 댔어요. 왼손은 수화기를 들고 계속 떼어 내려고 했죠. 오른손도 가세해 이를 악물고 힘을 주었어요. 유지는 그때 처음으로 다케시의 빼빼 마른 팔에 드러난 핏대를 보았습니다.

다케시는 머리에 수화기를 딱 붙인 채 괴로움과 두려움으로 온 방을 미쳐 날뛰기 시작했습니다. 책상에 부딪혀 의자를 쓰러뜨리고 벽을 걷어찼어요. 그 결에 전화기 코드가 팽팽하게 잡아당겨지더니 순식간에 벽의 모듈러잭에서 너무 쉽게 빠져 버렸죠. 다케시는 공중제비를 돌듯이 바닥에 쓰러졌어요.

수화기는 계속해서 다케시를 빨아들였지요. 뱀이 포획물을 삼키는 것처럼. 청소기가 커다란 쓰레기를 빨아들이는 것처럼. 다케시는 버둥거리면서 팔을 휘두르다 유지의 다리를 발견하고 필사적으로 들러붙었어요. 유지는 정신없이 다리를 차며 길을 걷다 달라붙은 쓰레기를 털어 내는 것처럼 다케시의 손을 떼어 내쳤죠. 유지에게 내팽개쳐진 힘으로 주룩 하는 소리를 내며 다케시의 얼굴 왼쪽이 수화기 속으로 사라졌습니다.

이제 다케시는 유지를 계속 부르면서 하나만 남은 오른쪽 눈을 뒤룩거리며 유지를 찾았어요. 눈 아래는 새빨갛게 충혈되고 눈꼬리에는 피눈물이 맺혔습니다. 어떻게든 해 줘! 하고 애원하는 목소리는 갈라졌죠. 그래도 유지는 움직이지 못했어요.

수화기는 머리의 왼쪽 반을 빨아들이더니 기세가 붙은 것처럼 눈 깜짝할 사이에 다케시의 머리를 삼켜 버렸답니다. 비명이 뚝 하고 멈추었어요.

다음은 목. 그러고는 어깨에 부딪혀서 속도가 느려졌죠. 수화기는 생명체처럼 머리를 흔들며 커다란 짐을 삼키려고 온 힘을 다했습니다. 다케시의 손이 허공을 휘적거리며 허공을 잡고 수화기에 들러붙어서 죽어라 버텼어요. 두 다리는 끊임없이 바닥을 치며 버둥버둥 날뛰었습니다.

왼쪽 어깨가 수화기 속으로 사라졌을 때 둔탁한 소리가 났습니다. 유지는 '어깨뼈가 부러졌구나' 하고 망연히 생각했죠.

왼쪽 어깨가 빨려 들어가 버렸으니 왼팔은 자유를 잃었어요. 쑥쑥 삼켜지면서 물고기의 지느러미처럼 허망하게 파닥거릴 뿐이었죠. 마침내 죽 하는 소리와 함께 오른쪽 어깨도 보이지 않게 되었고 또다시 아득아득 하는 소리가 들렸어요. 빨려 들어가는 오른팔은 바닥에 손톱을 꽉 세우고 어떻게든 번디디려고 했으나 소용없었죠. 손목 부분에서 한번 걸리더니 끌어당기는 힘으로 높은 압력이 가해지자, 기력 없이 펼친 손바닥이 빨개지며 마침내 다섯 손가락은 일제히 피를 쫙 뿜었어요. 그렇게 손바닥도 빨려 들어갔습니다. 피가 새하얀 벽과 다케시가 마음에 들어 했던 소녀 누드 사진

달력에도 튀었죠.

나머지는 거의 시간이 걸리지 않았어요. 다케시는 저항을 그만두지 않았지만 힘은 점점 약해졌죠. 유지의 눈에 남은 건 가장 마지막에 무릎 아래가 나란히 빨려 들어가 버릴 때까지 흐트러진 라인 댄스를 추듯 허공으로 발길질하는 다케시의 두 발이었습니다. 낡은 청바지에 감싸인 두 발.

수화기는 다케시를 완전히 삼켜 버리자 움직임을 멈추었어요. 그러고는 바닥에 뒹굴었습니다. 방 안은 쥐죽은 듯 고요해졌고 유지의 거친 숨소리만 들렸습니다.

그때 수화기의 귀를 대는 부분, 다케시를 빨아들인 부분에서 아주 작고 부드러워 보이는 하얀 손이 쑥 나왔습니다.

팔꿈치 앞쪽이에요. 오른손이었죠. 요령 좋게 팔을 굽히더니 수화기 손잡이 부분을 잡고 쑥 들어 올려 자력으로 수화기를 전화기의 후크 스위치 위로 돌렸습니다. 달칵 하는 소리가 들렸습니다.

그걸로 모든 게 끝났습니다.

간신히 움직일 수 있기까지 얼마나 그 자리에 주저앉아 있었는지 유지는 알 수 없었어요. 어떻게든 엉덩이를 들고 기다시피 해서 전화기에 다가갔어요. 만질 수 없었어요. 죽어도 할 수 없었어요.

전화기에는 아무 이상도 없는 것처럼 보였습니다. 전화의 숫자 버튼 '5' 옆에 눈이 빠져라 보지 않으면 모를 정도로 작은 붉은 점이 묻었을 뿐이죠.

다케시의 피였습니다. 벽과 달력에 튄 것과 똑같은 생생한 피였어요.

바닥 위에는 잊고 간 게 또 하나 있었죠. 유지는 그걸 주워 들고 자세히 들여다보기 전까지 무언지 몰랐답니다.

빨려 들어갈 때 빠져 버린 다케시의 오른손 검지손가락 손톱이었죠.

그게 한계였습니다. 유지는 손으로 입을 막고 계단을 뛰어 내려가 도망쳤습니다.

그러고서 다케시의 집 가까이도 가지 않았어요. 다케시는 그 후로 계속 행방불명 상태랍니다.

이야기가 길어졌지만 이제 슬슬 마무리예요. 어라, 한숨을 쉬시네요?

유지는 자신이 눈앞에서 본 것이 무슨 의미인지 이해하기 위해 오랫동안 홀로 생각했습니다.

역시 여자애는 전화의 정령이었어요. 전화를, 회선을 상스러운 목적으로 쓰는 다케시를 용서하지 못하고 벌을 내리기 위해서 찾아온 겁니다. 다케시를 감시했던 이유는 다케시가 어떤 의도로 장난 전화를 거는지, 그만둘 마음은 있는지, 반성의 기색은 보이는지 확인하기 위해서였죠.

눈동자가 없는 새하얀 눈을 가진 아이 같은 전화의 정령들.

유지는 오랫동안 쓴 물건과 기물에도 영혼이 깃든다는 얘기를 들은 적이 있었어요.

다케시는 어디로 끌려갔을까요? 죽어 버렸을까요?

대답은 사건으로부터 한 달 정도 후에 유지가 여자 친구와 전화로 얘기할 때 밝혀졌습니다.

그때 유지는 사건이 있고 처음으로 수화기를 만졌어요. 그때까지 무서워서 아무리 노력해도 가까이 다가갈 수조차 없었지만, 이래저래 핑계를 대며 전화를 받지 않는 유지를 수상하게 여긴 여자 친구가 헤어지자는 말을 꺼내는 바람에 하는 수 없이 수화기를 손에 들었죠.

유지의 전화에는 아무 이상도 없었습니다. 여자 친구를 어르며 얘기해 나가는 사이에 점점 공포가 옅어졌어요. 전화로 여자 친구의 웃는 소리를 들었을 때는 기쁨과 안도감으로 유지도 기운차게 웃었죠.

그런데 전화가 혼선되었어요. 여자 친구의 목소리 외에 다른 누구의 목소리가 끊임없이 들렸어요. 아주 작게 속삭이는 것처럼. 목소리의 주인은 엄청나게 큰 소리를 내는데 감이 멀어서 희미하게밖에 들리지 않는 느낌이었어요.

"혼선이네."

여자 친구가 말했습니다.

"그런 것 같아."

"무슨 얘기를 하는지 들어 보지 않을래?"

여자 친구는 키득거리며 웃었습니다. 유지도 빙글거리며 귀를 기울였죠.

그리고—.

유지는 착각이 아니라고 했어요. 잘못 들은 게 아니라고요.

멀리서 희미하게 들리는 목소리는 비명이었습니다. "살려 줘, 살려 줘!"라는.

다케시의 목소리였죠.

"무슨 말을 하는지 모르겠다."

여자 친구가 말했습니다. 여자 친구는 알아듣지 못한 거겠죠. 유지는 "응" 하고 대답했어요. 덜덜 떨리는 턱을 악물면서.

그래요. 당신의 전화도 때때로 혼선되죠? 그게 전부 다 진짜 혼선은 아니에요. 들리는 목소리 중에는 도움을 청하는 절망적인 외침도 섞여 있답니다. 벌을 받는 사람들의 외침이요.

귀를 기울이고 주의 깊게 들으면 분명 들릴 겁니다.

이걸로 제 얘기는 끝이에요.

예, 그래요. 전화를 반사회적인 목적으로 쓴 '전화 범죄자'는 그에 마땅한 벌을 받는답니다. 전화 속으로 빨려 들어가 출구 없는 회선 속 어둠에 갇혀 도와달라고 외치면서 죽을 때까지 방치당하죠. 또는 노예로 혹사당할지도 몰라요. 회선을 항상 좋은 상태로 유지하기 위해서는 늘 내부에서 청소와 보수를 해 두어야 하거든요. 위험한 중노동이에요.

어라라, 웃으셨어요? 그런 건 NTT한국의 KT와 같은 일본 전신전화 주식회사의 일이라고요? 그들은 요금만 내면 손님으로 대해 주니까 장난 전화 따위 신경도 쓰지 않는다고요?

예, 맞아요. 인간은 그렇지요. 하지만 저는 다른 얘기를 하는 거예요.

아까도 얘기했죠? 물건에도 영혼이 깃들 때가 있어요. 영혼이 있는 존재에는 반드시 자정 작용이 생기게 마련입니다. 언제든지 자신을 가장 좋은 상태로 유지해 두려는 기능이요.

왜 그렇게 웃으세요? 네? 만든 얘기? 제가 지어낸 얘기로 당신을 협박하려고 한다는 겁니까?

예—예에—네? '도시 전설'이 뭡니까?

오호……. 그럴싸하게 지어낸 얘기를 진짜로 믿는 사람도 있다고요? 네? '빨간 마스크'가 그랬다는 겁니까? 당신은 별걸 다 아시네요.

제 얘기가 당신이 말하는 '도시 전설'인 줄 어떻게 알죠? 예? '친구의 친구 체험담'이라고 얘기를 꺼낸 게 그렇다고요? '도시 전설'이란 건 다 그런 식으로 시작되니까 'foaf' 이야기라고 한다고요? 'friend of a friend'. 그랬군요.

이것 참. 그런가요.

사실 그렇답니다. 전부 진짜는 아니었어요. 제 동생, 당신의 전화로 괴로워하는 여성의 친구—라기보다 일 동료가 실제로 겪은 걸 제 나름대로 각색한 얘기였어요.

그 외에 또 한 가지 말하지 않은 것도 있습니다.

전화의 정령들은 한두 명이 아니에요. 그들은 조직을 이루었어요. 생각해 보세요. 일본 전국에, 전 세계에 전화기가 몇백만 대, 회선이 몇천만 개 있을지. 같은 수만큼 존재한대도 이상하지 않죠.

그들은 조직을 이루어 분담을 정해 전화 회선 치안을 유지한답니다. 안쪽에서 회선을 모니터하고 때로는 인간의 모습을 빌려 사회에 침투해 자신들의 회선을 써서 말단에 전화기를 두고, 함정 수사도 하죠.

예, 함정 수사.

당신, 아직도 웃으시네요. 하는 수 없죠. 제 일은 끝났습니다. 집행 명령이 떨어졌을 때 피고인에게 그걸 설명해 주는 게 제 일이라서요—.

말이 끝나지도 않았는데 수화기 저편에서 무시무시한 비명이 들려 왔다. 바닥을 차고 저항하는지 쾅쾅 하고 묵직한 소리도 들렸다. 임무라고는 해도 이것만은 몇 번을 들어도 기분이 좋지 않다.

비명은 금세 그쳤지만 소리는 십 분이나 들렸다. 기다리는 내 곁에서 동생은 머리를 빗으며 콧노래를 불렀다.

마침내 수화기 안이 조용해졌다. 그리고 시원시원한 목소리가 말했다.

"강제 집행을 종료했습니다."

수화기가 후크 스위치로 돌아가는 소리가 들렸다. 나는 "수고했어" 하고 한마디 치사를 하고 이쪽 수화기도 가만히 내려놓았다.

"이거야 원."

나는 목덜미를 긁었다.

"조금은 이해력이 좋아져서 뉘우치면 좋으련만. 모처럼 형을 집행하기 전에 기회를 주었는데 말이야."

"하는 수 없어. 질리는 법이 없는걸. 오빠가 신경 쓸 일이 아니야."

동생은 어렴풋이 빛날 정도로 새하얀 두 눈으로 나를 바라보며 화사하게 웃었다.

영원한 승리

1

사야마 히로미는 백화점이 문을 열 시간을 가늠해 상복을 사러 갔다.

엄마인 이사코는 다소 무리하더라도 이왕이면 고급품을 사라고 했다. 어차피 또다시 신용카드 신세를 지는 꼴이 되기야 하겠지만, 안타깝게도 불과 사흘 전에 회사 근처 부티크에서 사만 팔천 엔짜리 가을 정장을 산 참이었다. 엄마 말대로 고가의 물건에 손을 댔다가는 다음 달 카드 값 막기가 엄청나게 버거워지고 만다. 입으로는 '예, 알겠어요' 하고 대답했지만 마음속으로는 세일 품목에서 고르자고 결심했다.

구월 초순 토요일, 올 들어 몇 번째 태풍이 남쪽에서 다가왔다. 바람은 주정뱅이의 입김처럼 뜨겁고 습기를 듬뿍 머금고 있었다. 역 승강장에 서 있으려니 이마에 땀이 뱄다. 그런데 에어컨을 튼 전차에 타자 두 역을 채 지나기도 전에 닭살이 돋았다.

창밖에 스쳐 지나가는 거리는 찌푸린 하늘 아래 심각한 불황에 빠진 듯 보였다. 낮게 낀 구름에 머리를 눌린 채 늘어선 빌딩이 다들 목을 웅크린 듯하다. 출입구 문에 찰싹 붙어서 상공을 쳐다보았다. 한참 그러고 있는데 빗방울이 뚝뚝 떨어졌다.

어젯밤 열시쯤, 가쓰코 이모가 돌아가셨다는 소식을 들었다. 가쓰코는 이사코의 맏언니로 올 십일월에 생일을 맞이했다면 쉰다섯 살이 될 예정이었다. 이사코가 마흔다섯 살이니까 열 살이나 터울

진 자매다. 두 사람 사이에 있는 오빠나 언니랑은 아주 친했지만 가쓰코와는 그다지 친밀하지 않았던 모양이다.

'가쓰코 언니는 엄마가 아직 어릴 적에 집을 나가 독립해 버린 사람이니까'라는 말을 들은 적이 있다.

그런 이사코가 가쓰코가 위독하다는 전화를 받고 급히 병원에 간 게 어제 점심이 지나서였다. 가쓰코의 몸 구석구석에 암세포가 퍼져 손쓸 도리가 없음을 가족 모두가 잘 알고 있었으므로 그 시점에서 이미 각오는 되어 있었다. 드디어 글렀나 싶었다. 그래도 조카인 히로미가 바로 상복을 사러 가지 않고 여지껏 기다린 이유는 배려하는 마음 때문이었다. 히로미보다 냉정한 남동생 가즈키는 '어차피 필요한 거니까 얼른 사러 가는 게 낫잖아' 하고 말했을 정도였다.

하기야 히로미 역시 별다른 슬픔을 느끼지 못했고 따지자면 태연한 편이었지만. 핏줄을 잃었다는 막연한 슬픔은 있지만 눈물도 흐르지 않았고, 당연히 목 안쪽에서 북받쳐 오르는 듯한 오열도 없었다. 그만큼 가쓰코 이모와는 소원했다. 교류가 없었다.

아니, 오히려 히로미나 가즈키에게는 거북한 존재였다. 명절에 얼굴을 마주쳐도 '안녕하세요', '오랜만에 뵙네요' 하고 인사하고 나면 이을 말이 없었다. 현재 삼수생인 가즈키는 올 정월에 본가에서 가쓰코 이모를 만나고 나서는, 이모는 아무 말 않고 가만히 얼굴을 바라보기만 해도 질책하는 것 같은 기분이 든다는 얘기까지 했다.

히로미는 가즈키의 말에 '지나친 생각이야'라며 웃었지만 나중에 이사코 역시 비슷한 얘기를 꺼냈을 때는 깜짝 놀랐다.

"가쓰코 언니한테는 가즈키가 삼수했다는 걸 말하지 않았는데, 이렇게 만나면 들켜 버리잖아. 겸연쩍었어. 우습게 보는 것 같아서."

이사코가 그런 피해망상 같은 기분을 품은 까닭은 가쓰코 이모가 어릴 적부터 빼어나게 머리가 좋았기 때문이리라. 열 살이나 터울 진 이사코조차 초등학교나 중학교에 들어가면 '아, 가쓰코의 동생이니? 언니는 머리가 좋았지. 너도 열심히 하지 않으면 힘들 거다' 하고 말하는 선생님을 만났다고 하니까 그보다 나이가 가까운 외삼촌과 이모는 더욱 심한 압박감을 느끼지 않았을까.

그런 앙금이 어딘지 모르게 남아 어른이 되어서도 가쓰코 혼자만 따돌림을 당하게 된 게 아닐까. 게다가 다른 남매는 모두 결혼해서 가정을 꾸렸는데 가쓰코는 평생 독신으로 지냈다. 물론 애도 없다. 어젯밤에 이사코는 '세어 보니 서른다섯 해 이상 혼자 살았다'며 기가 막혀 했다.

"자립한 여자의 선두 주자였지."

히로미는 감탄하는 것도 같고 딱하게 여기는 것도 같은 엄마의 목소리를 말없이 들었다.

"여하튼 일은 똑 부러지게 했던 모양이니까."

가쓰코는 장학금을 받아 국립 대학을 졸업하고 중학교 선생님이 되었다. 줄곧 영어를 가르치다가 재작년 봄에 시험에 붙어서 사이타마 현의 작은 시립 중학교 교감이 된 참이었다. 여자 교감은 곤란하다든가 실행력이 없다든가 하며 반대하는 육성회에도 밀리지 않고 자기 방식대로 일했던 모양이다. 최근에는 교장보다 교감이

학교의 실세라고 수군거릴 정도였다고 한다.

히로미의 엄마 이사코와 이사코의 바로 위 언니인 나쓰코 이모도 상고를 나와 곧바로 취직했다. 가쓰코와 다섯 살 터울 진 이사오 외삼촌은 대학까지 나왔지만 가쓰코 이모처럼 일류 대학이 아니라 본인도 '지방에 널리고 깔린 대학 중 하나'라며 웃을 만한 곳인데다, 경제학부를 나온 주제에 전공과 전혀 관련이 없는 이류 기계 메이커에 아슬아슬하게 입사했다. 지금은 총무부에 있다. 부장대리라는 직함이 붙어 있지만 이것도 당사자의 입으로 '총무는 잡용꾼이라, 몸 건강하고 말만 예의 바르게 할 줄 알면 누구든 할 수 있다'라고 하니까 사실은 그다지 높지 않은 직책이리라.

이사코의 아래로는 마키코라는 두 살 어린 여동생이 있다. 마키코 이모는 더 굉장해서 결국 고등학교에도 가지 않았고 중학교에서도 '선생님, 내가 없어져서 후련해하는 거 아녜요?'라고 했을 정도의 학생이었다고 한다. 물장사 경험이 있는 것도 이혼과 재혼을 겪은 것도 마키코 이모뿐이다. 열아홉 살 때 했던 첫 번째 결혼은 이 년 만에 끝났다. 다음 결혼은 스물세 살 때. 두 번째 남편과는 여태껏 평화롭게 살고 있지만 꾸미기 좋아하고 나다니기 좋아하는 사람이라 작은 다툼은 끊이지 않았다. 하지만 남편도, 그러니까 히로미의 이모부가 되는 사람도 별반 다르지 않아 균형이 잘 맞는 것 같다.

이모부가 작년에 성인식을 맞아 기모노를 차려입은 히로미를 핥듯이 바라보는 바람에 히로미는 실로 불쾌한 기분을 맛본 적이 있다. 그러고 나서 근처까지 왔으니 함께 밥이라도 먹지 않겠냐는 전화가 직장으로 몇 차례 걸려와 또 찝찝한 느낌을 받았다. 계속 거절만 할 수 없어서 서너 번째 전화가 왔을 때 친한 동료 둘을 데리고 나갔더니, 둘이 화장실에 간 사이 '히로미, 아직 어리네'라는 말을 들었다.

"왜요?"

"이런 때 친구를 데려오면 쓰나. 어른이 되고 싶지? 그러면 말이야."

어른이 되든 못 되든 당신이 알 바 아니라고 생각했지만 입 밖에 내지는 않았다.

이모부는 다다 준지라고 한다. 히로미가 일하는 융자과에도 '준지'라는 이름의 상사가 있는데, 연쇄 반응인지 상사마저 밝히는 인간으로 보이니 이상하다. 장례식에는 친척들이 모두 모이니 당연히 준지 이모부도 만나야 한다. 그걸 생각하자 마음이 살짝 무거워졌다.

히로미는 유라쿠초 역에서 내려 마리온세이부 백화점이 들어서 있는 대형 복합 건물 쪽으로 발걸음을 뗐다.

'세이부 백화점부터 들러야지.'

엄마는 '미쓰코시일본에서 가장 오래된 대형 백화점에서 사 와. 예복은 미쓰코시에서 맞추는 편이 좋아' 하고 말했다. 이사코에게는 그런 단순한 믿음이 있다. 뭐가 좋은지 모르지만 좋단다.

매장에 가니 붙임성 좋은 여점원이 히로미의 예산을 묻고서 함께 이것저것 골라 주었다.

"여름에 입으면 덥고 겨울에 입으면 춥지만 역시 사계절용이 좋아요. 이런 검은 예복을 팔 때 코르사주나 브로치로 장식하면 축하연 때 나들이옷으로도 쓸 수 있다며 입에 발린 말을 하는 사람도 있지만요. 저는 그건 추천하지 않아요. 역시 부자연스러운걸요. 손님은 아직 젊으시고 궂은일보다 경사에 참석할 일이 훨씬 많을 테니까 상복은 부담 없는 가격의 제품을 한 벌 가지고 계시면 돼요."

점원의 명쾌한 주장을 듣고서 디자인이 약간 귀엽고 실루엣이 예쁜 상복을 골랐다. 상복을 입으면 여자는 누구든 삼십 퍼센트쯤 예뻐진다. 탈의실의 커다란 거울에 전신을 비추니 가슴이 살짝 두근거렸다. 가쓰코 이모의 죽음은 어른이 되고서 처음으로 상복을 입을 기회를 준 귀중한 사건이란 생각마저 들었다.

2

이모는 가와고에 시내에 있는 아파트에서 혼자 살았다. 아직 지은 지 칠 년밖에 되지 않은 깔끔한 건물인데 입주 세대 수가 적어서 주민 회관 같은 시설은 없다. 학교 관계자나 옛 제자 등 장례식에 참석할 사람이 제법 많으리라는 건 분명했기 때문에 밤샘과 장례식에는 아파트에서 차로 오 분쯤 걸리는 곳에 있는 '가와고에 제전'이라는 작은 홀을 빌리기로 했다.

가쓰코는 독신으로 양친도 이미 타계했다. 상주는 남동생인 이사오 외삼촌이 맡았다. 총무 부장대리인 외삼촌은 역시 일 처리가 거침없었다. 도우러 와 준 학교 관계자며 장례 회사 직원들과 함께 일을 척척 진행했다.

제단은 하얀 국화꽃에 묻혔다. 중앙에 장식한 영정은 히로미가 아는 범위 내에서 가쓰코 이모가 가장 이모다워 보이는 표정을—조금 화난 듯한 분위기로 고지식하게 입을 한일자로 다문—짓고 있다. 여기에 모인 덜된 동생들을 위에서 내려다보는 것 같았다.

밤샘부터 고별식 사이에는 엄청 손이 부족한 때가 아닌 한 유족은 꽤 무료한 법이다. 히로미와 가즈키는 밤새 깨어 있을 필요가 없다고 했다.

"그런 것보다 너, 공부하지 않으면 대학에 또 떨어진다. 이번에 떨어지면 웃어넘길 일이 아니잖니. 지금도 웃어넘길 일은 아니겠지만."

마키코 이모의 노골적인 말에 가즈키는 고개를 홱 돌려 버렸다. 마키코 이모 부부에게는 자식이 없다. 나쓰코 이모 부부에게 딸이 한 명, 이사오 외삼촌 부부에게 아들이 두 명 있지만 결혼해서 직장 관계로 지방에 살거나 지방 대학에 다니거나 했다. 세 명 다 오늘 밤 밤샘을 하러 올 수가 없어서 내일 고별식부터 참석하기로 했다. 덕분에 히로미와 가즈키는 좋은 안줏거리 취급이었다.

흰색과 하늘색 막으로 둘러친 다섯 평쯤 되는 방이다. 자택이나 절이 아니므로 하는 수 없지만 장판을 깐 바닥 위에 접이식 의자가 늘어선 광경은 밤샘이 아니라 선거 사무소에 어울렸다.

"요즘에는 다들 이게 편하다고 하세요. 무엇보다 무릎 꿇고 앉지 않아도 되니까요."

담당자가 설명하자 마침 의자에 앉으려던 나쓰코 이모가 투덜거렸다.

"양복 입은 사람이야 좋겠지만 기모노는 앉기 어렵네."

기모노의 옷자락을 정리해 엉덩이 부분에 주름이 잡히지 않도록 신경 쓰며 겨우겨우 자리에 앉는다. 나쓰코 이모는 남매 중에 혼자만 이빨이 약한지 아직 마흔일곱 살인데도 이가 대여섯 개밖에 남지 않았다. 틀니 탓에 목소리가 살짝 우물거린다. 본디 말을 똑 부러지게 하지 않는 사람이 그것 때문에 한층 얌전해지고 말았다. 이렇게 불평하는 일은 드물었다.

"언니, 의자에 앉기 어려운 이유는 옷 때문이 아닐걸? 나이 탓이야, 나이."

마키코 이모가 커다란 목소리로 말했다.

"늙은이는 다다미를 좋아하는 법이지" 하고 웃으면서 히로미를 홱 돌아보더니 "나나 히로미는 의자가 좋아. 젊으니까"라며 가슴을 강조하는 것처럼 꽉 졸라맨 오비기모노 허리에 두르는 띠 앞을 팡 하고 두드렸다.

"너랑 히로미를 똑같이 생각할 수야 없지."

준지 이모부가 끼어들었다. 말은 마키코 이모에게 걸고 있지만 얼굴과 몸은 히로미를 향했다. 비치된 주전자로 차를 따르던 히로미는 일부러 손 쪽으로 시선을 떨어뜨렸다.

"어머나."

마키코 이모는 깔깔대며 웃었다. 제아무리 마키코 이모라도 오늘은 매니큐어를 지웠다. 대신 평소처럼 새빨간 립스틱이 살짝 튀어나온 앞니에 묻어 있다.

"뭐 어때. 히로미, 예뻐졌는걸. 제법 여자 냄새가 난단 말이야. 남자라도 생겼어?"

준지 이모부가 이쪽으로 다가온다. 히로미는 찻잔을 쟁반에 얹고 일부러 이모부랑 거리가 지도록 걸었다.

"한창때니까. 싸구려 차도 갓 달인 놈은 향긋하다잖아."

이사코가 웃으면서 대답했다. 그러고는 퉁퉁 부은 히로미의 얼굴을 곁눈으로 흘끗 본다. 히로미는 화가 난 눈으로 엄마에게 호소했다.

"내버려둬. 그냥 놀리는 거니까."

이사코는 히로미 쪽으로 몸을 굽히며 속삭였다.

"하지만……."

엄마에게 이모부가 끈질기게 따라다닌 일은 얘기하지 않았다. 차라리 털어놓았더라면 좋았을 거라고 후회했다.

"밤샘은 일곱시부터지?"

준지 이모부가 벽에 걸린 둥근 시계를 올려다보면서 말했다.

"아직 한 시간 넘게 남았네. 나는 차보다 커피가 마시고 싶어."

"숙취라서 그래."

마키코가 놀렸다.

"근처에 카페 정도는 있겠지? 히로미, 커피 마시러 가자."

"저는……."

"뭐 어때, 가자. 그런 거 내려놓고. 이모들한테 맡기면 되잖아."

준지 이모부가 히로미의 손에서 접시를 빼앗았다. 당황한 누나의 얼굴을 보았는지 가즈키가 끼어들었다.

"나도 배고프다. 스님이 독경하는 중에 꼬르륵거리면 창피하니까 뭐라도 먹고 올까? 이모부, 같이 가요."

이모부는 눈에 띄게 귀찮아하는 표정을 지었다. 히로미는 애 같다고 생각했다.

"뭐야, 너는 오지 마. 히로미랑 데이트할 거니까."

"얻어먹을 수 있는 기회는 놓치지 말자는 주의예요. 괜찮죠?"

가즈키는 앞장서서 걷기 시작했다. 때마침 담당자와 미팅을 마친 이사오 외삼촌과 히로미의 아버지가 돌아와 출입구에서 부딪힐 뻔했다.

"뭐냐, 가즈키. 어디 가니?"

"배고파서. 준지 이모부가 사 준대."

"지금 주먹밥을 부탁해 뒀다. 다들 아무것도 안 먹었지? 시작되기 전에 뭐라도 배에 넣어 두는 게 좋아."

이사오 외삼촌이 눈치 빠르게 말했다.

"이모부는 커피가 마시고 싶대요."

"계단 아래에 자판기가 있어."

이사오 외삼촌은 주머니에서 동전을 뒤지기 시작했다.

"가즈키, 사람 수만큼 사 올래?"

가즈키는 "네" 하고 대답하며 나갔다. 히로미는 아버지와 이사오 외삼촌 등 뒤에 숨어 날름 혀를 내밀며 웃음을 참았다.

밤샘이 시작되고서야 엄숙한 분위기가 감돌았다.

밤샘에 찾아온 사람은 혼자 사는 여자의 장례식치고는 파격적일

만큼 많았다. 다들 태풍의 영향으로 날씨가 거친데도 비바람을 뚫고 일부러 걸음 해 주었다. 히로미는 유족 열 뒤쪽 구석에서 몸을 움츠리고 눈을 내리뜨면서, 가쓰코 이모는 무섭고 재미없는 사람이었지만 적어도 우수한 교사였던 사실만은 인정해야 한다고 생각했다.

목 놓아 우는 사람이야 없지만 손수건으로 눈가를 훔치거나 명복을 빌다 말고 목소리가 갈라지는 여자들은 있었다. 연령층은 사십 대 중반부터 삼십 대 초반 정도다. 가쓰코 이모가 교사로서 기력과 체력이 가득하고 열정에 불타던 무렵의 제자들이리라.

"신문 광고를 내지도 않았는데 잘도 이만큼 모였네."

이사코가 감탄했다.

"다들 어떻게 알았을까."

"동창회 명부가 있나 봐."

나쓰코 이모가 속삭였다.

"한 명이 알고 순서대로 연락을 돌렸겠지. 고마워라. 이런 날씨인데 말이야. 가쓰코 언니도 행복한 사람이야."

나쓰코 이모가 처음으로 눈물지었다.

독경이 끝나고서 조문객들에게 초밥과 술을 대접했다. 히로미는 접시를 나르고 접대를 맡아 앉았다 일어났다 하느라 정신이 없었다. 홀 담당자가 있으니까 내맡겨도 괜찮았지만 그냥 가만히 앉아 있기도 심심하고 어쩐지 켕겨서 차라리 움직이는 편이 나았다.

때때로 귀에 들어오는 대화의 파편들은 대개 가쓰코 이모 얘기가 아니라 이 기회에 오랜만에 만난 옛 친구나 지인끼리 서로 근황을 알리고 반가워하는 말들이었다. 죽은 이는 갖가지 구실에 쓰인다. 누가 더 멋진 상복을 골랐는지 다투기 위해서, 진주 목걸이 가격을 서로 자랑하기 위해서. 히로미는 그렇게 생각하고 얼굴을 붉혔다. 자신도 상복을 사러 갔을 때 탈의실에서 들뜨지 않았던가.

장례식 참석자 중에는 나이 든 남성도 많이 섞여 있었다. 가쓰코 이모의 옛 동료나 당시 교무 주임, 교감이나 교장. 그중에서 히로미의 눈길을 끈 사람은 부인과 함께 온 신타니 요시카쓰라는 남자였다.

벌써 삼십 년도 전, 가쓰코 이모가 오미야 시내의 중학교에 다닐 때 육성회 임원을 했던 사람이라고 한다. 당시부터 부부 둘 다 교육에 열을 올렸던 터라, 영어 교재로 외국 소설을 채택하거나 문예 영화를 보거나 했던 가쓰코 이모의 독창적인 방식에 공감하며 갖가지 도움을 준 적이 있던 모양이다.

벌써 육십 대 후반으로 보이는 신타니는 머리가 시원하게 벗어졌고 아무래도 고혈압인 듯 술에는 전혀 손을 대지 않았다. 부인 도시에는 자그마하고 통통한 사람으로 방석에 앉아 등을 굽히니 원피스 타입의 상복 지퍼가 당장에라도 터질 것 같았다.

둘은 나쓰코 이모와 이사코를 상대로 열심히 떠들었다. 가쓰코가 얼마나 우수하고 열의에 넘쳤는지, 아이들 교육에 얼마나 열정을 기울였는지.

"정말로 머리가 좋은 분이셨어요."

신타니는 열변을 토했다.

"여걸이라고 해야겠죠. 교장과 교무 주임의 말이라도 이치에 맞지 않다 싶으면 단호히 거절하셨고, 학생을 위해서라면 한밤중에 두들겨 깨워도 싫은 내색 하나 비치지 않고 달려오셨답니다."

부인 도시에도 장단을 맞추었다. 거듭 고개를 끄덕이면서 덧붙인다.

"교사가 되기 위해서 태어나신 분 같았어요."

쉽게 감격하는 나쓰코 이모는 눈물을 훔치며 "그렇게 인정받다니 언니는 행복했겠어요" 하고 말했다. 이사코도 옆에서 눈물을 글썽였다.

또 하나 더욱 뜻밖인 발견이 있었다. 가즈키가 얻어듣고서 가르쳐 준 일이다. 조금 지쳐 둘이서 대기실에 있을 때였다.

"아까 슬쩍 들었는데 가쓰코 이모, 무슨 봉사 활동 같은 것도 했나 봐."

"무슨 봉사 활동?"

가즈키는 싸구려 넥타이를 느슨하게 풀며 신발을 벗었다.

"뭐라더라, 상담 같은 거였대."

"거기서 누가 조문 왔어?"

"응. 살짝 들었는데 전과가 있는 사람의 사회 복귀를 돕거나 하는 일 같던데?"

히로미는 놀랐다. 물론 처음 듣는 얘기였다. 하지만 가쓰코 이모의 캐릭터로 미루어 보면 이상한 일도 아니다.

"상담도 엄청 무섭게 하지 않았을까?"

히로미가 미소 지었다.

"당신, 이래도 정신 못 차리면 인간쓰레기예요! 하고 소리쳤다거나."

"나는 그런 거 싫어."

가즈키는 그렇게 말하고 긴 벤치에 벌렁 누웠다.

3

밤 열한시가 가까워지자 역시 제단 곁에는 친척만 남았다. 술이 들어가니 남자들과 마키코 사이의 분위기도 스스럼없어졌다.

"그건 그렇고 가쓰코 언니는 심심한 일생을 보냈네."

마키코가 술을 들이켜면서 말했다.

"머리는 좋았지만 살면서 아무 재미도 없었잖아. 결혼이며 연애도 하지 않았고."

"연애는 했을 수도 있지."

나쓰코 이모가 대꾸하자 마키코 이모는 노골적으로 코웃음을 쳤다.

"가쓰코 언니가 연애라니 도무지 어울리지 않아. 일단 건드리는 남자가 없었잖아? 무서워서."

"언니도 젊은 시절이 있었어."

이번에는 이사코가 말했다. 충고하는 말투였다.

마키코는 전혀 개의치 않았다. 오비를 느슨히 풀고 목덜미도 훤히 드러내서 오래된 영화에 나오는 술집 작부 같은 모습이었다. 취하면 입이 험해지는 건 마키코 이모의 나쁜 습관이었지만 오늘 밤은 특히 더 심한 듯했다. 가쓰코 생전에는 무슨 말을 해 봤자 매몰차게 이치를 내세워 찍소리 못하게 당할 것이 분명해서 여태 꾹 참았으리라. 그게 단숨에 터져 나온 모양이다.

친척이니까 그런 마음은 알지만 보고 있자니 기분 좋은 일은 아니었다.

"젊었어도 그 얼굴로는 무리지. 남자가 돌아보지도 않았어. 옛날 그이는 '네 언니 얼굴은 작년 설에 먹다 남은 찰떡에 눈코를 붙인 것 같아. 곰팡이가 슬지 않아서 겨우 분간이 갔어'라고 했다니까."

객관적으로 보면 네 자매 중에 막내인 마키코 이모가 가장 미인이다. 갸름한 얼굴에 이목구미가 또렷하고 피부도 하얗다. 반대로 가쓰코 이모가 그 점에서는 가장 불리한 것도 사실이다.

히로미는 한패가 되어 험담하는 게 아닌데도 몹시 켕기는 기분이 들어 가쓰코 이모의 영정을 올려다보았다. 기분 탓인지 사진의 얼굴이 한층 험악해진 것처럼 보였다.

"적당히 해 둬, 마키코."

얼굴이 불그레한 준지가 말했다.

"아무리 친언니라도 말이 너무 심하잖아."

"그래, 이제 그만해."

이사코가 진지한 얼굴로 말했다.

"나랑 나쓰코 언니는 마키코보다 먼저 죽지 않을래. 무슨 험담을 할지 어떻게 알아."

마키코 이모는 머쓱해하며 입속으로만 중얼중얼 무슨 얘기를 했다. 이사오 외삼촌이 일어났다.

"슬슬 향을 더 피우자."

그걸 계기로 히로미의 아버지도 일어났다. 향을 올리는 외삼촌 뒤에 서서 히로미와 가즈키에게 말한다.

"너희도 이제 자라. 여기 수면실은 좁아서 가쓰코 이모네 아파트에서 잘 수 있도록 해 놓았어."

이사코가 고개를 끄덕였다.

"낮에 엄마가 가서 청소하고 이불도 내놨어. 내일 다모쓰랑 애들도 일단 그쪽으로 가기로 했고. 장소는 알지?"

다모쓰는 내일 도착할 예정인 사촌이다. 히로미는 엄마 손에서 열쇠를 받아 들었다.

가즈키와 둘이서 마지막으로 다시 한 번 향불을 올렸다. 그러는 내내 마키코 이모는 욕설을 퍼부었다.

"가쓰코 언니는 여자로서 가치 없는 일생이었어. 오늘도 봐. 향불을 피우러 온 남자가 한 명이라도 있었어? 다들 할아버지랑 제자뿐이지. 언니는 정상이 아니었어. 분명히 그래……."

피곤했는지 가즈키는 심하게 코를 골았다.

'내가 더 크잖아'라고 주장하는 바람에 침대를 양보하고 거실 바닥에 깔린 이불에서 자던 히로미는 그렇지 않아도 몸이 쑤시는데다 심한 소음까지 겹쳐 도저히 편히 잘 수가 없었다.

아침 다섯시가 지나서야 가즈키의 코골이가 잠잠해졌지만 이제부터 잠에 빠지면 오히려 몸이 힘들다. 늦어도 여덟시에는 일어나야 하니까.

차라리 이대로 일어나 버릴까 하고 이불을 갰다. 부엌에 서서 주전자에 물을 끓였는데 막상 인스턴트커피나 홍차 티백은 보이지 않았다.

분명히 이 근처에서 편의점을 본 기억이 있다. 다행히 어제 잘 때 갈아입은 운동복은 그대로 바깥에 나가도 괜찮은 디자인이었다. 히로미는 지갑을 들고 집을 나섰다.

엘리베이터를 내려가 조용한 로비를 가로질렀다. 일제히 메롱하고 혀를 내민 것처럼 우편함마다 신문이 튀어나와 있다. 밖은 아직 어스름했다. 비는 그쳤고 바람도 강하지 않은 것 같다. 어제랑 딴판으로 오늘 아침은 제법 시원했다. 이런 상태라면 태풍은 오지 않으리라.

로비 문의 잠금을 해제하고 바깥으로 나갔다. 정원이라고 부르기는 뭐하지만 멋들어진 정원수가 있고 잔디 위에 징검돌이 놓여 있다. 히로미는 징검돌 위를 걸었다.

그때 갑자기 그늘에서 사람이 튀어나오더니 허벅지와 엉덩이를 쓰다듬었다. 깜짝 놀라 소리도 지르지 못하는데 이번에는 뒤에서 끌어안으려고 했다. 술 냄새 나는 입김이 느껴진다. 그제야 누구인지 알 수 있었다.

준지 이모부다. 고주망태가 되어 눈이 새빨갛게 충혈됐다. 밤새 마신 게 틀림없다.

"이모부."

히로미는 끈질긴 손을 떼치려 하면서 소리를 질렀다.

"싫어요, 놔요!"

"히로미는 차갑다니까. 이모부랑 같이 자자, 좋지?"

잠깐 눈 붙이고 오겠다는 말이라도 하고 가와고에 제전을 나왔으리라. 정말이지 방심할 수 없다. 정색하고 화내면 또 '바보야, 농담이야. 진짜로 괘씸한 짓이라도 할 줄 알았어? 히로미는 어린애구나' 같은 말을 늘어놓겠지. 그게 더 화났다. 장난이라도 농담이라도 거절은 거절, 싫은 건 싫은 거다. 좋아하지도 않는 남자에게까지 일일이 아양을 떠는 게 '어른 여자'라면 그런 것 따위 되고 싶지 않다.

"자려면 얼른 집으로 올라가세요. 싫어요! 만지지 말라니까요."

밀치락달치락할 때 바로 옆에서 누가 말을 걸었다.

"저기—."

히로미와 준지 이모부가 놀라서 고개를 돌렸다. 아파트 앞뜰 입구에 한 남자가 서 있다.

모르는 얼굴이다. 나이는—예순 살 전후쯤일까? 연배치고는 상당히 키가 크다. 양쪽 관자놀이 주변이 새하얗고 얼굴에도 주름이 많다. 짙은 검푸른 빛깔의 양복을 입고 까만 넥타이를 진주알 한 개가 박힌 핀으로 고정했다.

"이 주변에 플라자 가와고에라는 아파트가 어디 있는지 아시나요?"

남자는 히로미와 준지 곁으로 반 걸음 다가오면서 물었다.

준지 이모부의 엉큼한 손이 떨어졌다. 히로미는 서둘러 준지 이모부에게서 멀어졌다.

"글쎄요, 저도 이 동네 사람이 아니라서 잘 모르겠는데요……."

"그렇습니까? 실례했습니다."

남자는 살짝 고개를 숙이고 잠시 히로미와 준지 이모부를 번갈아 보는 듯한 얼굴을 하고서 천천히 등을 돌렸다. 히로미는 남자의 뒤를 쫓듯 도로로 나갔다. 제아무리 준지 이모부라 해도 더 이상은 쫓아오지 않았다.

편의점은 금세 찾았지만 곧바로 아파트로 돌아갈 마음이 들지 않아 조금 돌아서 갔다. 로비에 들어갈 때도 신중히 주변을 둘러보았다.

아무도 없다. 당연하다. 여태 여기서 기다렸다면 그거야말로 범죄 행위다.

우편함에 다가가 가쓰코 이모의 이름을 찾았다. 그곳만 신문이 꽂혀 있지 않은 걸 깨닫고 움찔했다.

그래, 신문이 올 리가 없다. 입원한 시점에서 당연히 구독을 중지했을 테니까.

아까 이 앞을 지나칠 때는 '편의점에 갔다가 돌아오는 길에 신문을 꺼내서 올라가면 되겠지' 하고 막연히 생각했었다. 그걸 이상하다고 여기지 않았다.

이모는 죽을병과 싸우다 힘을 소진해 세상을 떴다. 이 우편함에만 신문이 오지 않는다는 단순한 사실이 국화꽃 향기보다, 밤샘에 찾아온 많은 조문객의 모습보다, 엄마나 이모들의 눈물보다, 다른 무엇보다 가쓰코 이모의 죽음을 확실히 실감하게 했다.

가만히 손을 들어 우편함을 열어 보았다. 아무것도 없을 터였다.

이모가 떠나고 나서 아파트를 채웠던 쓸쓸한 공백이 차 있을 뿐—.

하지만 그렇지 않았다.

한 통의 편지가 바닥에 떨어져 있다. 들고 살펴보았지만 앞에도 뒤에도 아무것도 씌어 있지 않았다. 우표도 붙어 있지 않다. 전체적으로 누런 것이 상당히 오래된 편지 같다.

봉투 입구는 가위로 잘라 열려 있었다. 안에 든 네 번 접은 편지지 두 장이 보였다. 히로미는 편지지를 꺼내 보았다.

처음 한 줄을 읽자마자, 단 한 통의 편지를 축으로 세상이 뒤집혀 버리고 말았다.

4

가쓰코 씨.

나는 지금 무척 괴로워하며 편지를 씁니다.

이렇게 말하면 눈치 빠른 당신은 앞으로 어떤 내용이 이어질지 짐작하리라 믿습니다. 당신은 정말로 머리가 좋고 똑 부러진 여성이에요. 나도 그 점에 끌렸지요.

바로 지난주에 둘이서 이 마을을 떠나 멀리 가서 처음부터 다시 시작하자는 계획을 세웠습니다. 그렇게 기정사실로 만들어 버리면 내 아내도 포기해 주리라는 말이 당신의 입에서 나왔을 때 솔직히 말해서 나는 무척 놀랐어요. 당신은 그런 생각을 할 수 있는 사람이 아니라고 믿었거든요. 많이는 바라지 않는다, 내가 나중에 끼어

들었으니까 부인에게 상처 줄 생각은 없다고 늘 말했지요. 나는 그런 말을 들을 때마다 당신의 사려 깊은 마음씨에 감사했습니다.

반면에 무척 안타까운 기분도 들었어요. 당신은 그런 식으로 자신을 억눌렀어요. 요컨대 그렇게 제어할 수 있을 정도로밖에 나를 생각하지 않았다는 의미로 느껴졌기 때문입니다.

그러니까 당신이 먼저 도망가자고 얘기해 줬을 때는 정말로 기뻤어요. 하늘에라도 오를 듯한 기분이란 이런 것이구나 생각했더랍니다.

요전에 이즈미에서 만났을 때 당신이 얘기해 주었지요. 왜 여태껏 쌓아 온 신용을 버리고 나랑 도망갈 결심이 섰는지, 그 이유를.

당신이 미카와시마 이중 충돌 사고를 일으킨 열차에 탔었고, 바로 전 역인 닛포리 역에서 내려 목숨을 건졌다는 얘기를 들었을 때, 나도 정말 깜짝 놀랐습니다. 당신은 갈아타기 위해 내릴 곳에서 내렸을 뿐이지만 그게 운명의 갈림길처럼 여겨졌다고 했지요. 실제로 그 사건으로 백육십 명이나 죽었으니 당신이 그렇게 느끼는 건 결코 부자연스럽지 않다고 나 역시 생각합니다.

당신은 말했어요. 인간은 내일 덜컥 죽어 버릴지도 모른다는 사실을 아플 만큼 절실히 깨달았다, 사는 동안에 하고 싶은 걸 해 두지 않으면 분명히 후회할 거다, 자신의 마음에 정직하게 살지 않으면 죽어도 죽을 수 없을 거라고. 그러니까 나랑 함께 살고 싶다고 말해 주었어요.

나는 당신의 말에 감동했습니다. 옳은 말이었어요. 그래서 몰래 신변을 정리하고 도망갈 준비를 했던 겁니다.

하지만, 정말 미안하게도 나는 그걸 실행할 수 없게 되고 말았습니다.

불과 사흘 전 일입니다. 사실은 가즈미가—제 딸의 이름은 당신도 잘 알고 계시죠—학교 근처 문방구에서 물건을 훔치다 잡혔답니다.

나는 딸의 마음속에서 무슨 변화가 일어났는지 어떤 갈등이 생겼는지 전혀 몰랐어요. 아니, 솔직히 말하죠. 알고 싶지 않았습니다. 가즈미는 아직 어리니 만물의 도리나 진짜 어른의 연애 감정이 어떤지도 모르리라고 생각합니다. 그래도 가즈미는 나와 아내 사이에 생긴 균열을 정확히 꿰뚫어 보았던 겁니다.

파출소에서 집으로 돌아와 왜 그런 짓을 했느냐고 캐물으니 가즈미는 엉엉 울면서 털어놓았습니다. 집 안이 점점 변해서 쓸쓸해 견딜 수 없었다고.

가쓰코 씨. 확실히 말할게요. 나는 그때 생각했어요. 아내를 버릴 수는 있지만 가즈미를 버릴 수는 없다고요.

내가 아내와 헤어지고 당신과 재혼해 가즈미를 거두는 형태라도 안 됩니다. 가즈미는 자신을 낳아 준 엄마와 내가 함께 이룬 가정을 원해요. 거기에는 타협할 여지가 없습니다.

나는 당신을 사랑하고 당신과 만나 행복했어요. 하지만 너무 늦게 만났으니 이를 어쩌면 좋습니까. 울먹이는 가즈미를 눈앞에 두자 당신이 결의에 차 했던 '자신에게 정직하게 산다'는 말도 너무 잔혹한 얘기로밖에 생각할 수 없게 되었습니다.

한편으로 당신에 대한 이런 처사가 비겁하기 짝이 없다는 것 또

한 잘 압니다. 내 마음은 아직 흔들리고 있어요. 직접 당신을 만나거나 당신의 목소리를 들으면 마음이 동요해 지금의 결심을 지킬 수 없게 될 것만 같습니다.

그래서 편지를 씁니다. 지금 우체통에 넣어도 약속한 내일 오후 두시 전에 당신에게 도착할 리가 없겠지요.

나는 이 편지를 봉투에 넣어 둘이 만나기로 한 럭키의 주인장에게 맡겨 두렵니다. 믿을 수 있는 사람이니까 분명 괜찮겠지요.

부디 알아주세요. 헤아려 주세요. 당신은 총명한 사람입니다. 언젠가 나보다 훨씬 더 잘 어울리는 남자가 나타날 겁니다.

우리는 인생의 한때를, 빛나는 한때를 공유했어요. 당신은 나를 사랑한다고 말해 주었고 나도 당신을 사랑합니다. 그렇다면 내 피를 이어받은 가즈미를 상처 주고 싶지 않은 마음을 부디 이해해 주세요.

우리의 추억이 훼손될 만한 일은 그만두고 모든 걸 찬란했던 기억 속에 담아 주기를 바랍니다.

당신은 멋진 여성이니까 분명히 그럴 수 있으리라고 믿습니다.

5

편지에는 서명이 없었다.

끝까지 증거를 남기지 않을 셈이었으리라. 독특한 버릇이 있는 남자 글씨로 꾹꾹 눌러쓴 것 같았다. 볼펜으로 썼나 본데 군데군데

잉크가 뭉쳐서 번졌다.

히로미는 가즈키와 준지 이모부 눈에 닿지 않도록 충분히 주의를 기울이며 오래된 편지를 몇 번이나 다시 읽었다. 이런 편지를 무심코 다른 친척 눈에 띄게 할 수 없었다. 적어도 고별식이 끝나기 전까지는 안 된다. 어떤 소동이 일어날지 모른다.

소인도 없고 받는 사람, 보내는 사람 이름도 없지만 이게 가쓰코 이모 앞으로 온 편지임은 확실했다. 이 남자, 요컨대 편지를 쓴 사람은 당시 이모가 사랑했던 불륜 상대였으리라. 남자에게는 아직 어린 가즈미라는 딸이 있고 그는 가즈미를 위해서 이모와 결행하려고 했던 사랑의 도피를 단념했다. 거기까지는 좋다. 당치 않게도 그는 당일 이모랑 만나기로 했던 럭키라는 가게에 편지를 맡기기만 하고 이모를 바람맞혔다.

그나마도 편지 후반부는 자기 변호와 보신을 위한 변명의 나열이었다. 뭐가 '부디 이해해 주세요'냐.

가쓰코 이모의 과거에 이런 드라마틱한 사건이 숨어 있었다니 여태껏 꿈에도 몰랐다. 히로미는 편지를 읽으며 몇 번이나 문면에서 고개를 들고 눈을 깜빡여야 했다. 가쓰코 이모가? 사랑의 도피라고?

이건 대체 언제 일일까?

다행히 교사는 교사인지 가쓰코 이모는 아파트 서재 안에 사전과 연표를 몇 권인가 갖다 두었다. 책을 펼쳐 조사해 보았다. '국철 조반 선 미카와시마 역 구내 이중 충돌 사고'라는 대참사가 일어난 날은 1962년 5월 3일이다. 히로미가 태어나기 팔 년이나 전의 얘기다. 히로미의 감각으로는 진주만 전쟁이나 포츠담 선언 수락과 비슷할 정도로 거리가 있는 사건이다. 그건 먼 과거의 역사이며 교과서에서 배우고 잊어버리는 일에 지나지 않았다.

그런 큰 사건이 이모의 인생과 깊이 연관되어 있었다니. 역사 교과서에 이름이 실린 인물의 족보를 더듬어 가면 어딘가에서 자신의 가계와 만난다고 누가 가르쳐 준 듯한 느낌이었다. 활자가 될 만한 사건이 자신의 친척과 엮이다니 히로미에게는 상상 밖의 일이었다.

가쓰코 이모는 사건이 일어났을 때—처음 충돌과 탈선은 오후 아홉시 삼십오분에 발생했다고 적혀 있으니 밤이다—전율하며 깨달았으리라.

자신에게 거짓말을 하며 살아갈 수는 없다. 그럼 언젠가 죽을 때 분명히 후회한다.

이모는 불륜 상대에게 사랑의 도피 얘기를 꺼냈다. 남자는 막판에 이모를 배신하고 내팽개쳤다.

이렇게 보면 가쓰코 이모가 고집스럽게 독신을 고수한 게 이때 받은 마음의 상처가 너무 컸기 때문이 아닐까 싶어진다. 이모는 평생을 걸었다. 하지만 평생을 건 도박에 지기는커녕—졌다면 아직 희망이 있다—도박 상대가 겁을 먹고 어디로 도망쳐 버렸다. 그것도 '당신은 총명한 사람이다' 따위로 이모를 꼼짝할 수 없게 만드는 일방적인 말을 남기고.

히로미의 눈으로 보아도 분명히 가쓰코 이모는 자신의 높은 지성과 깊은 교양에 의지하던 사람이었다. 그래서 가즈키는 '바라보기만 해도 질책하는 것 같은 기분이 든다'고 했고, 엄마인 이사코는 '우습게 보는 것 같아서'라고 중얼거렸던 것이다.

그런 여자에게 평생 한 번이라고 생각했던 남자가 '당신은 총명한 사람이다'라고 말한다면—그러니까 이별을 받아들여 달라고, 저항하며 꼴사나운 짓은 하지 말아 달라고 한다면—.

정말 그 말에 따르는 수밖에 없으리라.

"그건 그렇고."

편지가 왜 지금에 와서 이모의 우편함에 들어 있을까?

고별식 준비는 오전 열시쯤부터 시작되었다.

마키코 이모와 준지 이모부는 아직 사이좋게 베개를 베고 나란히 침몰해 있다. 지금 히로미에게는 그편이 마음 편했다.

준비라고 해도 대부분은 업자에게 맡겼다. 얌전한 얼굴로 앉아 있는 것 외에 할 일이 없다. 히로미는 잔뜩 달아오른 얼굴로 분주히 돌아다니는 부모님과 이사오 외삼촌을 못 본 체하고 나쓰코 이모에게 다가갔다.

"있잖아요, 이모."

이모의 얼굴은 조금 피곤해 보였다. 피부가 하얀 사람이라 수면 부족이 금세 얼굴에 드러난다.

"1962년 즈음에 가쓰코 이모는 어디서 살았을까요?"

나쓰코 이모는 작은 새처럼 고개를 갸웃거렸다.

"글쎄……."

"학교는 어디였을까요. 그때 이미 사이타마로 갔어요?"

가쓰코 이모는 처음에는 도쿄의 학교에서 교편을 잡았다.

"벌써 갔었을걸?"

나쓰코 이모는 그렇게 말하고 옷자락에서 꺼낸 손수건으로 눈물을 훔쳤다. 오늘은 엷은 햇살이 약간 비치는 날씨였다. 밤샘 다음날 수면 부족인 상태에서는 그런 엷은 햇살마저 눈에 부신 듯했다.

"어제 여러 사람 얘기를 들은 지 얼마 안 돼서……. 맞다, 마침 어제 온 신타니 씨가 육성회 임원을 했던 학교에 있을 무렵이 아니었나. 그곳으로 옮긴 게 1960년부터랬으니까."

"확실해요?"

나쓰코 이모는 이상하다는 듯 눈을 깜빡거렸다.

"왜 그런 게 신경 쓰이니?"

"아니…… 그냥 좀. 어젯밤에 생각했거든요. 가쓰코 이모는 어떤 일생을 보냈을까 하고."

너무 파고들어 의심받아도 곤란해서 히로미는 적당히 물러났다.

이미 사이타마의 학교에 있었다면 용건이 있어 도쿄에 나갔다가 밤에 집으로 돌아가기 위해 전차를 타고 닛포리에서 갈아탄 건 부자연스럽지 않다. 편지 내용 중 하나가 입증되었다.

기분 탓인지 국화꽃 향기가 어제보다 강하게 느껴진다. 죽은 이의 향기를 지우기 위해서 며칠간은 날마다 향기가 짙어지는 품종이 개발되었는지도 모른다는 생각 따위를 하며 히로미는 조금 슬픈 기분에 사로잡혔다.

가쓰코 이모는 정말로 죽어 버렸다. 이제 이모와 직접 대면하고 편지 사건의 진상을 따져 물을 수는 없다. 결코, 절대로. 누군가를 잃고 만다는 건 그런 것이다.

띄엄띄엄 사람들이 모이기 시작하고 향이 피워지고 접수대에 사람이 서면서 어젯밤 밤샘과 똑같은 순서로 고별식이 시작되었다. 장례식이 끝나 버리면 이모는 뼈가 되고 만다. 그때까지 조금이라도 좋으니까 생각을 정리해 두고 싶었다.

"뭐야, 누나. 오늘은 엉덩이가 무겁네."

가즈키의 말도 차갑게 무시했다.

준지 이모부와 마키코 이모도 숙취로 부은 얼굴을 한 채 엉덩이를 들려고 하지 않았다. 그뿐만 아니라 이모부는 독경하는 사이 꾸벅꾸벅 졸았다. 정말 어이가 없다는 말밖에 나오지 않는다.

히로미는 고개를 숙이고 줄곧 생각했다.

오래된 편지임은 틀림없어 보인다. 편지지며 봉투도 죄 누르스름하게 떴고, 잉크 색도 바랬다. 1962년에 씌어졌다면 이십구 년이나 지났으니 당연하다.

그럼 그걸 누가 우편함에 넣었지?

먼저 떠오른 건 가쓰코 이모 자신이 했다는 가정이다.

입원하기로 정해졌을 때 이미 이모는 죽음을 각오했으리라. 그러니까 죽고 나서 자신의 과거에도 그런 격렬한 연애사가 있었음을 남은 가족들에게 알리고 싶어 편지를 우편함에 넣어 두었다—.

심정적으로 있을 법한 일이다. 어젯밤 마키코 이모의 듣고 있기 어려운 독설을 들은 뒤라 괜히 더 그럴싸하게 느껴진다.

만약 편지를 보았다면 마키코 이모도 그렇게 심한 소리는 하지 않았을 것이다. 다른 사람도 아닌 마키코 이모니까 한 번 읽고 '뭐야, 결국 버려졌네'라고는 말하겠지만 그래도 가쓰코 이모가 화석 같은 이상한 사람이었다는 주장은 물리지 않을 수 없으리라. 머리가 좋고 사회적으로 신용도 있고 개인적으로 마음을 충족시켜 줄 만한 과거가 있었다고 한다면 가쓰코 이모는 하나의 이상적인 인생을 살았던 셈이 되지 않겠는가. 적어도 조카에게까지 추파를 던지는—준지 이모부가 히로미를 건드리는 게 절대로 이모부로서의 감정이 아님을 마키코 이모가 눈치채지 못했을 리 없다. 이모는 이런 일에는 아인슈타인처럼 천재적인 번뜩임을 지녔다—남편 때문에 고민하고 자신도 늘 말썽을 일으키는 마키코 이모의 삶보다는 훨씬 멋졌다.

게다가 가쓰코 이모는 이제 없다. 앞으로는 승부에 질 염려가 없다.

자매의 인생 레이스에서 멋지게 이기고 떠나 버렸다.

그럴싸했다. 너무 그럴싸했다. 다만—.

히로미는 고개를 내젓고 지금의 가정을 머리에서 쫓아냈다. 안 돼, 안 돼, 이건 아니다. 그렇다면 편지는 좀 더 빨리 발견되었을 것이다. 가쓰코 이모는 넉 달이나 입원했다. 그 사이 관리인이나 병문을 온 여동생 중 누가 우편함을 열지 않았다는 보증은 없다. 실제로 열었을 가능성이 크다. 가쓰코 이모가 입원하고서도 우편물은 배달되었을 테니까.

편지는 가쓰코 이모만 가지고 있었다.

엄마일까? 히로미는 맨 앞줄에서 고개를 숙이고 있는 이사코를 훔쳐보았다. 엄마가 이모한테 부탁받고 어젯밤에 편지를 숨겨 두었을까.

그럴 경우의 목적은? 조금 전까지 생각했던 것과 마찬가지다. 가쓰코 이모의 사후 명성을 위해서라면 지나치지만 이모가 충실한 인생을 보냈음을 뒷받침하기 위해서 그런 것이다.

만약 그렇다면—.

엄마인 이사코는 이 일을 안다는 뜻이다. 한 다리 걸친 거니까. 그러면 빨리 편지 얘기를 했을 법하지 않은가. 일부러 우편함에 넣어 둔 이유는 히로미나 가즈키, 오늘 올 사촌들 중 누가 발견했으면 했기 때문일까. 그랬다면 이제 슬슬 돌려서라도 떠보았을 법하지 않은가.

거기까지 생각하다가 앗 하고 눈이 뜨였다.

편지를 우편함에 숨긴 건 가족이 아니다. 왜냐하면 만약 가족이 편지가 발견되기를 바랐다면 굳이 우편함 따위에 넣지 않더라도 얼마든지 기회가 있기 때문이다.

가족이라면 장례식을 마치고도 '그럼 안녕히' 하고 끝나는 게 아니다. 앞으로 오칠일 법요와 사십구재가 있고 납골이 있다. 유품과 재산 정리, 고인의 소지품 나누기 같은 절차도 있다. 가쓰코 이모의 과거에 숨은 슬픈 사랑 이야기를 겉으로 드러내고 싶다면 그런 때에 하면 된다. 태연하게 '어머, 이건 뭐지?'라는 말이라도 하며 편지를 옷장 안이나 서랍 바닥에서 꺼내면 충분하니까. 그편이 훨씬 확실하고 극적이다.

가족이 한 짓이 아니다.

그럼 대체 누가 그런 곳에 편지를 넣었지?

머릿속이 뒤얽혔다. 히로미는 한창 독경중에 저도 모르게 장례에 자리한 유족에게는 어울리지 않는 힘찬 기세로 고개를 들고 한숨을 쉬었다. 그때 장례식에 참석한 사람들의 대열 끝 쪽에서 오늘 아침 가쓰코 이모 아파트 앞에서 만난 남자의 얼굴을 발견했다.

6

출관 전 아주 짧은 시간밖에 기회가 없다. 히로미는 의아해하는 부모님과 친척들의 시선을 뿌리치고 장례식 참석자 사이를 뚫고 남자 곁으로 다가갔다.

상대 역시 히로미를 기억했고 히로미가 다가오는 목적과 의도를 아는 눈치였다. 하지만 조금 켕기는 양 눈을 내리떴을 뿐 도망치려고도 않고 가만히 서 있다.

"저기, 오늘 아침에 뵌 분이죠?"

히로미는 목소리를 죽이고 말을 걸면서 그를 사람들 뒤로 끌고 갔다. 결국 복도로 나왔다가 거기에서 더 뒤로 물러나 아래로 내려가는 층계 옆 흡연 장소까지 갔다.

"아침에는 감사했어요. 엄청 곤란한 상황이었는데 덕분에 살았어요."

오늘 아침 그가 길을 물은 건 물론 연극이었다. 히로미가 가쓰코 이모의 조카임을 알지는 못했겠지만 주정뱅이와 시비가 붙은 젊은 아가씨를 구할 셈으로 말을 걸어 주었으리라.

히로미가 인사하자 상대는 말없이 고개를 끄덕였다. 한 손을 살짝 들고 "아뇨, 그 정도 일로……"라고 작게 말했다.

히로미는 단도직입적으로 말을 꺼냈다.

"아저씨가 우편함에 편지를 넣었죠? 아닌가요?"

상대는 눈을 동그랗게 떴다. 놀라서가 아니라 그렇게 해서 히로미를 응시하고 자기 눈 속에 떠오른 대답을 읽어 주기를 바라는 것 같았다.

입술이 마르고 가슴이 뛰었다. 히로미는 상복 옷깃 근처의 리본을 꽉 쥐고 상대의 얼굴을 바라보며 물었다.

"아저씨가 이십구 년 전에 가쓰코 이모와 사랑의 도피를 하려 했던 분이군요?"

이번에는 남자의 눈이 움직였다. 불안한 듯 눈썹이 내려가고 뼈가 울퉁불퉁한 양손을 쥔 채 말문이 막힌 듯 입가만 우물거렸다. 히로미는 빠른 말투로 얘기를 이었다.

"생각해 보았어요. 그 편지, 아저씨는 편지를 썼지만 결국은 럭키의 주인장에게 맡기러 가지 못했지요? 역시 너무 뻔뻔한 말만 늘어놓았다는 생각에 양심의 가책을 느꼈겠죠. 그래서 가쓰코 이모는 그걸 받지 못했어요. 그렇지 않나요? 이모는 사정을 모른 채 바람을 맞았겠죠? 자존심 세고 머리 좋은 이모는 그것만으로 충분했어요. 바람맞은 것만으로 아무 설명이 없어도 상대방의 마음이 떠난 걸 알았어요. 그리고 아저씨가 기대한 대로 총명한 교사답게 깨끗하게 관계를 끊고 소란을 피우지도 않았죠……."

심장 박동이 한층 격렬해진 까닭은 흥분 때문이 아니라 이십구 년 전에 이 남자가 가쓰코 이모에게 한 처사에 화가 났기 때문인지도 모른다. 아무리 가쓰코 이모가 가까이하기 어려운 사람이었다 해도, 자신을 귀여워해 준 적이 없었다 해도, 늘 내려다보는 눈으로만 보았다 해도 가족은 가족이다.

등 뒤에서는 역시 가족 중 한 사람인 상주 이사오 이모부의 인사가 이어졌다.

"고인은 교사라는 천직에 일생을 바쳤습니다—."

히로미는 남자에게 한 걸음 더 다가서서 소매를 잡았다.

"아저씨는 이모가 세상을 뜬 걸 알고—어떻게 알았는지 모르겠지만요. 혹시 아저씨는 일을 통해 이모와 알고 지낸 사이였나요? 아저씨도 선생님이었을지 모르겠네요. 그렇다면 '저항하며 꼴사나운 짓은 하지 말아 달라'는 부탁은 절실했겠죠. 아저씨가 이모랑 같은 직장과 인간관계 울타리 안에 있었다면 이런 소식은 금세 전해질 테고요."

남자는 여전히 고개를 숙이고 있다. 이렇게 다가가서 보니 남자가 입은 검푸른색 양복이 결코 고급품이 아님을 알 수 있었다. 옷깃 끝에는 벌레 먹은 구멍까지 뚫려 있다.

"아저씨는 이모의 죽음을 알고 이십구 년 전에 건네지 못했던 변명이 담긴 편지를 건넬 좋은 기회라고 생각했던 것 아닌가요? 편지를 계속 간직했던 이유는 저도 알 것 같아요. 차마 버리지 못하고 있다가……. 하지만 가쓰코 이모라는 사람이 이 세상에 없다면 이제 갖고 있어 봤자 의미가 없겠죠. 우편함에 몰래 넣어 두면 유족이 처리해 주리라고 생각했나요?"

보잘것없지만 그건 가쓰코 이모에게 보내는 사죄이자 공양이기도 했다.

초로의 남자가 고개를 움직여 드디어 히로미의 얼굴을 바라보았다. 그러고는 입을 열었다.

"아가씨, 나는—."

남자는 말을 끝까지 할 수 없었다. 어느새 이사오 이모부의 인사가 끝나고 출관할 때가 온 것이다. 장례식 참석자들이 줄지어 계단 아래로 내려갔다. 사람들 사이를 억지로 뚫고 나온 준지 이모부가 바로 곁에까지 다가와 있었다. 끈적끈적하게 히로미를 관찰하던 이모부는 옆에 있는 초로의 남자가 오늘 아침 한창 좋을 때를 방해한 분위기 파악 못하는 영감임을 깨닫고는 불끈한 모양이다. 갑자기 남자의 팔을 붙잡더니 "어이!" 하고 소리쳤다. 제어되지 않는 큰 목소리는 알코올 탓이다.

"이모부! 뭐하는 거예요."

"너는 뭐야? 부조금 도둑은 아니겠지?"

초로의 남자는 놀란 나머지 말도 나오지 않는 듯 준지 이모부에게 팔꿈치를 비틀려 붙잡힌 채 덜덜 떨며 뒤로 물러났다. 약한 사람을 상대할 때면 기세가 등등해지는 이모부는 위압적으로 힘을 줘서 비틀어 올렸다. 이모부의 쉰내 나는 입김에 히로미는 구역질이 날 것 같았다.

"그만해요, 이 주정뱅이!"

초로의 남자와 히로미의 힘으로 마흔 안짝인 준지 이모부의 알코올로 점화된 엔진 마력을 당해낼 리 없다. 소란을 듣고 다른 사람들이 달려오기 직전, 옥신각신하던 두 사람이 균형을 잃었고 초로의 남자는 재주를 넘듯 계단에서 굴러떨어졌다.

7

왼쪽 넙다리뼈 골절, 전치 사 개월.

"다른 때 같았으면 상해 사건으로 갈 뻔했는데."

나쓰코 이모가 말했다.

"상대도 전과가 있는 사람이래. 듣기로는 가쓰코 언니가 봉사 활동으로 상담했던 '사회 복귀 센터'인가 하는 곳에서 언니의 신세를 진 모양이야. 그러니까 괜히 복잡하게 만들고 싶지 않다며 합의해 주었어."

장례식에서 있던 다툼으로부터 열흘쯤 지났다. 나쓰코 이모와 히로미, 엄마인 이사코는 이사오 이모부가 불단죽은 조상의 위패를 놓는 장을 지키고 있는 본가의 거실에 모여 앉았다.

셋이서 부조금 답례와 '장례 참석 감사장'을 보낼 상대 목록을 만드는 참이었다. 이사오 외삼촌의 아내인 기미코는 장남의 며느리이기는 하지만 결혼하지 않은 형님 장례식이라 이쪽에 전부 맡기겠다고 했다. 대신 휴식 시간에 갓 구운 케이크를 대접하겠다느니 하며 지금은 부엌에 틀어박혀 있다.

거실 한구석에는 기미코 외숙모가 꽃꽂이한 불화불단에 장식하거나 성묘 때 올리는 꽃에 둘러싸인 가쓰코 이모의 유골이 안치되어 있다. 새로운 위패가 천장 형광등의 불빛을 반사해 반짝인다.

“이걸로 매제도 조금은 정신을 차렸겠지.”

이사코가 부조받은 금액 리스트를 훑으면서 유쾌한 목소리로 말했다.

“술버릇이랑 여자 버릇, 둘 다 나쁜걸. 정말 못 살아. 마키코한테도 좋은 약이 되었겠지.”

“히로미는 싼 상복을 사서 다행이었어.”

나쓰코 이모가 의치를 드러내며 웃었다. 날뛰는 준지를 어떻게든 막으려고 분투하다가 쭉 찢어져 떨어진 히로미의 상복 소매를 가리켜 하는 말이다.

“마키코가 새로 사 준다니까 이번에는 비싼 옷으로 사렴.”

이사코는 빈틈이 없다.

“역시 엄마라니까.”

“나 때는 그 좋은 상복을 입고 와.”

나쓰코 이모가 그런 말을 해서 히로미는 이모를 짝 하고 때렸다. 마침 기미코가 차를 가져오다가 “나쓰코 아가씨, 우리 남편이 먼저예요” 하고 말하고는 웃으면서 부엌으로 돌아갔다.

히로미는 사고 며칠 후 초로의 남자와 차분히 얘기할 기회를 얻었다. 그때는 아직 엄마나 이모들에게 사정을 설명하지 않았기 때문에 혼자서 쳐들어갔다.

남자의 이름은 기타노 사부로. 나쓰코 이모가 말한 대로 절도 전과 2범이었다. 빈집털이와 들치기 전문으로 한때는 경찰을 꽤 애먹였던 솜씨의 소유자였다고 한다. 현재는 건실한 삶으로 돌아간 지

스무 해, 작은 식당 주인으로 부인과 자식도 있다.

기타노가 갱생할 기회를 만든 게 가쓰코 이모이고, 사회 복귀 센터였다. 두 사람이 만난 건 기타노가 두 번째 복역을 마치고 바깥으로 돌아왔을 때. 다시 말해 스무 해도 더 된 옛날 일이다.

기타노는 가쓰코 이모를 '가쓰코 선생님'이라고 불렀다. 자신보다 나이도 어리고 깐깐한 얼굴이라 다가가기 어려운 여자를 소박하게 그렇게 불렀다.

"가쓰코 선생님께는 아무리 감사해도 모자라요. 선생님께서 구해 주시지 않았다면 나는 지금쯤 어디 노동자 합숙소나 여인숙에서 개죽음을 당했을 테니까요."

기타노와 가쓰코의 인연은 그뿐이 아니었다.

"이십구 년 전에 사이타마 현 오미야 역에서 어떤 남자의 가방을 훔쳤어요."

들치기였다. 남자의 가방 안에 가쓰코 앞으로 보내는 편지가 들어 있었다.

"평소에는 돈 될 것밖에 손을 대지 않지만 겉에 아무것도 쓰지 않았고 단단히 봉해 두었기에 틀림없이 현금이 들어 있을 줄 알고 열어 보니 그거였어요. 깜짝 놀랐죠."

편지 안에 줄줄이 이어지는 남자의 염치없는 주장은 기타노를 대단히 화나게 했다. 자신과 도망까지 치려고 마음먹은 여자에게 대체 무슨 말을 하는 거냐고.

"다시 돌려줄 방도는 없었죠. 가방 주인 얼굴 따위는 기억하지 못했으니까요. 마흔이 좀 못 된, 머리를 기름으로 매만진 단아한 남자였다는 정도밖에 기억에 남아 있지 않았어요."

하물며 편지를 여자에게 건넬 수도 없었다. 단서는 럭키라는 가게 이름뿐이다. 시간이 없었다. 도망가기로 한 건 내일 오후 두시였다—.

"만약 둘이 만날 장소를 알았더라도 저는 편지를 여자에게 보여주고 싶지는 않았을 겁니다. 너무…… 그러니까…… 가여워서."

기타노는 세 번째 길을 골랐다. 편지를 없던 걸로 한 것이다.

"그런 짓을 해도 남자는 다시 새로운 편지를 써서 건네면 끝이었겠죠. 그래도 역시 그렇게 할 수밖에 없었어요."

기타노는 편지를 버리지 않고 보관했다.

"뭐라고 해야 할까요……. 그런 짓을 하다 보면 다른 사람의 인생을 엿보는 듯한 기분을 맛보는 일이 자주 있지만, 그때는 그냥 엿본 게 아니라 다른 사람의 인생을 훔친 듯한 기분이 들었어요. 내가 이렇게 편지를 증거로 남겨 두는 한, 이 여자의 불행한 운명을 훔쳐 주었다는 증거가 있는 한, 여자가 함께 사랑의 도피를 떠나기로 한 남자에게 바람맞을 일은 없다, 여자는 행복하게 살리라고 믿을 수 있을 것 같은 마음이 들어서……."

그로부터 삼 년 후에 빈집털이로 얻은 도난품을 부주의하게 팔았다가 꼬리가 잡혀 기타노는 교도소살이 신세가 되었다.

"그걸로 나도 무뎌졌구나 하고 생각했어요. 다음에 바깥으로 돌아가면 반드시 손을 씻자고 결심했지요."

편지가 든 가방을 들치기하고 팔 년이 지나 기타노는 사회 복귀센터를 찾았다. 그곳에서 '가쓰코'라는 상담원을 만난다—.

"처음에는 우연히 이름이 같을 뿐이라고 생각했어요. 하지만 이런저런 얘기를 나누다가 미카와시마 사고 때 닛포리에서 내린 덕에 살았다는 가쓰코 선생님의 얘기를 듣고서 이건 틀림없다고 생각했지요. 이런 우연이 있다니, 그때는 정말 놀랐어요."

기타노는 이 사실을 여태껏 누구에게도 얘기하지 않았다. 물론 가쓰코 이모에게도.

"가쓰코 선생님은 선생님이시니까요."

기타노는 그렇게 말하며 힘없이 웃었다.

"제가 편지를 없는 걸로 쳤다고 해서 선생님의 인생이 좋은 쪽으로 바뀌지는 않았지요. 선생님께서는 끝내 결혼하지 않으셨어요."

침대 옆 등받이 없는 의자에 앉아 기타노의 얘기를 듣던 히로미는 이 대목에서 천천히 고개를 저었다.

"그렇지 않아요."

"그럴까요……."

"가쓰코 이모는 많은 사람에게 존경받았는걸요. 꼭 좋은 것만은 아니었지만 그래도 좋은 일을 하고 가치 있는 삶을 살았어요."

기타노는 가쓰코 이모가 죽었다는 소식을 사회 복귀 센터 동료에게 전해 들었다. 그리고 생각했다고 한다.

"드디어 편지를 돌려줄 때가 왔다고요."

야단스럽게 이름을 대고 사정을 얘기하며 돌려주는 건 피하고 싶었다. 편지를 보면 가쓰코의 과거에 무슨 일이 있었는지 일목요연하다. 가능한 한 몰래 유족 손에 건네 관에라도 담아 불태우면 좋겠다고 생각했단다. 그래서 가쓰코 아파트의 우편함에 편지를 숨겨 두고 그 후 일이 어떻게 돌아가는지 신경 쓰여 고별식까지 얼굴을 내밀었던 것이다.

히로미는 기타노의 얘기를 듣고서 엄마와 나쓰코 이모, 이사오 외삼촌 부부에게도 편지를 보여 준 다음 모든 걸 설명했다. 엄마랑 이모는 꽤 울었지만 기분 좋은 눈물이었다.

'가쓰코 언니를 바람맞힌 남자, 지금쯤 어디서 뭘 할까?'라는 이사코의 물음에 나쓰코는 웃으면서 '어쨌거나 이제 할아버지가 다 됐겠지' 하고 대답했다.

"케이크가 다 구워진 모양이에요."

기미코 외숙모가 목록을 점검하느라 여념이 없던 세 사람에게 말했다.

"일단 테이블 위를 정리하고 잠시 쉬어요."

때마침 현관 초인종이 울렸다. 나쓰코 이모와 기미코 외숙모가 동시에 "어머" 하고 말했다.

"오셨나 보네."

이사코도 말했다.

"누가 와?"

"신타니 씨 있잖아. 밤샘에 부인이랑 둘이서 오셨지? 가쓰코 언니랑 오래 알고 지내신 모양이고 발도 넓은데다가 남을 잘 돌봐주는 사람이더라고. 우리는 가쓰코 언니랑 어느 정도 친분이 있었는지 모르는 사람도 있잖아? 얼마나 돌려주면 되는지 부조금 액수만으로 판단할 수 없는 부분도 있고 일주기 안내 같은 일도 잔뜩 남았고. 신타니 씨가 이것저것 가르쳐 주겠다고 하셔서 부탁드렸어."

신타니는 훤한 머리와 붉은 얼굴에 밴 땀을 손수건으로 닦으며 나타났다.

"야, 여름도 끝물인데 여전히 제법 덥네요."

쾌활하고 큰 목소리로 말하면서 털썩 자리에 앉는다.

"목록은 많이 정리하셨어요?"

"예, 그럭저럭."

나쓰코 이모가 대답했다.

"가쓰코 선생님은 교우 범위가 넓으셨으니까 손이 많이 가죠? 오늘 도우러 집사람도 데려오려고 했는데 아쉽게 딸애 출산이 가까워 그쪽에 정신이 팔려 있어서요."

이사코가 활짝 웃었다.

"어머나, 축하드려요. 몇 번째 손자인가요?"

"이번이 네 번째예요."

신타니는 이제 손 놨다는 느낌의 웃음을 띠었다.

"와, 다산하셨네요."

히로미가 웃었다.

"떠들썩해서 좋으시겠어요."

나쓰코 이모도 웃었다.

"그렇죠. 딸애는 그야말로 일본의 어머니예요. 저랑 집사람은 결국 딸 하나밖에 낳지 못했는데 말이에요. 집사람은 하나를 뜻하는 가즈(한일 자가 이름에 들어가면 주로 가즈라고 읽는다)라는 말이 들어간 가즈미란 이름이 좋지 않았던 게 아닐까 하고 걱정하기도 했지만 저는, 바보야, 가즈는 가즈라도 한일 자를 쓰는 게 아니라 평화의 화 자를 쓰니까

관계없다고—."

신타니는 기분 좋게 떠들었지만 히로미는 듣지 않았다. 문득 보니 엄마인 이사코와 나쓰코 이모, 부엌과 거실 사이의 문 옆에 선 기미코 외숙모도 다들 시선이 공중에 떠 있다.

가, 즈, 미.

평화의 화 자를 써서 가즈미라고.

"아, 일단 차라도 드세요."

갖다 붙인 것처럼 어색한 기미코 외숙모의 말에 나쓰코 이모도 급하게 동조했다.

"나는 손 씻으러."

"기미코 언니, 나도 도울게."

"저는 화장실을 좀—."

네 명 다 신타니의 눈이 닿지 않는 부엌 구석에 모여서 일제히 눈을 동그랗게 뜨고 웃음을 터뜨렸다.

"저 사람?"

"아니야, 서두르면 안 돼. 가즈미는 흔한 이름인걸."

"나쓰코 언니, 이런 경우는 역시—."

"확실해."

"신타니 씨는 남을 돌봐주기 좋아하는 게 아니라—."

"증거를 없애러 온 거 아니야?"

"그렇지 않으면 상태를 살피러."

"이거 안됐네요."

히로미가 웃었다.

"승부는 벌써 났어요. 가쓰코 이모의 승리!"
네 명은 살짝 고개를 빼고 거실 구석에 있는 영정을 바라보았다.
사진 속 가쓰코는 여전히 깐깐한 얼굴을 하고 있었다.

무쿠로바라

1

손님이 왔다는 얘기를 들은 것만으로 누가 왔는지 알 수 있었다. 삐걱거리는 회전의자에서 주춤 일어나려는데 등 뒤에서 아키야마가 말을 걸었다.

“반장님, 사랑받으시네요.”

의자 등받이에 걸쳐 놓았던 웃옷을 손가락으로 들어 어깨에 걸치고 자리를 뜨면서 등 너머로 말을 던졌다.

“가여운 얘기잖아. 웃을 일이 아니야.”

아키야마는 적당히 부스스하게 정리한 머리칼을 만지면서 “여전히 농담이 통하지 않는 분이라니까” 하고 웃었다.

“애인이랑 즐기다 오세요.”

문을 쾅 닫아 쫓아오는 조롱을 차단하고, 아무리 해도 무거워지는 발걸음을 억지로 재촉하면서 손님용으로 마련된 작은 방으로 향했다.

‘반장이라.’

십 년 전에 형사반장으로 승진하고나서는 여기서도 저기서도 줄곧 그렇게 불렸다. 직장은 물론이거니와 집에서도 그랬다.

물론 가족 서비스를 충분히 하며 살았다고 생각하지는 않는다. 그 점에 대해서 많이 반성하고 양심에 가책도 느끼고 하는 수 없다며 체념하기도 했다. 자신의 직업상 평범한 직장인 가정과 매사에 사정이 다르다는 건 가족도 이해하고 있을 것이다. 아니, 이해할 수밖에 없는 환경에서 살아왔다.

그래도 그럭저럭 좋은 남편, 좋은 아빠였을 터였다. 두 딸도 그런 부분은 이해해 주고 있다고 믿는다. 둘 다 사춘기의 열병 같은 반항기를 빼면 비교적 솔직하고 얌전하고 밝게 자랐고, 그렇게 길렀다고도 생각한다. 아내와도 대체로 잘해 나가고 있다.

너무 바쁘다는 점 하나만을 제외하면.

하지만 내일모레면 쉰인데 집에 돌아가서도 아내와 딸에게 '반장'이라고 불리다니, 대체 왜인지.

사내 결혼을 한 탓이다. 이십수 년 전에 아내는 교통과 여경이었다. 신혼 때는 이름으로 부르다가 큰딸이 태어나자 이내 호칭이 '아버지'로 바뀌었다. 둘째 딸이 태어나고 얼마 안 돼서부터 부모님을 모시기 시작했다. 시어머니에게 가사를 부탁하고 직장에 복귀한 아내는 곧 아버지라는 호칭이 지극히 불편하다는 걸 깨달은 모양이다.

"'아버지'라고 하면 대답하는 사람이 두 명이나 있으니까."

"난 좀처럼 집에 없으니까 혼동할 것도 없잖아."

"그게 그렇지도 않아. 그 자리에 없어도 얘기 속에 아버지라는 말이 나오면 어느 아버지인지 알 수 없게 된단 말이야. 애들도 내가 '아버지'라고 부르면 '어느 쪽? 아빠? 할아버지?' 하고 일일이 되물어."

그런 이유로 여기에 사내 결혼의 어두운 그림자가 드리워졌다.

"지금 경사지? 그럼 집에서도 경사님이라고 부를게."

그 말에는 절대로 찬성할 수 없었다.

"마음이 불편해."

"그래? 멋있는데, 왜."

직장을 가졌다고는 해도 역시 애들과 함께 보내는 시간은 아내가 훨씬 많다. 엄마가 하는 말은 아이—특히 엄마랑 사이좋은 딸에게는 신의 계시에 가까운 효력을 지니는 법이다.

결국 하루아침에, 그는 밤을 꼴딱 새우고 집으로 돌아갔다가 현관에서 스쳐 지나가는 딸에게 '경사님, 다녀오겠습니다' 하고 인사를 받는 몸이 되고 말았다.

부아가 치밀어서 아내에게 항의했다.

"그럼 당신도 '순경'이라고 불러야겠네. '어머니'도 둘이니까."

그러자 아내는 이런 말을 던졌다.

"그게 참 재미있다니까. 애들이 '어머니'는 혼동하지 않아. 나인지 할머니인지 확실히 안대. 신기하지?"

뭐가 '신기하지?'란 말인가. 그렇게 생각했지만 집에 있을 때 주의 깊게 관찰하니 분명히 아내가 말한 대로였다.

'아버지랑 어머니의 차이일지도 몰라'라는 말까지 들었으니 도저히 반론할 여지가 없었다. 본인마저도 역시 그런가 하고 생각했기 때문이다.

이리하여 '경사'라는 호칭은 집 안에 뿌리내리고 말았다. 그가 승진하자 호칭은 '반장'이 되었다. 반장이라는 말에 대해 누구도 어떤 불평이나 불만, 불편함을 제기하지 않는다. 편하고 아무 문제도 없다고 생각한다.

당사자 한 명만 빼면.

짧은 복도를 걸어가 찌그러진 납빛 문을 두드렸다. 대답은 없었지만 숨을 한 번 고를 시간을 두고 문을 열자 낡은 잿빛 소파에 앉은 손님이 벌떡 일어났다.

하시바 히데오, 사십칠 세.

중년에 적당한 몸집, 중키. 하느님이 진흙을 빚어 인간을 만드는 작업에 질렸을 무렵 한 손으로 꾸깃꾸깃 둥그스름하게 만들었음이 분명한 이목구비다. 반장은 이 남자를 보면 늘 옛날 보안과에 있던 시절에 잡은 룸살롱 주인이 떠오른다.

아직 열여덟 살이 안 된 소녀를 고용했다가 유흥업법 위반으로 신고를 당했는데 뚜껑을 열어 보니 별것 없었다. 법으로 '보호'받은 소녀가 면접을 볼 때 처음부터 나이를 사기 친 사건이었다. 번듯하게 어른이 된 친언니 호적 초본을 가지고 오는 치밀함으로 경영자를 속였다.

어느 쪽이 피해자인지 아리송했지만 법정에서 재판받는 사람은 경영자였다. 그는 피고석에서 엉엉 울었고 그건 연기가 아니었으나 누구도 어떻게 해 줄 방도가 없었다. 경영자가 윤락업계에 발을 디디게 된 이유가 부모에게 상속받은 번화가의 차지권과 점포 임차권을 효율적으로 굴리고, 눈알이 튀어나와 반대편 벽에 부딪힐 것 같은 액수의 상속세를 벌려면 건실한 장사로는 불가능했기 때문이라니 이중으로 가여웠다. 그는 직장을 그만두기 전까지 성실하게 경리를 보던 남자였다.

"세상에는 하느님도 부처님도 없어요."

취조실에서도 그렇게 말하며 우는 남자를 보면서 반장(당시는 경사)은 생각했다. 세상에는 하느님도 부처님도 분명히 있다. 그저 당신이 필요로 했을 때 하필 다들 휴가를 떠났을 뿐이다.

"반장님, 바쁘신데 죄송해요."

하시바는 일어나 등을 굽혀 최경례最敬禮했다. 이 남자가 허리를 푹 숙여 인사할 때마다 크나큰 당혹감을 느낀다. 말을 바꾸자면 마음이 편치 않다. 본디 받아서는 안 될 인사를 받고 있기 때문이다. 반장은 하시바에게 아무것도 해 주지 않았다.

나는 그저 화면이구나, 하고 생각했다. 하시바는 머릿속에서 돌아가는 필름을 화면에 비추고 싶으면 자신을 찾아오는 것이다.

"아이고, 큰일이에요. 또 큰일이 났네요."

하시바는 인사를 마치고 자리에 앉자마자 반장이 궁둥이를 붙이기도 전에 황급히 이야기를 꺼냈다.

"무쿠로바라가 또 저질렀잖아요. 대체 요즘 세상은 어떻게 되어먹었는지."

반장은 셔츠 가슴 주머니에서 꺼낸 하이라이트 갑을 흔들어 담배 한 대를 빼 입에 물며 신중하게 떠보았다.

"그건 이쪽 관할이 아니죠……?"

크게 고개를 끄덕이는 하시바를 보고 한숨 돌렸다. 요전에는 '관할이 아니라 모른다'고 했다가 격렬한 반격을 당했다. 오려 낸 신문기사를 꺼내며 '보세요, 이겁니다, 이거요! 반장님네 사건이 아닙니까!'라고 덤볐다. 슬쩍 보니 장소는 틀림이 없어서 뒤에 이야기를 수습하는 데 엄청난 수고를 들여야 했다.

"가져왔으니 보세요."

먼젓번처럼 하시바는 웃옷 안주머니에서 오려 낸 신문을 꺼냈다. 이걸로 다섯 번째인 '방문' 뒤에 집으로 돌아가 오려 낸 기사를 스크랩북에 붙여 두리라. 그 꼴을 떠올리면 술맛이 떨어지므로 반장은 가능한 한 생각하지 않으려고 했다.

하시바가 꺼내 놓은 신문 조각은 한 단짜리 작은 기사로 '러브호텔 살인, 피해자의 남자 친구 체포'라는 기사 제목이 붙어 있었다. 지난 주말 이케부쿠로의 러브호텔에서 삼십오 세 여성이 찔려 죽었는데 여성과 함께 체크인하는 남자의 모습이 입구에 숨겨 둔 방범 카메라에 찍힌 덕분에 피해자와 교제하던 사십이 세의 자영업자가 체포되었다, 라는 내용이다.

반장에게는 특별히 아무 느낌도 들지 않는 평범한 사건이다. 일반적으로 특별한 사정이 없는 한 이런 사건에는 이런 범인이 존재한다.

하지만 하시바는 흥분했다.

"이걸로 다섯 명째예요. 다섯 명째 희생자예요. 저는 무섭습니다. 정말로, 정말정말로 무서워요, 반장님."

"그렇군요, 무섭네요."

반장은 하이라이트의 연기에 실눈을 지으면서 천천히 대답했다.

"지독한 얘기로군요."

"지독한 얘기라고요?"

하시바는 꾸깃꾸깃한 얼굴 전체를 쫙 펼치며 항의했다.

"이렇게 사건이 계속되는데 경찰이 아직도 그런 태평한 소리를 하는 겁니까! 이래서야 언제 연쇄 살인이 끝날지 모르겠군요. 앞으로 대체 몇 명이 살해당할지……."

이런 얘기도 다섯 번째가 되니 역시 지친다. 반장은 '나는 이미 진절머리가 나 있구나' 하고 생각했다.

하시바는 그런 반장의 생각에 개의치 않고 떠들어 댔다.

"저는요, 반장님, 앞으로 살해당할 사람을 생각하면 밤에도 잘 수가 없어요. 밥도 목으로 넘어가지 않아요."

반장은 '그러니까 구직도 마음대로 되지 않고 있군요' 하는 질문을 현명하게 감추고 묵묵히 고개를 끄덕였다.

"반장님만 믿습니다. 반장님은 무쿠로바라를 잘 아시니까요. 빨리 녀석을 잡아 주세요. 부탁드립니다. 부탁드립니다."

"예, 그래요, 알겠습니다."

"정말이죠? 예? 이렇게 부탁드립니다."

하시바는 또다시 정중하게 절했다. 구청 주민과에 다닐 때도 창구에 앉아서 등본이니 인감증명을 떼러 오는, 그야말로 일개 소시민들에게 역시 이렇게 고개를 숙이며 '수고하십니다' 하고 말을 걸던 착실한 남자였으리라. 사실 그런 재난을 만나기 전까지 하시바의 평판은 무척 좋았다. 체포되었을 때는 감형 탄원서가 잔뜩 도착했다.

반장은 그걸 생각하면 늘 그렇듯 하시바가 못 견디게 가여웠다. 이 사람은 무엇 하나 잘못하지 않았다. 그저 하느님과 부처님이 휴가 간 사이에 나쁜 장소에서 나쁜 상대와 맞닥뜨리고 말았을 뿐인데 그걸로 인생이 망가지고 말았다. 직장을 잃고 가정이 무너지고 빈약한 저축과 머릿속에서 빙빙 도는, 자신밖에 이해할 수 없는 영화 필름만 남았다…….

"반장님, 꼭, 꼭 무쿠로바라를 잡아 주세요. 부탁드립니다."

하시바는 몸을 내밀고 반장의 손을 쥐며 부탁했다. 오랫동안 경찰관으로 근무하면서 이렇게 진지한 탄원을 받은 건 과거에 한두 번 있을까 말까다. 그 정도로 간절한 간청을 하시바는 매번 남기고 갔다.

"알겠습니다. 최선을 다하겠습니다."

반장은 하시바의 손을 잡았다가 금세 놓고 고개를 끄덕였다.

"그러니까 안심하세요. 밤에는 잘 주무세요?"

"예……, 그냥저냥. 이따금 잠자리에서 맥주를 마십니다."

일을 당하기 전에 하시바는 술 한 모금 마실 줄 몰랐다. 그게 또 재난의 방아쇠가 되었다. 주정뱅이 거리에서 홀로 맨정신이었던 심약한 남자였던 점이.

"그거 좋죠. 하지만 자기 전에 맥주를 마시면 자칫 배가 차가워지기 쉬워요. 특히 앞으로 가을이 되면요. 차라리 브랜디 같은 술을 드시면 어때요?"

하시바는 뜻밖에 크게 부끄러워하는 얼굴을 했다.

"비싸서……."

반장은 미소를 지었다.

"가격이야 천차만별인걸요. 그야 비싼 게 맛있지만요. 사실 저도 그렇게 비싼 술은 선물로 받은 것밖에 마신 적이 없어요. 그러고 보니 집에 아직 따지 않은 브랜디 한 병이 있는데. 나폴레옹이었나. 다음에 드릴게요. 한번 드셔 보세요."

"아이고, 죄송합니다."

"뭘요. 조사에 협력해 주시는 하시바 씨한테 제가 개인적으로 드리는 감사의 마음이에요. 빨리 기운을 차리셔야죠."

고개를 숙인 하시바의 눈이 글썽이는 것처럼 보여서 반장도 말문이 막히고 말았다. 안절부절못하며 하이라이트를 꺼내 불을 붙였다.

"아, 그런데 일은 어떠세요? 괜찮은 게 있었나요?"

평범한 구청 공무원은 그만두면 이직하기가 쉽지 않다. 그것만으로도 다음 일할 곳을 찾기 어렵겠거니 하는 마음이 들어 걱정스러웠다. 하시바는 한술 더 떠 악조건을 갖추었다.

"그다지…… 만족스럽지 않네요."

반장은 몸을 움츠리며 대답하는 하시바의 어깨를 툭툭 두드렸다.

"그렇게 축 처지면 안 돼요. 누구한테 무슨 소리를 듣더라도 신경 쓰지 마세요. 하시바 씨는 부끄러울 것 하나 없어요. 아무것도 잘못한 게 없으니까요. 아시겠죠?"

하시바는 아이처럼 끄덕끄덕하고서 쭈뼛쭈뼛 시선을 들었다.

"반장님, 저 같은 것도 아주 곤란하면 생활 보장을 받을 수 있을까요?"

그쪽은 반장이 관장하는 범위가 아니었지만 분위기에 휩쓸려 얼결에 끄덕이고 말았다.

"물론 가능하지요."

경솔하게 대답한 것처럼 들려서 부랴부랴 말을 이었다.

“하지만 그런 걸 받아야 할 필요는 없을 겁니다. 하시바 씨를 꼭 채용하고 싶다는 회사를 분명히 찾을 테니까요. 소극적으로만 생각하시면 안 됩니다.”

“네.”

하시바는 그제야 맥없이 미소를 지었다.

“솔직히 말하면 잠자리에서 맥주를 마시면서도 그 일을 생각할 때가 있어요.”

“그런 건 그만두세요.”

조금은 기운을 차렸는지, 아니면 머릿속의 필름을 다 돌려서 홀가분해졌는지 하시바는 자리에서 일어났다.

“바쁘실 텐데 방해했네요.”

그렇게 말하며 다시 최경례.

“반장님, 정말로 부탁드립니다. 무쿠로바라 연쇄 살인을 막아 주세요.”

“예, 약속하겠습니다.”

반장은 문을 열고 양어깨를 축 늘어뜨린 채 터벅터벅 걸어가는 하시바를 전송한 뒤에 다시 문을 닫고, 닫은 문에 기댔다. 맥이 풀렸다. 담배나 한 대 피우고 자리로 돌아가자.

탁자 위로 눈길을 돌렸을 때 이번에 처음으로 하시바가 오린 신문을 잊고 간 걸 알았다. 순간 쫓아가서 건네줄까 하다가 그만두었다. 다른 사람도 아니고 하시바다. 신문 기사가 없어졌다는 걸 깨달으면 도서관에서 복사해서라도 스크랩해 두겠지. 꼼꼼한 성격이니까.

'러브호텔 살인, 피해자의 남자 친구 체포'

본문 안에는 체포된 용의자의 이름이 명기되어 있다.

'柏田洋司.'

반장은 '가시와다 요지'라고 소리를 내서 읽어 보았다.

어떻게 뒤집어도 '柏田'는 '가시와다'지 '무쿠로바라'가 아니다. 그렇게는 읽지 않는다.

그러나 가엾은 하시바 히데오에게는 가시와다가 무쿠로바라로 보이고 마는 것이다. 그러니까 '무쿠로바라 연쇄 살인'이다.

2

하시바 히데오가 전근하는 동료의 송별회로 술집을 전전하다 시부야 센터 거리 입구에 다다른 건 지금으로부터 일 년 반쯤 전인 삼월 말의 밤이었다.

일행 다섯 명 중 하시바 혼자 취하지 않았다. 다른 네 사람도 심하게 만취한 상태가 아니라 기분 좋게 들떠서 목소리를 높이는 정도였다. 전근하는 동료는 사실상 승진이었고 얼마 전에 자기 집을 산 행운아이기까지 했으니 축하하는 쪽도 거리낌 없이 들뜰 수 있었으리라.

심문과 수사를 담당한 반장조차 그날 밤 하시바가 어째서 그런 일에 휘말렸는지, 계기가 무엇이었는지 여지껏 정확하게 파악하지 못하고 있다. 하는 수 없는 일인지도 모른다. 그저 '트집을 잡혔다'

고밖에 표현할 길이 없는 상황이었기 때문이다.

하시바의 말에 따르면 스쳐 지나가다 어깨가 부딪혔다든가, 자지러지게 웃다가 우연히 눈이 마주쳤다든가 하는 고전적인 계기를 만든 기억도 없다고 한다. 갑자기 누가 등 뒤에서 어깨를 강하게 붙잡았다.

"뭐야, 너는. 어디서 거드름을 피워!"

이십 대 후반쯤 된 불량한 차림새의 젊은이가 탁한 목소리로 욕설을 퍼붓는 것에 기겁해 눈을 부릅떴다. 젊은 남자는 하시바의 눈앞에 잭나이프를 내밀었다.

'일반인 주제에 여기가 어디라고 함부로 와' 같은 욕설도 날아오지 않았다. 말보다 먼저 칼. 갑자기 찔릴 뻔한 하시바는 비명을 지르며 도망쳤다.

언제든 만원 전차 수준으로 북적이는 시부야 센터 거리다. 게다가 하필 운 나쁘게 주말인 금요일이었다. 민첩한 사람이라면 오히려 인파에 뒤섞여 도망치기가 쉬웠을지도 모르지만 정장에 가죽구두, 가죽 가방을 든 중년 남자에게는 악몽 속에서 도망치기보다 좋지 않은 상황이었으리라. 뒤에서 양복의 한쪽 소매를 칼로 찢는 바람에 겁을 집어먹은 하시바를 남자는 고양이라도 드는 양 목덜미를 붙잡아 들어 올렸다. 상대는 하시바보다 삼십 센티미터나 키가 컸다.

"뭐가 어떻게 됐는지 기억나지 않아요."

하시바는 재삼 그렇게 말했다. 그저 무서웠을 뿐이지 뭘 어쩌려는 생각은 떠오르지 않았다고. 주위에서 지켜보던 동료들도 다리가 얼어붙은 것처럼 옴짝하지 못했고 비명조차 지를 수 없는 상황이었다.

하시바는 대롱대롱 매달린 채 다리를 차며 소리도 내지 못하고 입만 뻐끔거렸다. 우연히 그곳에 있던 대학생이 보다 못했는지 순간적으로 뛰어들어 하시바를 붙든 젊은 남자에게 몸을 던졌다. 세 사람은 뒤얽혀서 땅에 굴렀다.

대학생이 맨 먼저 일어났다. 뒤이어 일어난 난폭한 젊은 남자의 손에는 아직 칼이 들려 있었다. 땅바닥에 납작 엎드렸던 하시바의 눈에도 햄버거 가게 간판 불빛을 반사해 빛나는 두툼한 칼날이 보였다고 한다.

"학생이 찔린다! 하고 생각한 저는 칼을 든 남자 무릎에 정신없이 달라붙었어요. 학생에게 덤벼들려던 남자는 균형을 잃고 머리부터 고꾸라졌습니다. 쾅 하는 소리가 들렸으니 콘크리트에 머리를 부딪혔을 겁니다."

남자도 이번에는 칼을 떨어뜨렸다. 하시바는 필사적으로 칼을 낚아채듯 주워 들어 자연스럽게 칼끝을 앞쪽으로 향하게 쥐었다. 이런 상황에서 공격받았다가 운 좋게 상대한테 날붙이를 빼앗는 데 성공한 사람이라면 백이면 백 똑같이 하리라고 반장은 생각했지만, 그 부분이 '살의가 있었다'고 인정된 탓에 나중에 이래저래 번거로워졌다.

"상대가 덤벼들었어요. 고함치면서 팔을 휘둘렀고 주먹이 제 얼굴을 때렸어요. 침도 튀었습니다. 여하튼 저는 칼을 떨어뜨리지 않는 게 고작이었어요."

하시바는 말했다. 그래서 결국 어떻게 되었느냐 하면.

"상대방이 어마어마한 기세로 돌진해 와서 눈을 감고 칼을 양손으로 쥐었어요. 그러자 거기에—."

하시바에게 달려든 남자가 저돌적으로 달려와서 자신의 칼을 자신의 왼쪽 가슴에 꽂고 말았다.

남자가 벌러덩 쓰러지고 주위에는 공황 상태에 빠진 비명이 소용돌이쳤다. 멀리서 경찰차 사이렌이 다가오는 동안 하시바는 눈을 부릅뜨고 입도 쩍 벌린 채 손가락 관절이 하얗게 도드라질 정도로 칼을 꽉 쥐고 그저 우두커니 서 있었다. 아무도 하시바에게 다가가지 않았다. 절박한 고비를 구해 준 대학생마저 기겁하고 주저앉았다고 한다.

결국 달려온 경찰관이 하시바의 손에서 칼을 빼앗았다. 하시바는 너무 당황한 나머지 처음에는 경찰이 다가왔다는 사실이나 칼을 버리라고 경고하는 소리도 전혀 알아차리지 못했던 모양이다. 이 역시 하시바의 불운이고 사건이 시끄러워진 원인이 되었다.

긴급 체포된 하시바는 '정신을 차려 보니 너무 무서운 나머지 지리고 말았다는 걸 알았지만' 바지를 갈아입지도 못한 채 경찰의 조사를 받아야 했다. 거기서 반장과 얼굴을 마주쳤다.

반장은 살해당한 '결과적 피해자'가 사는 동네의 불량 그룹 출신으로 각성제 소지 전과가 있는 남자라는 데이터가 나오기 전부터 정당방위겠거니 생각했다. 하시바의 모습에서 그게 느껴졌다. 하지만 이런 직감적 판단이 술술 통과될 만큼 법치 국가는 무르지 않다. 피해자의 혈액에서 마약이 검출되었고, 당시 상황을 명확하게 얘기해 줄 목격자—대학생은 물론이고—가 산처럼 있었는데도, 하시바 히데오가 저지른 '살인'은 정당방위이며 하시바에게는 살의가 없었다는 논거로 사건이 마무리되지는 못했다. 판단은 결국 법정으로 넘어갔다.

사건을 담당한 재판관이 여성이라는 사실 하나만은 하시바한테도 행운이었다. 여자 재판관은 끈질기게 치근거리는 주정뱅이에게 신변의 위험을 느끼고 밀쳤는데 상대가 비틀비틀 헛발을 디디더니 선로로 떨어져 전차에 치여 사망한, 역시 조사 단계에서는 정당방위 주장을 인정받지 못하고 공판까지 넘어와 겨우 무죄를 쟁취한 가여운 스트리퍼 사건을 기억했다. 사건의 성격, 법적인 해석으로 시비 거는 상대를 그냥 밀친 것과 칼을 들고 상대를 겨눈 건 하늘과 땅만큼 차이가 난다지만 여성 재판관은 그때의 판례를 근거로 온 힘을 다해 하시바의 무죄를 주장해 주었다.

신문 발표에서는 판결 주문 요약 같은 건조로운 형태로 바뀌어 버렸지만 반장이 들은 생생한 정보로는 합의 자리에서 여성 재판관이 한 말에는 듣는 사람의 등줄기가 꼿꼿이 설 만한 위엄과 열의가 있었다고 한다. 그에 더해 동료들이 보낸 탄원서나 하시바에게 동정적인 보도를 한 매스컴에 의해 환기된 여론의 힘도 가세했으리라.

그러나—.

뭐야, 그럼 결국 정당방위가 된 거군. 잘됐네, 무죄로 인정받고 집에 돌아갔잖아—라고 생각하는 사람이 있다면 그건 참으로 무른 생각이다.

목구멍만 넘어가면 뜨거움을 잊는다고 한다. 이 말은 문자 그대로의 뜻도 진리지만 반대 상황 역시 진리다.

하시바의 편을 들어 주었던 사람들, 특히 직장 관계자와 친척 등은 '무력한 시민을 폭력의 희생양으로 삼지 마라', '공격을 당하면 묵묵히 죽으라는 말이냐'라는 여론의 소용돌이 속에 있을 때는 그야말로 목이 너무 뜨거워서 아무것도 느끼지 못한 채 한편이 되어 주었다.

그러나 사건이 결말을 보이고 하시바가 돌아오자—원래의 장소로 돌아오자 갑자기 식은 목으로는 하시바라는 존재를 삼키기 어렵다는 것을 깨달았다.

정당방위였다고는 해도, 하는 수 없었다고는 해도 하시바는 사람 한 명을 찔러 죽였다.

마치 위 내시경 검사로 발견한 아주 작은 종양 같다고 할까. 암이 아니다. 악성이 아니다. 하지만 밥을 먹을 때마다 불쾌감을 느낀다. 밥은 매일 먹어야 하는데.

절제하는 편이 좋다—이르든 늦든 누군가가 말하게 되어 있다.

다른 무엇보다도 하시바의 직업이 지방 공무원이었다는 게 좋지 않았다. 그런 곳의 상층부는 약아서 절대로 자신들의 입으로 그만두라고 말하지 않는다. 본인이 불편해서 그만두지 않을 수 없게 하는 것이다. 실제로 하시바 히데오는 혐의가 풀려 법정을 나온 지 정확히 석 달 후에 자진 퇴사했다.

가정은 이것보다 경과가 복잡하고 그만큼 더 비참했다. 하시바에게는 당시 십오 년을 함께 산 부인과 열세 살 난 외동딸이 있었다. 그들은 먼저 이웃 모임에서 서서히 배척당했고 자연스레 딸이 학교에서 따돌림을 받게 되었다. 하시바가 구청을 그만둔 게 이런 경향에 박차를 가해 끝내 딸이 유서를 남기고 가출하는 소동으로까지 발전했다. 이러니저러니 해도 살인자는 살인자다, 너를 위해서 헤어지라는 거다 따위의 말을 고집스럽고 격렬하게 쏘아붙이는 친정과 하시바 사이에 낀 부인은 정신적 피로 때문에 단숨에 열 살이나 늙어 버렸다.

지칠 대로 지친 부부는 합의 이혼했고, 하시바가 착실하게 모은 예금과 적금 대부분은 물론 딸의 친권까지 양보하고 집을 나간 건 판결 선고로부터 정확히 반년 후의 일이었다.

그로부터 채 석 달이 되지 않았다. 하시바가 반장을 처음 '방문' 하고부터 아직 두 달도 지나지 않았다.

재판할 때부터 줄곧 눈에 띄지 않게 마음을 쓰며 여러모로 하시바의 처지를 염려했던 반장은 하시바가 처음 찾아왔을 때 그가 이상해졌음을 깨달았다. 아니, 반장이 아니라 누구든 그렇게 생각했으리라. 살인 사건을 보도한 신문 기사를 오려 와서는 '보세요, 또 무쿠로바라가 사람을 죽였어요. 어떻게 된 겁니까? 이런 녀석을 아직 내버려두다니—' 하고 소란을 떨었다.

놀란 반장이 신문 기사를 읽어 보니 혼자 사는 젊은 여성을 노린 흉악 범죄로 스물한 살의 여대생이 살해당했고 죽인 남자는 무직에 전과 3범인 가나야 다쓰히코라는 남자였다.

가나야 다쓰히코. 하시바는 그걸 '무쿠로바라'라고 읽었다.

무쿠로바라는 하시바를 덮쳤다가 '살해당한' 젊은 각성제 중독자의 성이다. 한자로는 骸原—해골 들판이라고 쓴다. 이름은 正義—정의. 마사요시라고 읽지만 표면적인 뜻으로 보면 그야말로 얄궂다고밖에는 달리 설명할 도리가 없었다.

처음에 피해자의 이름을 들었을 때 반장은 가명인가 했다. 성실하게 농업에 종사하는 무쿠로바라의 부모 말에 따르면 어엿한 본명으로 옛날에는 '六九六原'이라고 썼다고 한다.

"우리 할아버지 얘기로는 조상님이 산 둘레로 땅을 아주 조금씩 띄엄띄엄 가지고 계셔서 모여 있는 땅이 세 곳 정도밖에 없었다고 해요. 모여 있는 땅의 넓이가 여섯 단, 아홉 단, 여섯 단이라 六九六原이란 이름을 썼답니다."

언제부터인지 '무쿠로六九六'에 '骸'라는 한자를 차용하게 되어 현재에 이른 것이 유래인 모양이다.

어쨌거나 충격적인 성이다. 이게 하시바의 마음에 깊이 새겨진 탓에 지금처럼 혼란이 일어나는 것이리라.

두 번째 '방문' 때에 하시바가 들고 온 건 다나시에서 일어난 강도 살인 사건 기사였다. 좀도둑이 강도로 돌변한 악질적인 범행이었는데 가족 세 명—그중 한 명은 아직 유아였다—을 때려죽인 다음 도망치기 전 집에 휘발유를 뿌리고 불을 붙인 사건이었다. 그런 주제에 빼앗은 돈은 고작 오만 엔. 수사를 맡은 지역 경찰도 처음에는 원한에 의한 범행을 강도로 위장한 게 아닐까 의심했을 정도였다.

다행히 범인이 단서와 물증을 잔뜩 남기고 가 준 덕에 체포까지 일주일도 걸리지 않았다. 잡아 보니 서른 살의 전직 회사원이었는데 불경기 여파로 일시 해고당한 처지이기는 했으나 전과는 없었다. 피해자의 집을 노린 것도 본인의 말로는 '길을 가다가 문득'이었다고 한다.

범인의 이름은 가시마 가쓰지. 하시바는 그를 '보세요, 또 무쿠로바라예요' 하고 말했다―.

세 번째인 유아 뺑소니 사건도, 네 번째인 연인 살인 사건도 모두 마찬가지였다. 범인이 체포되고 이름이 신문에 보도된다. 하시바는 기사에 실려 있는 범인들의 이름을 '무쿠로바라'라고 읽어 버린다.

하시바의 상태가 정상이 아니라는 건 바로 깨달았지만 처음에는 자극하지 않도록 충분히 주의를 기울이면서 범인의 이름이 '무쿠로바라'가 아니고 하시바의 마음이 그렇게 읽게 할 뿐이며, 문제의 무쿠로바라는 죽어서 이제 이 세상에 없다고 몇 번인가 설명해 보았다. 전부 호박에 침주기였다.

이렇게 해서 이미 죽은 '무쿠로바라'라는 남자가 연속해서 일으키는 '몇 가지 흉악 범죄'라는 것이 존재하게 되었다.

"반장님, 무서워요. 그렇잖아요? 무쿠로바라, 그런 무시무시한 남자가 여전히 체포되지 않고 차례차례 살인을 일으키니까요."

반장은 더없이 진지한 표정으로 호소하는 하시바의 얼굴을 뚱하게 바라보면서 '무쿠로바라라는 남자는 당신이 죽였어, 까먹었나?'라고 호통쳐 주고 싶은 걸 참은 적도 있다. 마음의 균형을 잃은 남자를 설득하거나 야단쳐 보았자 소용없다.

살인 사건은 전국 곳곳에서 매일같이 일어난다. 신문에 보도되는 건 그중 일부에 불과하지만 그래도 그 수가 제법 된다.

기묘하게도 하시바는 신문에 실린 모든 살인 사건을 가리켜 무쿠로바라가 한 짓이라고는 말하지 않는다. 그중 하나를 골라서 오는 것이다.

그 탓에 매번 하시바가 찾아와 '반장님, 무쿠로바라가 또 저질렀어요!' 하고 보고하기 시작하면, 반장은 과연 이번에는 어떤 사건을 말하는지 얘기를 맞추는 데 애썼다. 하시바가 먼저 신문에서 자른 기사를 보여 주면 얘기가 빠르겠지만 좀처럼 그렇게 되지 않는 탓에 처음에는 떠보면서 맞장구를 쳐 주어야 한다. 하시바가 뭘 가지고 '이건 무쿠로바라 사건이고 저건 아니고' 하며 판정을 내리는지 근거를 알 수 없었기 때문이다.

놀라거나 어이없어하거나, 실소하며 적당히 상대해 주기란 쉽다. 하지만 반장을 찾아와 업무를 방해했다며 꼬박꼬박 사과하고 진심으로 벌벌 떨면서 무쿠로바라 연쇄 살인을 얘기하는 하시바를 보는 사이 가만두면 안 되겠다 싶어졌다.

"마음을 치료하는 의사에게 진찰이라도 받게 해야 할까."

아키야마에게 그런 얘기를 해 본 적이 있다. 반장의 부하 중에서 가장 젊고 부잣집 출신으로 '자극적이고 재미있을 것 같아서 경찰에 들어왔다'는 것치고는 별다른 고생도 없이 사복형사가 된 젊은이는 근심하는 반장의 얼굴에 대놓고 웃음을 터뜨리며 '그런 짓 해도 소용없어요. 그 아저씨는 이제 가망이 없어요. 내버려두시면 되잖습니까?' 하고 말했다.

"하지만…… 가엾잖아."

“세상 사람들을 일일이 가여워하다가는 저희 몸이 견디지 못해요. 적어도 저는요. 마더 테레사가 아닌걸요.”

마더 테레사 정도는 아닐지언정 아직 아키야마만 한 나이였을 무렵, 마쓰카와 사건1949년 마쓰카와에서 레일 손상으로 열차가 탈선했다. 검찰은 도시바사와 국철 노조원이 범인이라고 밝혔으나 항소 과정에서 검찰이 피고인들의 무죄를 증명하는 자료들을 숨기고 있었음이 밝혀졌다. 지금도 검찰이 좌파와 노조를 탄압하기 위해 일으킨 사건이라는 음모론이 강하다의 피고들을 위해 분골쇄신한 작가 히로쓰 가즈오가 변호사도 뭣도 아니면서 왜 그렇게까지 열심인가 하는 질문을 받았을 때 ‘당신은 다른 사람이 발을 밟힌 걸 보고 아프겠다고 생각하지 않습니까?’ 하고 되받아쳤다는 일화를 듣고 순수하게 감동했던 반장은 아무리 해도 아키야마처럼 딱 잘라 떼 버릴 수 없었다. 그러고 싶지도 않았다.

그런 까닭에 반장의 머리에서 하시바의 망가져 버린 인생과 산산조각 난 마음이 떠나지 않았다. 까다로운 심리학 책을 사서 읽어 보기도 했다. 반장 같은 초보자들을 위해 나온 책에는 이런 특수한 경우에 대한 고찰은 눈에 띄지 않았고, 전문가가 전문가용으로 쓴 책은 배운 게 없는 반장이 감당할 수 있는 내용이 아니었다.

다만 최근 들어 나름대로 생각하는 바는 있었다. 하시바는 죄책감에 괴로워하는 게 아닐까.

법적으로도 정당방위로 인정받았다. 자신은 죄를 저지르지 않았다. 괜찮다고 스스로 타이른다. 그러나 실제로 가정은 붕괴했고 직장도 잃었다. 지금까지 인생에서 쌓아 온 모든 걸 사건 때문에 잃고 말았다. 자신은 피해자다……. 그렇게 생각하는 반면 이 손으로 한 사람의 목숨을 빼앗았다는 기억이 마음을 들볶았다.

그런 갈등 속에서 '나는 잘못이 없다—하지만 사람을 죽였다—아니, 하는 수 없었다'라는 음울한 회전목마 등 위에 올라탄 채 흔들흔들 빙글빙글 돌다 보니 하시바의 마음은 막다른 곳으로 내몰렸고, '내가 무쿠로바라를 죽인 건 녀석이 정말로 정말로 나쁜 인간이었기 때문이다. 무시무시한 남자였기 때문이다'라는 사실을 몇 번이고 몇 번이고 바깥에서 확인하는 걸로 도망칠 길을 찾아낸 게 아닐까.

그래서 신문 지면에 흉악범의 발자취를 확인할 때마다 '봐, 또 무쿠로바라가 사람을 죽였어' 하고 생각하는 것이다. 그건 '무쿠로바라는 아직 살아 있다. 나는 녀석을 죽이지 않았다'는 사실로도 이어진다.

하시바는 지금 서로 모순된 두 교각 위에 위태로운 꼴로 올라탄 모습으로 살아가고 있다. 마음 밑바닥보다 더 깊숙한 곳, 자신도 의식하지 않는 부분이 하시바의 제정신이 흘수선吃水線 이하로 침몰해 버리는 걸 간신히 저지하고 있는 것이리라.

어디까지나 반장의 개인적인 생각이지만, 하시바의 실제 정신 상태와 그리 동떨어져 있는 얘기 같지는 않다. 하지만 만약 정말 저런 상태라면, 마음에 자리 잡은 뿌리 깊은 죄책감을 없애지 않는 한 하시바는 다시 일어날 수 없다는 얘기가 된다.

반장은 끝없이 우울해졌다. 그 탓인지 최근에는 몸 상태도 좋지 않다. 특히 위가 그랬다. 때때로 위 자체가 종양으로 변해 버렸나 싶을 정도로 격하게 아프곤 했다.

'이래서야 오래 살지는 못하겠군.'

그것 또한 기운 빠지는 감개였다.

그날 밤, 반장이 퇴근할 무렵 기무라라는 신문 기자가 불쑥 찾아왔다. 관할 내에 있는 전국지 지국의 데스크인 남자다. 알고 지낸 지 벌써 십 년이 넘었다. 다행히 반장의 관할은 도내에서도 비교적 평온한 곳으로 살인 사건은 좀체 일어나지 않아서 특종을 잡으려고 야습이나 새벽 기습을 하는 게 아니라 개인적인 교류에 가까운 태평한 교제를 이어왔다.

하시바의 '방문' 뒤라서 위 아래쪽에 욱신욱신 통증을 느끼기 시작하던 반장은 술친구의 얼굴을 보고 기분이 편해졌지만 술은 피하자고 생각했다.

민감한 기무라는 그런 반장의 안색을 금세 읽었다.

"내키지 않는 얼굴이네요."

반장은 애매하게 웃어넘겼다. 아무리 속속들이 아는 사이라고 해도 상대는 매스컴이다. '사실은—' 하고 하시바 문제를 털어놓았다가는 어떻게 부풀려서 기사가 나 버릴지 알 수 없다. 침묵은 금이다.

대신 문득 떠오른 김에 물어보았다.

"이봐, 이케부쿠로 러브호텔 살인 범인이 잡혔지?"

"네, 피해자의 이거예요."

기무라는 엄지손가락을 치켰다.

"그게 왜요?"

"이거였다면—."

반장도 엄지손가락을 세우면서 물었다.

"왜 죽였지? 헤어지자고 했다가 싸웠나?"

뜻밖에 기무라는 살짝 난처한 표정을 지었다.

"아뇨, 그게 말이죠. 저도 경시청 출입 기자 녀석들에게 대충 들은 정도지만 관할에서도 속을 썩는 모양이에요."

"대체 왜?"

"동기가 아무래도 확실하지 않거든요."

"동기?"

반장은 마시다 만 잔을 옆에 두었다.

"그런 거야 빤하지 않나."

기무라는 고개를 끄덕였다.

"일반적으로 생각하면 그렇죠. 범인—용의자와 피해자는 벌써 오 년 넘게 사귀었다더군요. 사건이 있었던 당시에도 이렇다 할 말썽은 안고 있지 않았고요."

"정말인가?"

"적어도 남자는 그렇게 진술했다네요. 여자를 죽일 이유가 없었죠. 돈 문제도 나오지 않은 모양이고. 그렇게 죽여 버린 건 무슨 마가 들었다고밖에 생각할 수 없다고요."

"오래 사귀었다면 왜 러브호텔 같은 데 있었지?"

"여자가 유부녀였거든요."

반장은 쓴웃음을 지었다.

"그럼 역시 그게 동기 아니야?"

"네, 뭐……. 어쨌든 남자는 여자를 죽일 이유 따위 없었다고 우기고 있다나 봐요. 사건 당일에도 이렇다 할 말다툼조차 하지 않았답니다. 다만 그날은 어쩐지 여자의 복장이나 화장이 화려해 보이고 칠칠치 못한 게 못 견디게 마음에 들지 않았대요."

기무라는 얼음을 넣어 연해진 위스키를 한 모금 마시고서 느닷없이 덧붙였다.

"그러고 보니 용의자는 자영으로 중고차 딜러를 하는데요, 지금 불경기잖아요. 장사가 바닥을 쳐서 심적으로 아주 지친 상태였던 것 같아요. 게다가 위궤양을 앓고 있는데, 본인은 암이 아닐까 걱정했다더군요. 인생이란 풀리지 않는 일이 하나 생기면 연쇄 반응으로 좋지 않은 일만 떠올리게 되는 걸까요. 아직 모르겠지만 공판에 들어가면 정신 감정 문제가 나올지도 몰라요. 범행 당시 알코올도 들어갔던 것 같고."

반장은 잔 내용물을 재떨이 안에 부어 버렸다. 위가 욱신거리며 아팠다.

기무라와 둘이서 뜨거운 오차즈케따뜻한 차에 만 밥를 후루룩 먹고서 돌아갈 무렵 반장의 머리에 문득 떠오르는 게 있었다.

"이봐, 그러고 보니 자네 정보 수집력을 믿고 부탁하고 싶은 일이 좀 있는데."

"어이쿠, 무섭네요. 뭡니까?"

"어떤 사건에 대해 오늘 밤 나에게 얘기해 준 것처럼 정보를 모아 주었으면 해."

반장은 여태껏 하시바가 가져온 '무쿠로바라 연쇄 살인' 사건의 나머지 네 개를 들어 보였다.

"뭡니까, 이건."

기무라는 메모를 하면서 의아한 얼굴을 했다.

"반장님 관할 사건도 있지만—."

"응, 내부에서 이것저것 들추고 다니면 시끄러워지니까. 부탁해도 되겠나?"

"어렵지 않죠. 하지만……."

기무라는 네 구획 앞의 집 부엌에서 풍기는 꽁치 냄새를 맡은 길고양이 같은 눈초리였다.

"뒤에 뭔가 있습니까?"

"그럴 리가 있나."

반장은 강하게 부정했다. 자신이 생각해도 연극이 서투르다 싶어서 변명을 더했다.

"개인적인 호기심이야. 사실 언젠가는 자신의 경찰사 같은 얘기를 써 보고 싶어서. 그때를 위한 자료지."

"호오, 완성되면 알려 주세요. 출판사를 소개해 드립죠."

"아주 먼 미래의 얘기지만 말이야."

그렇게 말했을 때 메슥거리는 느낌이 들면서 또 위가 욱신거렸다. 반장은 기무라가 등을 돌리고 나갈 때까지 억지웃음을 짓는 게 한계였다.

3

그로부터 한동안은 대략 평온하게 지나갔다. 본청과 다르므로 반장이란 직책에 있어도 일 년 내내 정신없이 바쁘지는 않다. 작은 사건은 이따금 있었지만 대부분 사무를 보며 보냈다. 하시바도 오지 않았다.

하지만 마음속은 겉보기와 딴판이었다. 머릿속 반절은 늘 무쿠로바라 사건이 차지했다. 우연한 순간에 하시바의 슬퍼 보이는 얼굴이 떠올랐다.

위통 역시 조금도 진정되지 않았다. 하루쯤 상태가 좋을 때도 있지만 아프기 시작하면 한밤중에 눈이 떠질 정도였다. 이불에 엎드려 혼자서 식은땀을 흘린 적도 몇 차례에 이르렀다.

그러다 결국 낌새를 느낀 아내가 눈을 뜨고 말을 걸었다. 그때는 곧 괜찮아질 거라고 무뚝뚝하게 대답하며 얼버무렸지만 다음 날 아침 식욕이 없어 밥을 깨작거리는데 출근 준비를 마친 큰딸이 식탁 맞은편에 앉으면서 "반장님, 엄마한테 들었어. 어젯밤에 위가 아파서 끙끙거렸다며?" 하고 물었다.

"병원에서 진찰받아 봐. 한참 전부터 그렇게 말했건만. 의사 싫어하는 것도 병이야."

반장은 말없이 뾰로통한 얼굴을 했다. 이어서 아침을 먹으러 내려온 전문대생인 작은딸이 "안녕히 주무셨어요" 하고 하품을 물면서 인사하더니 "어라, 반장님, 어째 낯빛이 나빠 보이는데" 하고 말했다.

"시끄러워!"

반장은 자신도 깜짝 놀랄 만큼 큰 소리로 외쳤다. 두 딸은 움직임을 우뚝 멈추었다. 눈조차 깜빡이지 않았다. '무궁화 꽃이 피었습니다'를 하는 아이들 같았다. 술래가 돌아봤다!

"왜 그래?"

"무슨 일이니, 대체."

저마다 말하면서 부엌에 있던 어머니와 아내가 나왔다.

"아침 댓바람부터 호통을 치다니, 대체 뭐야?"

어머니는 나무라는 눈으로 반장을 보았다. 그걸로 가위가 풀렸는지 "반장 이상해" 하고 작은딸이 중얼거렸다. 아내와 큰딸은 얼굴을 마주 보았다.

"다녀올게."

반장은 그렇게 말하면서 의자에서 일어났다.

"어디로?"

큰딸이 물었다.

"당연히 경찰서지."

"병원에 간다는 줄 알았어."

아내가 작은 소리로 그만 하라며 큰딸을 야단쳤다. 아무도 현관으로 배웅하러 나오지 않았다.

구두를 신고 형태뿐인 대문을 열다가 마침 개를 산책시키고 돌아오는 아버지와 마주쳤다. 본인과 비등비등하게 나이 든 늙은 개를 끌고 매일 아침 산책을 하는 게 아버지의 건강 관리였다.

"오늘은 비가 내릴 것 같구나."

태평한 목소리로 말하다가 반장의 험악한 낯빛을 알아채고 묻는다.

"어려운 사건이라도 일어났니?"

반장은 아버지의 발치에 앉은 나이 든 개를 내려다보았다. 귀며 처진 눈도 탁하고 다리는 깡말랐다. 그러나 더없이 평화로워 보이는 얼굴이다.

"빨리 아버지처럼 되고 싶어요."

반장은 그렇게 중얼거리고서 잰걸음으로 역으로 향했다. 멍하니 선 늙은 개를 뒤에 남겨 둔 채.

점심 즈음이 되자 아침에 추태를 부린 일이 지독히 부끄러워졌다. 문득 큰딸의 회사에 전화해 볼까 싶었다. 재미있게도 집 안에서 무슨 다툼이 생기면 늘 큰딸이 수습하는 역할을 맡았다. 물론 딸이 철이 들고 나서의 얘기지만. 생각해 보면 부부가 맞벌이에 둘 다 경찰관, 나이 든 부모님까지 모시는 일 등 갖가지 불씨를 안은 가정 안에서 큰딸은 아주 어릴 적부터 완충재로 살아왔기 때문인 것 같기도 하다.

"나는 꼭 UN 정전 감시단 같아."

반장이나 아내는 전선에 너무 가까워서 안 된다. 작은딸은 금세 한쪽에 붙어 버린다. 큰딸은 전선을 둘러보는 눈과 전선에서 날아오는 불똥을 정면으로 받지 않을 만큼의 거리를 유지하는 현명함을 겸비했다.

딸의 회사는 반장의 서에서 걸어갈 수 있는 거리다. 전화해서 점심이라도 사 줄까. 그렇게 해 두면 큰딸이 원만하게 수습해 줘서 오늘 밤 집에 돌아갔을 때 분위기가 조금 부드러워져 있을지도 모른다.

그것도 마음속 궁리로 끝났다. 전화기에 손을 뻗을락 말락 할 때 급하게 계장이 호출한 것이다. 긴급한 이야기란다. 반장은 한숨을 한번 쉬며 자리를 일어났다.

그러나 계장의 얘기를 듣고는 그때 자리를 비우지 않아서 다행이라고 진심으로 생각했다.

긴급한 건 물론이요, 중대한 용건이었다. 반장의 부하인, 그러니까 반장이 교육중인 신입 아키야마가, 총기법 위반으로 검거되어 현재 공판을 기다리는 용의자의 내연녀와 개인적으로 교제한다는 의심이 있다는 것이었다.

"오해예요."

아키야마가 말했다. 더 들어볼 것도 없이 웃어넘기는 태도였다. 기껏 눈에 띄지 않도록 미팅 핑계를 대며 회의실을 빌렸건만 아키야마의 사람을 바보 취급하는 듯한 웃음소리는 옆 형사실까지 들릴 만큼 거리낌이 없었다.

"목격자가 있어."

반장은 아키야마를 노려보았다.

계장은 정보의 출처를 밝히지 않았다. 그런 부분은 반장도 익히 알고 있으므로 굳이 캐묻지 않았다. 얼마나 확실한 정보인지 정보 출처는 신뢰할 수 있는지 다짐을 받았을 뿐이다.

거꾸로 말하면 '아키야마만은 그럴 리가 없다, 그건 엉터리다'라고 주장할 수 있을 만큼 반장은 아키야마를 신뢰하지 않았다. 아니, 신뢰할 수 없었다.

맡은 부하를 그런 식으로밖에 교육하지 못한 것에 반장은 표현할 길 없는 패배감과 참담함을 느꼈다.

"여자랑 둘이서 걷는 너를 봤다는 사람이 있어."

"어디의 누구죠? 그런 쓸데없는 밀고를 한 작자는. 반장님이 용돈을 던져 주는 추레한 똘마니 정보상인가요?"

아키야마는 끝까지 코웃음 쳤지만 눈초리가 움찔거렸다. 둘은 처음부터 선 채 얘기했다. 지금 이 순간에 탁자 아래를 내려다보면 아키야마의 무릎이 덜덜 떨리는 모습, 그걸 반장에게 들키지 않으려고 다리를 버티던 꼴을 볼 수 있을지도 모른다.

정보는 진짜다.

사층 창문에서 내던져진 트렁크처럼 절망이 마음 밑바닥으로 떨어져 내리는 기분을 느꼈다. 마음의 허공을 가르며 떨어지는 소리가, 쿵 하고 착지할 때의 진동이 느껴지는 듯했다.

눈싸움에 진 아키야마는 졌다는 걸 인정하지 않고 여전히 미소를 띤 채 어깨를 으쓱하며 말했다.

"겨우 두 번이에요."

"여자랑 만난 건 분명하군?"

"만났습니다. 그쪽에서 하도 끈질기게 접근한데다 그렇게 정떨어지는 얼굴도 아니었고요."

반장은 회의실 의자 등을 꽉 쥐었다.

"너는, 자신의, 처지를, 알고, 있나?"

한 마디 한 마디 짜내듯 얘기한 말에 아키야마는 대답하지 않았다.

"너도 그 여자가 누구의 여자인지 알지? 녀석의 공판은 이제부터야! 너는 녀석의 사건을 담당하고 있어. 이런 일이 사람들한테 알려지면 어떻게 되는 줄 아나?"

아키야마는 입을 다물었다가 이윽고 내던지듯 대답했다.

"괜찮아요. 어차피 놀이예요. 진심이 아니라고요."

"진심이 아니니까 더 나쁜 거야!"

자신의 고함이 이렇게 허망하게 들린 적은 일찍이 없었다.

"이제 여자와 만나지 않겠습니다. 그걸로 됐죠? 아직 어디에도 들키지 않았으니까. 바깥 사람들한테는요."

아키야마는 일방적으로 말하고 회의실을 나갔다.

저놈의 건방진 꼬맹이 건방진 꼬맹이 건방지고 말로는 죽어도 안 지려는 건방진 꼬맹이—.

반장은 손이 아플 정도로 세게 의자 등을 잡았다. 의자 등받이는 반장이 정말로 목 졸라 버리고 싶다고 생각하는 사람 대신 그곳에 있었다.

등받이가 끼기긱 하고 삐걱거렸다.

4

가족과의 화해 기회를 놓치고 만데다 아키야마 일까지 겹쳐 사태는 한층 나빠졌다. 위통을 안은 반장은 집에 있어도 서에 있어도 늘 찬바람을 맞는 기분이 들었다.

때마침 기무라가 부탁한 서류를 들고 반장 자택을 찾아왔다. 오래 알고 지내온 기무라는 반장 가족 사이에 흐르는 공기가 좋지 않다는 것을 자연스레 알아챘는지 오래 있지 않았다.

"간단한 리포트를 써 두었어요."

아무것도 씌어 있지 않은 서류 봉투를 내밀며 그렇게 말했다.

"자세히는 모르겠지만 반장님께서 네 가지 사건에 흥미를 느낀 이유는 알 것 같네요."

"호, 왜?"

"뭐, 읽어 보세요."

분명히 기무라의 말이 옳았다.

첫 번째 여대생 살인. 체포된 범인인 가나야 다쓰히코는 당일 밤 우연히 들른 편의점에서 피해자를 보고 점찍었다고 한다. 가게에서 그녀의 뒤를 밟았고, 혼자 사는 것 같아서 밤이 깊어지길 기다렸다가 몰래 침입했다.

가나야에게는 전과가 세 번 있는데 과거 사건에서도 젊은 여성을 노렸다. 하지만 전부 상당히 계획적이고 악질적인 범죄로 피해자를 점찍고서 범행에 이르기까지 최소 보름은 동태를 살폈다. 이번 여대생 살인은 가나야치고는 드물게 충동적인 범행이었다. 본인도 '갑자기 그러고 싶었다'고 진술했다.

두 번째인 다나시의 삼 인 가족 강도 살인 사건. '길을 가다 문득 저질렀다'라는 범인의 진술 내용은 반장도 알고 있었다. 기무라의 리포트도 그걸 뒷받침한다. 범인은 다음 날 자신의 가족과 소풍 갈 계획을 세웠었다.

세 번째 유아 뺑소니. 시속 오십 킬로미터 가까이 과속하며 일반 도로를 질주하다 유치원 아동을 치고 현장에서 도망친 중년의 교사는 명문 사립 고등학교의 학생들에게 인기 있고 학부모들의 신뢰도 모았던 차기 교감 후보였다.

'갑자기 모든 게 싫어졌다. 폭주족처럼 전속력으로 차를 몰면 속이 후련해지겠지 하고 생각했다. 애를 치었다는 건 알았지만 별거 아니란 기분으로 지나갔다'라는 게 본인의 진술이다. 그 후 한 시간도 되지 않아 지나가던 경찰차가 차체 손상을 수상하게 여겨 긴급 체포되었다.

물론 피고는 법정에서 증언을 뒤집었다. 그러나 체포 직후에 기록된 녹취서에 남은 이 말에 반장은 등골이 오싹해지는 기분을 느꼈다. 동시에 확신을 얻었다. 당시 녀석은 분명히 이런 심리 상태였을 것이다.

네 번째 연인 살인. 이것도 판에 박은 듯한 충동 범죄다. 범인은 스무 살의 재수생으로, 수험 공부에 지쳐 머리를 식힐 겸 심야에 혼자 드라이브를 하다가 사이좋아 보이는 연인을 발견하고 갑자기 울컥했다고 한다.

그는 길을 묻는 척하고 차를 세워 두 사람과 서서 얘기를 나누었다. 친절한 연인 중 남자가 범인인 재수생의 질문에 대답하려고 재수생이 소지한 도로 지도를 펼치고 들여다보는 사이에 '트렁크 안에 스패너가 있어서 꺼냈다. 처음에 남자를 때렸다. 여자가 비명을 지르며 도망치기에 쫓아가서 후려갈겼다'.

다섯 번째 러브호텔 살인. 둘 사이에 아무 문제가 없었는데도 남자는 여자를 찔러 죽였다—.

반장은 리포트에서 눈을 떼고 허공을 노려보았다.

기무라에게 이걸 부탁했을 때는 깊이 생각하지 않았다. 다만 하고많은 살인 사건 가운데 하시바가 '골라낸' 다섯 가지 사건에 무슨 공통점이 있을지도 모른다고 막연하게나마 생각했을 뿐이다.

과연, 있었다.

무동기. 충동성. 팽팽한 실이 뚝 끊어진 듯한 갑작스러움.

'마가 든' 건가.

마의 시간에 습격받은 인간들.

아니, 그렇지 않다. 생각하기에 따라서는 '그런 공통점 따위 없다'고 말할 수도 있다. 범인상이 뒤죽박죽이었기 때문이다. 신뢰가 두터운 교사, 전과 3범의 남자. 고독한 재수생, 실업중인 전 회사원. 전과자의 말 따위 믿을 게 못 된다는 난폭한 생각을 하면 여대생 살인은 엄밀하게 따져 볼 때 동기 없는 살인이라고 하기 힘들지도 모른다.

그러나 마음에 걸렸다. 하시바가, 전혀 이해할 수 없는 이유로 습격받은 하시바가, 사건으로 망가진 심장을 끌어안은 하시바가 고르고 골라 다섯 건을 가져와서 '이것도 무쿠로바라의 소행이다' 라고 가리킨 게 아무래도 신경이 쓰여 견딜 수 없었다.

하시바는 다른 인간에게는 보이지 않는 무언가—그런 재난을 빠져나와 살아남은 사람에게만 보이는 무언가를 다섯 사건 속에서 발견한 게 아닐까.

잠자리에까지 리포트를 들고 와 읽고 또 읽었다. 오리무중인 대답은 꿈속에서도 나오지 않았다.

다음 날 오전, 마치 타이밍을 잰 것처럼 하시바의 여섯 번째 방문이 있었다. 반장은 회의를 하나 마친 참이라 하시바를 삼십 분쯤 기다리게 하고서 만났다.

실제로 다른 용무가 있기도 했지만 그 이상으로 생각할 시간이 필요했다.

오늘 아침 무렵 집을 나올 때 갑자기 머리에 떠오른 것이 있다. 해 봐야 아무 의미도 없을지 모른다. 그러니까 해 봐도 되지 않을까 하는 생각과 더 이상 엮이지 말자는 생각이 마음속에서 교차해댔다.

'나는 지쳤어.'

솔직히 그런 생각도 했다. 좀 더 젊고 에너지가 있는 남자, 아직 세상에 바닥이란 없고 설령 있더라도 바닥에 돌을 쌓아 올려 어둠의 깊이를 낮출 수 있다고 믿는 남자, 긍정적인 신념을 지닌 남자만이 하시바를 도울 수 있는 게 아닐까. 반장처럼, 세상에서 가장 희망이 없는 부분을 자꾸만 봐야 하는 업무에 시달리고 거기에서 뿜어져 나온 방사능에 오랫동안 노출되어 뼛속까지 서서히 병들기 시작한 남자가 아니라.

그러나 이제 그만 놓아 달라는 반장의 연약한 본심은 평소처럼 소파에서 벌떡 일어나 최경례하는 하시바를 보자마자, 인간의 발소리를 듣고 후다닥 도망치는 시궁쥐처럼 민첩하게 의식 어딘가로 사라져 버렸다.

하시바가 한차례 떠들었다. 물론 무쿠로바라의 새로운 살인 사건 얘기다. 잘라 낸 기사도 빠짐없이 챙겨 왔다. 반장은 열심히 듣는 척하면서 머릿속으로는 기회를 엿보았다.

이야기를 마친 하시바가 평소처럼 '무쿠로바라 연쇄 살인은 제가 반드시 막겠습니다'라는 믿음직한 말을 기대하며 시선을 들었을 때 반장은 말을 꺼냈다.

"이봐요, 하시바 씨."

"예?"

하시바는 고분고분 고개를 끄덕이며 반장의 뒷말을 기다렸다.

"요즘에는 악몽을 꾸지 않으세요?"

하시바는 당황한 표정을 지었다.

무쿠로바라 사건 직후 경찰에 신병이 구속되었을 때 하시바는 자주 악몽에 시달렸다. 시부야 센터 거리의 노상에서 일어난 참극이 꿈속에서 그대로 반복되는 것이다.

"예……. 덕분에 거의 꾸지 않게 되었어요."

"다행입니다."

반장은 미소 지었다.

“그렇다면 무쿠로바라의 얼굴도 벌써 잊으셨겠네요?”

하시바는 엄청난 기세로 고개를 내저었다.

“말도 안 돼요! 잊지 않았습니다. 평생 못 잊죠!”

“그래요? 그럼 무쿠로바라의 얼굴을 그려 보실 수 있겠습니까? 정확하고 자세히가 아니라 대충이라도.”

“대충이라면 가능해요.”

하시바는 진지한 얼굴로 고개를 끄덕였다.

“얼굴이 아니라 전체적인 느낌이지만요. 체격 같은 거요.”

“예, 그러면 돼요. 그려 보세요.”

반장은 메모지를 한 장 찢어서 펜과 함께 내밀었다. 하시바는 갑자기 자신에게 수갑이라도 내민 것처럼 겁먹은 눈으로 메모지와 펜을 바라보았다.

“반장님, 뭣 때문에 이런 걸 합니까?”

“나중에 알려 드리겠습니다.”

하시바는 그 말을 듣고 약간의 흥미가 끓었는지 덥석 물었다.

“수사에 도움이 되는 일인가요?”

“그런 부분도 있죠.”

“그럼 그릴게요.”

하시바는 냉큼 펜을 들었다.

“그림 그리는 재주가 없어서.”

“간단하게만 그리셔도 충분해요.”

반장은 숙제하는 초등학생처럼 열심히 그림을 그리기 시작한 하시바를 지켜보았다.

인간의 기억력은 도움이 되기도 하고 되지 않기도 한다. 개인차가 있다. 어떤 일은 이상할 정도로 또렷이 기억하는데 다른 일은 새까맣게 잊는 일이 있다. 이른바 '억압'인가 하는 것의 작용 때문이다.

기억하는 걸 조형하는—다시 말해 이미지를 그림이라는 형태로 바깥에 내보내는 능력은 일반 기억력보다 훨씬 낮다. 그도 그럴 것이, 화가나 만화가가 될 수 있는 사람은 이 능력이 뛰어난 사람뿐이니까 말이다.

하시바의 마음속에 무쿠로바라라는 남자의 모습은 지울 길이 없을 정도로 강하게 남아 있을 터였다. 아마 무쿠로바라의 모습은 열어지지 않았으리라. '억압'으로 지워 버릴 수 있었다면 지금처럼은 되지 않았을 것이다.

그러나 모습을 그림으로 그려 보라고 한다면 그릴 수 없으리라고 반장은 생각했다. 하시바는 화가도 뭣도 아니기 때문이다.

하시바가 이상한 그림을 그리면, 실제 무쿠로바라보다 훨씬 키가 작은 남자를 그리거나 얼굴 생김새가 조금 다르거나 하다면 그걸 부드럽게 지적해 주자. 기억이 열어져서 이렇게 된 것이라고 얘기해 주자.

물론 궤변이다. 하지만 거짓말도 방편이라지 않는가. 이런 형태로 하시바에게, 하시바의 마음이 사실은 무쿠로바라 같은 건 잊고 싶어 한다고, 실제로 잊어가고 있다고 믿게 한다면 하시바의 출구를 열어 줄 수 있을지도 모른다. 적어도 문에 손잡이를 달아 주는 일 정도는 할 수 있을지도 모른다.

하시바가 지웠다 다시 그렸다 하고 있어서, 이대로 계속 곁에서 지켜보면 그리기 어려울지도 모르겠다 싶어 자리를 피해 주기로 했다.

"커피라도 타 올게요."

작은 방을 나와 자리로 돌아갔더니 누가 책상 위의 보고서를 만진 티가 났다. 그것도 공판을 기다리는 총기법 위반 사건에 대한 보고서였다.

아키야마인가? 불쑥 생각했다. 재빠르게 둘러보았지만 형사실에는 아키야마의 모습이 보이지 않았다. 분노의 칼끝 같은 것이 불끈 치밀었지만 반장은 그걸 삼켰다. 역류한 분노의 칼은 반장의 위를 갈기갈기 찢었다.

한동안 가만히 있자 위통은 다소 가라앉았다. 자리에 앉아 한 대 피웠다. 위가 다시 욱신거렸으나 담배 연기는 마음을 진정시켜 주었다. 매만지는 정도였지만.

하시바에게 커피를 갖다 줘야 한다. 지금쯤이면 그림을 완성했으리라. 일어나서 손님용 컵 중에서 가장자리에 이가 빠지지 않은 것을 찾아서—다들 난폭하게 써서 금세 이가 빠진다—인스턴트 커피를 탔다. 양손으로 컵을 하나씩 들고 작은 방 앞까지 돌아갔다.

"하시바 씨, 문을 열어 주시겠어요?"

말을 걸자 문은 금세 안쪽에서 열렸다. 얼굴 가득 기쁨이 넘치는 하시바가 말했다.

"반장님, 그렸어요."

반장은 탁자에 다가가 하시바가 그린 그림을 내려다보았다—.

거기에는 가는 펜 그림으로 만들어 낸 자신의 모습이 있었다.

완전히 똑같았다. 통통한 체구. 둥근 턱. 뾰족한 귀. 눈썹 각도. 모든 게.

"이게 대체 뭡니까?"

반장의 커다란 목소리에 칭찬받았다고 착각했는지 하시바가 자랑스럽게 대답했다.

"무쿠로바라예요! 잘 기억하고 있죠?"

컵이 손에서 떨어져 쨍그랑 하고 깨졌다. 뭘 어쩌자는 생각도 없이 반장은 작은 방 문을 쾅 닫고 복도로 달려갔다. 그대로 종종걸음쳐서 경찰서의 통용문으로 향했다. 일단 밖으로 나가고 싶었다.

말도 안 돼, 얼토당토않아.

주차장을 반쯤 가로질러 거기서 드디어 걸음을 멈추었다. 주차되어 있는 경찰차의 보닛에 손을 짚고 얼굴 가득 흐르는 식은땀을 닦았다.

무릎부터 힘이 빠져 서 있기도 힘들었다. 몸을 다시 일으키면서 고개를 들었을 때 통용문을 지나 이쪽으로 오는 아키야마의 모습이 눈에 들어왔다.

언제나 그랬듯 멋들어진 옷차림이다. 콧노래를 흥얼거리며 일하는 속 편한 얼굴이다.

너, 대체 어디에 갔다 왔지? 반장의 뱃속에서 한번 삼켰던 분노의 칼이 치솟았다. 너는 내 보고서에 장난을 치고서 여태껏 어디에 갔었지?

그때 아키야마가 반장의 얼굴을 보고 걸음을 멈추었다. 그의 단

정한 얼굴이 순식간에 굳었다.

"반장님, 무슨 일 있어요?"

반장은 우뚝 섰다. 아키야마는 순간 뒷걸음질 쳤다.

"왜 그런 얼굴을 하시고……. 설마 제 일이 매스컴에 들킨 건 아니겠죠?"

그 말이 분노의 칼을 막았던 마지막 둑을 끊었다. 반장은 눈을 부릅뜨고 알아들을 수 없는 고함을 지르면서 아키야마를 노리고 돌진했다.

다음 순간 목소리가 들렸다.

"아빠!"

틀에 낀 한 장의 창문이었던 반장은 작은 돌멩이처럼 똑바로 날아온 말에 산산이 부서졌다. 산산조각 난 반장은 현세의 껍데기만을 남기고 그 자리에 우뚝 섰다.

부릅뜬 반장의 눈에 이쪽으로 천천히 다가오는 큰딸의 모습이 보였다. 회사 유니폼을 입은 채 묶은 머리를 목 한쪽으로 내려뜨리고, 젊은 시절의 아내랑 똑 닮은 통통한 볼을 걱정스럽게 일그러뜨린다.

"점심시간이라 같이 식사라도 할 수 있을까 싶어서 들렀어."

큰딸은 조심스레, 하지만 부드럽게 반장의 팔짱을 끼면서 말했다.

"전화도 안 하고 갑자기 들이닥쳐서 미안."

반장은 큰딸의 얼굴을 바라보았다. 몇 번인가 눈을 깜빡였다. 땀이 머리 가죽을 타고 흘러 목덜미에 떨어졌다.

반장은 자신의 팔에 큰딸의 따스한 체온을 느끼면서 제 것이 아니게 된 듯한 입을 힘겹게 움직여 말을 뱉어냈다.

"괜찮아……. 잘…… 왔어."

큰딸은 팔에 힘을 주었다. 반장의 얼굴을 쳐다본다. 그러고서 아키야마를 신경 쓰며 "아버지가 늘 신세 지네요. 일하시는데 죄송합니다" 하고 말했다. 말은 정중하지만 말투에는 '여태껏 아버지가 당신이랑 뭘 옥신각신했는지 모르겠지만 여하튼 물러나 줘'라는 위압이 담겨 있었다.

얼어붙어 서 있던 아키야마는 세게 얻어맞기라도 한 것처럼 움찔했다.

"아뇨, 그럼 전 이만."

아키야마는 빠른 걸음으로 경찰서 안으로 달려갔다. 반장은 아직 뒤돌아서 그를 전송할 기분이 들지 않았지만 큰딸은 그렇게 했다. 그러고서 반장의 주의를 환기시켰다.

"저쪽에도 아빠한테 용건이 있는 사람이 있는 것 같은데?"

반장은 그제야 돌아보았다. 통용문 부근에 하시바가 문에 숨듯 서 있었다. 울음을 터뜨릴 것 같은 얼굴이다.

반장은 갑자기 가슴이 아팠다.

"죄송합니다."

하시바를 향해 크게 말했다.

"급한 일이 생겨서요. 혹시 괜찮으시면 나중에 다시—그렇지, 두시쯤에 와 주시겠어요? 시간을 여유 있게 잡아 둘게요."

불안해하며 문에 매달렸던 하시바는 자신을 질책하는 게 아님을 깨달았는지 천천히 고개를 끄덕였다.

"알겠습니다."

하시바가 물러나자 반장은 큰딸 쪽으로 돌아섰다. 큰딸의 얼굴은 아직 굳어 있었으나 웃으려고 노력했다.

"요즘 아빠가 계속 이상하기에 조만간 이렇게 급습해서 점심이라도 얻어먹으며 화해 조정을 하려고 했거든."

"오, 괜찮군."

반장은 고개를 끄덕였다.

"실로 좋은 생각이야."

부녀는 천천히 걷기 시작했다. 통용문을 나와서 조금 걷다가 반장이 물었다.

"너, 아까 왜 아빠를 아빠라고 불렀어?"

큰딸은 하얀 목을 젖히며 웃었다.

"아빠잖아."

"반장이 아니고?"

"어, 그러게."

큰딸은 고개를 갸웃거렸다.

"부르는데 순간적으로 아빠라는 말이 나와 버렸어. 이상하네."

좀 더 걷고 나서 반장은 다시 물었다.

"이상하다 싶어도 대답해 줘. 우리 성이 뭐였지?"

큰딸은 웃음을 터뜨릴 뻔하다가 반장이 웃지 않고 있다는 걸 깨닫고는 진지하게 대답했다.

"무쿠로바라야."

반장은 걸음을 멈추었다. 큰딸도 그에 따라 멈추었다.

"왜?"

"지금 뭐라고 했어?"

"우리 집 성 말이지? 이자키. 이, 자, 키. 왜 그래?"

반장은 세차게 고개를 흔들었다. 조금 전에는 잘못 들은 거다. 나는 괜찮다. 분명히, 아마도.

"뭔가 맛난 거라도 먹자."

떨리는 손으로 큰딸의 손을 꽉 잡고 다시 걸음을 떼면서 반장은 말했다.

안녕, 기리하라 씨

1

그건 아주 은밀하게 시작되었기 때문에 처음에는 아무도 심각하게 받아들이지 않았다.

원래 우리 집은 소란스럽다. 작은 중얼거림이나 사소한 소리를 깜빡 빠뜨리고 못 듣는 일 따위 얼마든지 있다. 지은 지 십 년 된 목조 이층 건물인 집 안에는 다섯 명의 인간이 내는 목소리를 비롯해 필요와 취미를 충족시키고 불편을 없애기 위해 마련한 갖가지 기기가 내는 소리들로 항상 전쟁을 치렀다.

예를 들어 다들 빠짐없이 집에 있고, 각자의 방에 틀어박혀 있을 때라면 텔레비전만 넉 대를 틀어 놓았다는 말이다. 식당 겸 거실에 한 대. 여기서 부모님이 본다. 일층 남쪽에 있는 세 평짜리 방에 한 대. 여기에는 할머니가 있다. 이층 내 방과 남동생 겐지의 방에도 각각 한 대. 대개 전혀 다른 영상을 비추고 있다.

전화 역시 마찬가지다. 아버지 명의로 설치한, 이른바 오스기 집 안의 대표 전화라고 할 수 있는 녀석이 한 대. 전화는 가정용 내선 전화라 본체가 거실에, 무선 전화기가 부엌과 할머니와 겐지 방에 한 대씩 있다. 하지만 겐지는 내선으로 부르는 정도로는 어림도 없고, 올해 일흔 살인 할머니는 귀가 어두워서—아마존 밀림의 밤만큼이나 어둡다—두 사람을 부르기 위해서는 직접 방으로 가는 편이 빠르다. 특히 겐지의 방문은 뻥 차 줄 필요가 있다.

내 방에는 취직하고서 처음 받은 보너스를 털어 설치한 내 전용

선이 있다. 나에게 전용 전화를 설치한다는 건 '사생활'이라는 왕국의 문을 여는 열쇠를 손에 쥔다는 뜻이었다.

때때로 집 전화가 먹통이 되면 겐지가 '좀 쓸게' 하고 찾아오곤 한다. 나는 절대로 빌려 주지 않는다. 그건 영토를 내어 주는 행위와 같다.

동생은 '구두쇠'라며 퇴각한다. 먼저 태어나기를 잘했다고 생각하는 건 이때 정도다.

내 전화는 '따르릉' 하고 나를 부른다. 집 전화는 '따릉따릉따릉' 하고 운다. 때때로 '딩동'이라고 하기도 한다. 인터폰을 겸하기 때문이다.

전자레인지는 '삐—' 하고 운다. 식기 건조기는 한차례 일을 마치면 '띵!' 한다. 타임이 다 되었을 때의 소리다. 세탁기는 물이 꽉 차면 버저가 울린다. 빨래를 마쳤을 때도 '부—' 한다. 빨래를 말리기 위한 가스 건조기는 작업 종료를 '삐—삐—삐—' 하고 알린다. '삐삐삐삐삐삐삐'라고 계속 울리는 건 필터를 청소하라는 사인이다.

다리미는 설정 온도까지 따뜻해지면 '뿌—뿌—' 하고 운다. 전자동식 급탕기는 목욕물이 끓으면 '삐삐, 삐삐, 삐삐' 한다. 내 방에 있는 비디오는 예약 녹화를 해 두면서 테이프를 깜빡하고 넣지 않으면 '비—비—' 하고 경고음을 울리는 구조로 되어 있다.

엄마만 소리를 확실하게 구분할 수 있다. 엄마는 나처럼 목욕물이 데워졌다는 알림인데 전자레인지 안을 들여다보러 가는 일이 없다.

엄마는 '주부의 귀야' 하고 말한다. 나는 '맞벌이하는 주부의 귀'

가 정확한 표현이라고 생각했다. 몇 가지 집안일을 주말에 모아서 동시 진행하고 정리해야 하니까 자연히 많은 경고음과 버저를 구별할 수 있게 된 것이다.

부모님의 알람 시계는 '띠리리리리링!' 하고 울린다. 내 알람은 합성음으로 '일어나!'라고 계속해서 외친다. 겐지의 알람은 경찰차 사이렌 같은 소리를 낸다.

음악 문제도 있다. 동생은 동생 전용의 라디오카세트로 록을 듣는다. 나는 내 미니컴포넌트로 좋아하는 뉴뮤직이나 때로는 클래식에도 귀를 기울인다. 나와 동생은 음악 취향이 전혀 다른데 듣고 싶은 시간대만은 똑같았다. 하는 수 없이 나는 때때로 워크맨을 썼다(하지만 헤드폰으로 머릿속만 울리는 게 아니라 몸 전체를 부드러운 음악으로 감싸고 싶을 때가 있다. 그럴 때는 겐지와 맞서 음량을 키우며 버틴다. 설령 결과적으로 카라얀의 콘서트 회장 객석에서 근육소녀대일본에서 80년대 후반~90년대 후반에 활동한 밴드. 록과 헤비메탈 장르의 음악을 추구하며, 과격하고 특이한 가사로 인기를 끌었다가 라이브를 하는 것처럼 들리더라도 누나에게는 누나의 의지가 있으니까).

게다가 우리 식구는 모두 목소리가 크다. 그중 제일인 아버지는 직업병으로 보인다. 아버지의 직장에서는 옆에 있는 동료에게 '슬슬 밥을 먹을까?' 하고 말을 붙일 때조차 고함치듯 해야 한다고 하니까.

엄마는 나랑 동생이 한창 말을 안 들을 때는 우리 때문에 언성을 높였다. 현재는 할머니 때문에 큰 소리로 떠든다. 나와 동생도 그에 따랐다. 할머니는 자신의 목소리를 들으려 할 때조차 큰 소리를 내야 한다. 워크맨을 들을 때의 나처럼.

우리 집은 이런 상태로 산다. 날마다 시비조이다. 모기 같은 소리를 내면 살아갈 수 없다.

그러니까 상당히 오랫동안 첫 징후를 눈치채지 못한 채 지나쳤는지도 모른다. 조금씩, 달팽이가 기듯 진척되는 바람에 누구의 안테나에도 걸리지 않았는지도 모른다.

그게 드러난 건 사월 하순의 어느 따뜻한 밤이었다. 신입 사원 환영회에서 몇 차까지 마시다가 늦은 밤이 돼서야 집에 돌아온 나는 부엌에서 물을 마시다 소리가 들리지 않는다는 걸 깨달았다.

2

나는 취했다. 혼자서 집에 돌아갈 수 없을 정도는 아니지만 확실히 취했다. 현관에서 신발을 벗었을 때 약간 휘청거렸다.

복도를 걸어가다 벽에 손을 한 번 짚었다. 아버지가 일어나면 호통을 치겠지. 취한 여자는 고장 난 정화조랑 똑같이 더럽다고 생각하는 사람이다.

식탁을 돌아 부엌 개수대에 이르렀다. 식기 건조대에서 컵을 꺼내 수도꼭지를 돌려 물을 가득 채웠다. 서서 물을 틀어 놓은 채 팔꿈치를 쑥 올려 먼저 한 잔.

벌컥 마시자 딸꾹질이 났다. 다시 한 잔. 수도꼭지 아래에 잔을 가져가 쏴 하는 소리와 함께 거품을 내며 컵 안쪽에 차오르는 물을 바라보며 넘치기 시작했을 때 수도꼭지를 잠갔다. 끼익 소리가 들리고 남은 물이 물방울이 되어 스테인리스 개수대에 뚝뚝 떨어졌다. 오래전부터 패킹이 헐거웠다.

뚝, 뚝, 뚜

거기서 들리지 않았다.

물은 아직 떨어졌다. 한 방울. 또 한 방울. 그러다가 완전히 멈추었다. 뚝 하는 소리는 들리지 않았다.

나는 고개를 살짝 갸웃거렸다. 와, 취했나 봐, 하고 생각했다.

컵의 물을 다 마셨다. 두 잔째는 첫 잔만큼 맛있지 않았다. 위가 출렁이는 느낌이 났다.

후우, 하고 무심결에 한숨이 샜다. '아, 기분 좋다' 하고 소리 내서 말하려다 이번에는 한숨 소리가 들리지 않았다는 걸 깨달았다.

다시 한번 허공에 대고 숨을 뱉어 보았다.

아무것도 들리지 않는다. 귓속은 침묵을 지켰다.

일부러 소리를 내서 "하아" 하고 말해 보았다.

들리지 않았다.

나는 컵을 손에 들었다. 컵으로 식기 건조대 끝을 가볍게 두드려 보았다. '끼잉 끼잉' 하는 듣기 괴로운 소리가 나겠지—.

들리지 않았다.

심장이 벌렁벌렁했다. 그건 느낄 수 있었다. 부드러운 무언가가 무릎부터 허벅지까지 스윽 하고 쓰다듬은 것 같은 느낌이 나서 힘이 빠졌다.

개수대 끝을 붙잡고 심호흡했다. 라마즈 호흡을 배우는 임산부처럼 크게 숨을 내쉬고 뱉었다.

호흡 소리가 들리지 않았다.

나는 컵을 놓았다. 컵은 개수대 안으로 굴러떨어져 코너에 부딪혀 멈추었다. 깨지지 않았다. 소리도 들리지 않았다.

심장이 가슴속에서 펄떡거리며 춤췄다. 나는 발끈해서 자신의 가슴에 귀를 대고 고동을 들어 볼까 생각했다. 그러면 들릴 것 같았다. 내 몸이니까.

조심조심 신중하게 식탁을 손으로 짚으면서 복도로 돌아갔다. 눈은 보였지만 뭔가를 잡지 않으면 무서워서 걸을 수 없었다.

복도를 나아가다가 혹시나 싶어 양 손바닥을 짝 하고 쳤다.

너무 세게 쳐서 손바닥이 얼얼했다. 소리는 일절 들리지 않았다.

취했다고 자신을 타일렀다. 그래서 감각이 마비되었다. 알코올이 빠지면 분명히 정상으로 돌아가겠지, 무서워할 필요 따위 없어.

기듯이 계단을 올라갔다. 자신의 방 문을 열고 더듬거려서 불을 켰다. 오늘 아침 서둘러 나갔을 때 그대로 침대 위에 물방울 모양 잠옷이 내팽개쳐져 있다. 나는 침대에 풀썩 앉았다.

침대의 스프링이 삐걱거리는 소리가 들리지 않았다.

다시 풀썩 주저앉았다. 결과는 똑같았다.

진정해. 진정하자고.

두근거림이 잠잠해질 때까지 한동안 가만히 있어 보자. 그렇게 생각하고 눈을 감았다. 그러자 캄캄하고 아무 소리도 들리지 않는 곳에 있는 것 같았다. 여기는 정말로 내 방일까.

눈을 뜬다.

정면 벽에 뮤지컬 포스터. 세탁소에서 찾아온 파란 재킷이 비닐에 싸인 채 의자 등받이에 걸쳐 있다. 소나무 재질의 서랍장 위에는 무선 전화기와 작은 경대. 그 옆에 긴 머리카락이 휘감긴 빗이 굴러다닌다.

틀림없이 내 방이다.

리모컨으로 텔레비전을 틀어 보았다.

번쩍하더니 화면이 비쳤다. 심야의 토크쇼다. 화장이 짙은 여자 탤런트가 바쁘게 입술을 움직였다. 소리는 들리지 않았다.

채널을 바꾸었다. NHK다. 화면에는 거친 입자가 난무했다. 치지직 하는 소리는 들리지 않았다.

다시 채널을 바꾸었다. 록 밴드가 나온다. 주먹을 쳐든 관객들을 향해 마이크를 삼킬 듯한 보컬이 노래를 불렀다.

아무것도 들리지 않는다. 음량을 최대로 해도, 텔레비전에 가까이 다가가도 드럼의 울림조차 들을 수 없었다.

나는 텔레비전을 끄자마자 누군가와 경쟁이라도 하는 것처럼 웃옷과 치마를 벗고 스타킹을 벗겨 내듯 벗어던졌다. 침대에 파고 들어가 이불을 푹 덮었다. 고약하게 취해 버렸어, 전부 그 탓이야, 라고 자신을 타이르면서.

일단 자자. 하룻밤 자고 눈을 뜨면 낫게 되어 있다.

알코올이 잠으로 끌어당겨 주는 데 제법 시간이 걸렸다. 간신히 잠들고서도 꿈을 꾸었다. 커다란 텔레비전 앞에 앉아서 어디로 채널을 돌려도 '잠시 기다려 주세요' 화면만 나오는 꿈을.

다음 날, 엄마의 큰 소리에 눈을 떴다.

3

“지각한다!”

목소리가 확실히 들렸다. 나는 누운 채 눈을 번쩍 떴다.

“미치코, 미치코! 안 들리니?”

엄마가 부른다.

“들려!”

나는 소리쳤다. 이불을 빠져나오자 블라우스가 처참하게 꾸겨져 있고 몸은 땀으로 축축했다. 얼굴도 끈적거렸다. 화장조차 지우지 않고 자 버렸으니 무리도 아니다.

시계를 보니 일곱시 이십분이다. 급히 서둘러 움직이고 아침을 거르면 샤워하고 출근할 수 있다.

계단을 내려가자 아버지는 벌써 아침을 마치고 신문을 읽고 있었다. 형사가 지면 너머로 용의자를 보듯 나를 바라본다.

“어젯밤에는 꽤 늦었더구나.”

“응. 신입 환영회로 너무 들떴었나 봐.”

나는 애써 밝게 대답했다.

“취했지?”

겐지가 말한다. 말투가 밉살스럽고, 질문의 대답을 기다리는 아버지 얼굴이 무서워서 나는 말할 기회를 놓쳤다.

‘아버지, 술에 취했을 때 일시적으로 난청이 되기도 하나?’

“나는 마시지 않았어.”

그렇게 대답하고 아버지의 얼굴은 보지 않았다.

샤워하고 머리를 말리고서 부엌으로 돌아가니 엄마는 벌써 식탁을 정리하고 있었다. 매일 아침 늦게까지 자고 일어나 열시 즈음 간단하게 아침 비슷한 걸 먹는 할머니를 위해서 식탁 위에 단 롤빵이 놓여 있었다.

매일 아침 엄마는 이렇게 해 두고 출근한다. 직장은 걸어갈 수 있는 거리에 있다. 점심에 집으로 한번 돌아와서 할머니랑 함께 식사한다. 다시 직장으로 돌아가 네시까지 일하고 장을 봐서 돌아온다. 직장에서의 일은 질도 양도 정사원과 같지만 엄마의 신분은 시간제 근무자다. 그걸 감수해 이득인 점이라고 하면 부득이한 용건이 있어서 휴가를 잡을 때, 예를 들어 할머니를 병원에 모셔 가야 할 때 정사원만큼 어깨가 움츠러드는 기분을 맛보지 않아도 된다—고작해야 십 센티미터 정도지만—는 것뿐이다.

앞으로 대학에 진학하려는(내가 보기에 재수는 따 놓은 당상이지만) 아들을 데리고 주택 융자를 내면서 스물한 살 먹은 딸의 언제 올지 모를 결혼에 대비해 저금도 조금씩 해야 하지만 집에는 노인이 있는 가난한 직장인 가정에서는—'다 그렇지' 라고 엄마는 말한다.

아침에는 설령 '어제 애 딸린 홀아비 과장한테 후처로 들어오라고 청혼 받았어' 같은 일이라도 얘기할 수 없다. 시계를 노려보면서 빨래 건조를 마치고 몸단장을 하고서 출근하려는 엄마는 건성으로—'어머, 그러니? 잘됐다'라고 대답할 테니까.

그래서 어젯밤에 귀가 들리지 않았던 일은 말하지 않았다. 나는 커피를 마시면서 계단을 올라가 발로 문을 여닫고 옷장을 뒤져 입을 옷을 정했다.

스카프 핀을 꺼내려고 서랍장 두 번째 서랍을 열었을 때 물건 하나가 없어졌음을 알아챘다.

이 서랍에는 액세서리를 정리해 넣어 둔다. 취직한 지 이 년차인 나는 아직 큰 가치가 있는 액세서리는 갖고 있지 않다. 18K 반지가 하나. 성인식에 부모님이 선물해 준 탄생석인 루비 반지. 작은 다이아몬드 알이 있는 목걸이. 나머지는 한 쌍에 고작해야 일이천 엔을 넘어가지 않는 귀걸이가 몇 개. 그 정도다.

그 안에서 귀걸이 한 쌍이 없어졌다.

발레리나의 빨간 구두를 본뜬 디자인으로 플라스틱제의 귀걸이였다. 귀걸이를 둔 장소가 휑하니 비어 있다. 이것만은 틀림없다. 내가 가진 것 중에 가장 싸구려로 벌써 오랫동안 하지 않아서 늘 있던 위치에 놓여 있었다.

서랍에 손을 짚고 잠시 생각했다. 그러고는 서랍을 쾅 닫고서 스카프를 했다.

계단을 내려가서 봐도 엄마는 없었다. 신발을 신고 현관을 나가니 바깥을 비로 쓸고 있다.

"엄마."

나는 목소리를 낮추고 불렀다. 엄마가 돌아보았다.

"이번에는 내 귀걸이가 없어."

엄마는 빗질하던 손을 멈춘 채 눈에 먼지라도 들어간 것처럼 깜빡깜빡했다. 그러고는 말했다.

"비싼 거니?"

"아니, 장난감 같은 싸구려야. 알잖아, 고등학생 때 쇼다한테 받은 거."

쇼다는 내가 고교 시절 사귀었던 남자 친구로 지금은 설령 사람을 찾는 방송에서 만나게 해 준다고 해도 사양하고 싶은 사람이다. 헤어지는 방식이 좋지 못했다.

그래도 쇼다에게 받은 귀걸이를 애지중지 보관하는 건 역시 추억이 담긴 물건이기 때문이다. 처음으로 일대일로 사귄 사람의.

엄마는 생각에 잠겼다. 우리는 말을 맞춘 것처럼 할머니가 자고 있을 방 창문을 바라보았다.

"그 일은 한동안 비밀로 해 두자."

엄마가 말했다. 나는 고개를 끄덕이고 공범자를 남기고 가는 듯한 기분으로 역으로 걸어갔다.

요즘 출근하는 전차 안에서는 여류 작가 루스 렌들의 『로필드관의 참극A Judgement in Stone』이라는 책을 읽는다. 읽은 적이 있는 사람이라면 아침부터 보기에 너무 음울한 소설이라고 생각할지도 모르겠지만 무겁고 캄캄한 얘기라서 조금씩 읽기에 적당했다.

오늘 아침에는 이야기에 몰입하지 못했다. 머릿속이 현실적인 문제로 가득 차 있다. 어젯밤 '난청' 건이 아니다. 그런 건 이제 아무래도 좋다. 나아 버렸으니까. 문제는 귀걸이다.

최근 우리 집에서 사소한 물건이 없어지는 사건이 이어졌다.

처음에는 엄마의 지갑에 달렸던 고리 장식이었다. 호리병박 디자인으로 벌써 꽤 오래된 물건이다. 그게 갑자기 없어져 버렸다.

일주일 정도 전 저녁 일이다.

지갑은 부엌 찬장 서랍에 두었다. 신문 대금을 받으러 와서 엄마는 서랍을 열고 지갑에서 돈을 꺼내 지불했다. 그때는 고리 장식이 분명히 있었다.

그런데 얼마쯤 지나 반상회비를 수금하러 왔을 때 지갑을 꺼내니 고리 장식이 사라졌다는 것이다.

바로 요전에 끈을 바꾸었으니 끊어졌을 리는 없단다. 지갑의 쇠 장식에 튼튼히 묶어 두었으니 풀어져 버렸을 리도 없다. 만에 하나 그렇다 하더라도 지갑은 찬장 서랍에 두었으니까 그대로 거기에 떨어져 있어야 했다.

그때 집 안에는 엄마와 할머니밖에 없었다. 엄마는 사라진 고리 장식 사건을 가슴에 담아 두었다. 그로부터 사흘쯤 지나 비슷한 상황에서 아버지의 열쇠고리가 사라져 버리기까지.

아버지가 마음에 들어 하던 열쇠고리였다. 내가 수학여행으로 홋카이도에 갔을 때 오타루의 유리공예점에서 사온 것이다. 십육면 커트의 크리스털 공이 붙어 있어 빛을 받으면 코발트블루로 빛난다. 아버지는 열쇠고리를 항상 웃옷 안주머니에 넣어 두었다.

그게 사라졌다. 열쇠만 주머니 안에 틀림없이 남아 있었다.

먼저 아버지가 엄마에게 보고해 놀란 엄마는 아버지에게 고리 장식 사건을 털어놓고 나를 불러 셋이서 상의했다. 아버지의 얘기에 따르면 열쇠고리가 없어지기 직전에 할머니가 아버지의 웃옷이 걸린 옷걸이 근처를 어슬렁거렸다고 한다.

“왜 그러시나 했는데.”

그다지 기분 좋은 얘기가 아니었다. 엄마는 직장 동료에게 얻어 들은 얘기를 했다.

"너도 미야사카 씨를 알지? 그이의 시어머니가 아주 망령이 나서 애들 장난감 같은 걸 엄청 가지고 싶어 한대. 손자의 인형을 마음에 들어 하면서 숨겨 버리곤 하더래."

우리 할머니도 가벼운 치매기가 시작되어 예쁜 물건에 눈이 가는지도 모른다고.

"그렇지 않으면 지갑 고리 장식이나 열쇠고리 같은 걸 가져가지 않겠지. 갖고 싶으면 갖고 싶다고 말하면 되잖아."

분명히 할머니는 제법 '노쇠'해졌다. 귀가 어두울 뿐 아니라 판단력이나 기억력도 떨어졌고 다리도 약해졌다. 하루 내내 자거나 텔레비전을 보며 지낸다.

"단정 짓기는 이르지만……."

"달리 생각할 수 없어."

"설마 겐지는 아니겠지."

나중에 슬쩍 물어보자 동생은 눈을 부릅뜨며 부정했다. 우리는 당분간 조용히 상태를 살피자는 결론을 냈다…….

그리고 이번에는 내 귀걸이다.

밤사이 훔쳐간 게(쓰고 싶지 않은 표현이지만) 아니다. 자고 있어도 누가 방에 들어오면 알아채게 마련이다. 어젯밤에 내가 집에 돌아왔을 때 이미 없었던 것이다.

낮에 홀로 집을 지키는 할머니라면 얼마든지 기회가 있다.

회사에 도착해도 그 일이 마음에서 떠나지 않았다. 마음이 무거웠다. 하지만 자신의 책상으로 향하면서 그런 근심도 털어 버렸다.

어제 환영 파티의 주역이었던 신입 여사원이 둘 다 '너무 많이 마셔서'라는 이유로 휴가를 냈다고 한다.

나랑 동료 여사원들은 시선을 마주치고 서로의 눈이 수상한 인물을 쫓는 경찰견의 눈빛처럼 빛나는 걸 확인했다. 귀걸이 일은 머릿속에서 사라졌다. 나는 발끈하며 시간을 잊은 채 일에 매달렸다. 자연히 그렇게 될 정도로 일이 많았다.

분노는 점심에 동료들과 퍼부은 정도로는 진정되지 않았다. 돌아가는 전차 안에서도 '로필드관'에서 누가 죽든 알 바 아니라는 기분이었다.

집 현관문을 활짝 열었다.

"다녀왔어!"

나는 큰 소리로 인사했다. 부엌까지 걸으면서 곧장 불평을 늘어놓기 시작했다.

"엄마, 내 얘기 좀 들어봐. 정말 어이가 없어서, 뻔뻔한 것도 정도가 있지. 우리

소리가 사라졌다.

아니, 나는 떠들었다. 우리 신입 여자애, 오늘 말이야, 둘이 같이 쉰 거 있지. 대체 회사를 뭐라고 생각하는 거야, 하고.

그게 들리지 않았다.

부엌에는 엄마가 있었다. 엄마는 입을 딱 벌렸다.

엄마? 나는 말했다.

미치코? 엄마의 입술이 움직였다.

우리 두 사람 다 아무것도 들리지 않았다.

집 안의 모든 소리가 사라졌다.

4

잠시 뒤 겐지가 돌아왔다. 공황 상태에 빠진 건 동생도 마찬가지였다.

'이거 뭐야?'

입이 뾰로통하다. 눈동자가 흔들렸다.

'너만 그런 게 아니야.'

그렇게 말하는 나에게 동생은 한껏 얼굴을 찌푸렸다.

'뭐?'

'똑같은 말만 하지 마, 시끄러워.'

동생은 가방 안을 뒤져 공책을 한 장 찢더니 볼펜으로 휘갈겨 써서 보여 주었다.

'누나, 더 천천히 입을 움직이지 않으면 모르겠다고.'

나는 겸연쩍어서 한 마디 한 마디 천천히 '알 았 어' 하고 입술을 움직였다. 겐지는 자신의 귓불을 손가락으로 잡아당기면서 엄마한테 '엄 마 도?' 하고 물었다.

엄마가 고개를 끄덕였다. 우두커니 서 있다. 나는 손짓으로 엄마의 뒤를 가리켰다. 가스레인지에 올려 둔 주전자가 끓어올라 물이 넘쳤다. 엄마는 부랴부랴 가스를 껐다.

나는 '삑삑이 주전자니까' 하고 엄마의 등 뒤에다 말했다.

신기하게 기척은 확실히 느꼈다. 겐지가 허둥거리는 느낌이 들어 돌아보았다.

동생은 라디오를 틀었다. 문제없이 붉은 전원 램프가 들어왔고 주파수를 돌리니 신호가 맞았을 때 들어오는 녹색 불빛도 켜졌다.

하지만 소리가 들리지 않았다.

'집단 중이염인가.'

나는 고개를 젓고 '지금 네 말은 읽지 못했다'는 걸 전했다. 겐지는 다시 공책에서 찢은 종이에 썼다. 그건 그렇고 정말 악필이다.

'집단 종이염이냐고 말했어.'

나도 갈겨써서 돌려주었다.

'그런 바보 같은 일이 있을 리가 없잖아. 그리고 종이염이 아니라 중이염이야, 멍청이.'

겐지는 내 손에서 볼펜을 낚아채서 썼다.

'히스테리녀.'

나는 동생에게 핸드백을 던졌다. 신용 카드로 산 구찌 가방이 벽에 부딪혀 걸쇠가 벗겨지는 바람에 내용물이 바닥에 쏟아져 나왔다. 그게 전부 음성이 꺼진 드라마의 한 장면처럼 보였다. 이제 곧 '잠시 기다려 주세요'라는 화면으로 바뀌고 방송국이 컴퓨터 고장을 수리하는 사이 클래식 음악이 들려오는…….

엄마가 내 어깨를 두드렸다. 입술이 너무 빨라서 처음에는 무슨 말인지 읽을 수 없었다.

나는 '천 천 히 말 해'라고 발성 연습을 하는 햇병아리 탤런트처럼 입을 움직였다. 엄마는 고개를 끄덕이더니 이마에 손을 짚고 마음을 진정시켰다.

'할 머 니 는 어 쩌 려 나.'

'보 고 올 게.'

나는 대답하고 복도를 돌아갔다.

미닫이를 살짝 열고 들여다보니 할머니는 텔레비전으로 외국의 형사 드라마 재방송을 보고 있다. 다가가서 어깨에 손을 올리자 할머니는 졸려 보이는 멍한 얼굴을 들고 나를 보았다.

'할 머 니.'

그때 문득 이상한 기분이 들었다. 할머니한테 말할 때는 평소처럼 하면 된다.

'응?'

할머니는 한 손을 귀에 댔다. 이것도 평소랑 같았다.

'할 머 니 귀 이상하지 않아?'

'미치코, 안 들려.'

할머니는 틀니를 보이며 웃었다. 늘 어디에 두고 잊어버려서 나나 동생에게 '꺅!' 하고 비명을 지르게 하는 틀니다. 홀로 툭 놓여 있으면 이렇게 기분 나쁜 게 없다.

'저기 말이야.'

나는 할머니의 곁에 쭈그려 앉았다. 할머니는 내 머리를 만졌다.

'미치코, 머리털이 많이 자랐구나.'

나는 머쓱했다. 그런 것에 얽매일 때가 아니지만 '머리털이 자랐다'라는 말은 뜻밖이었다. '머리칼이 자랐다'고 해 주면 좋겠다. '털'

이라고 하면 겐지가 좋아하는 수상한 곳에서 자라는 것처럼 들리고 만다.

'할 머 니 도 들리지 않는구나.'

내가 입을 크게 벌리고 뻐끔거리자 할머니는 '들리지 않아' 하고 고개를 젓더니 비로소 불안한 듯 눈살을 찌푸렸다. 그야 그러리라. 나도 아무 생각없이 할머니와 생활한 게 아니다. 평소에는 이 정도로 소리를 지르면 당연히 들릴 터였다. 목의 느낌으로 알 수 있다.

'미치코, 들리지가 않아, 이상해.'

할머니는 아이처럼 고개를 갸웃거렸다.

나는 갑자기 울고 싶어졌다. 그래, 할머니, 우리 모두 귀가 들리지 않게 되어 버렸어.

역시 어젯밤 그게 징후였구나. 우리는 다들 어딘가 좋지 않았던 거다. 두 번 다시 들리지 않을지도 모른다. 그런 생각이 왈칵 밀려와서 아랫입술이 떨렸다.

'미치코, 왜 그러니, 울 것 없어.'

할머니는 내 머리를 안아 주었다. 사태를 하나도 파악하지 못한 할머니가 의식적으로 천천히 입을 움직일 리가 없는데, 이상하게 나는 할머니의 입을 읽을 수 있었다.

익숙해졌기 때문이다. 할머니는 이렇게 사는 데 익숙하다. 이게 할머니의 삶이다.

그때 누가 냅다 밀쳐서 나와 할머니는 방바닥에 구를 뻔했다. 나를 밀쳐 쓰러트린 손은 이번에는 내 팔을 거세게 끌어당겼다. 겐지였다.

'아파뭐하는거니!'

겐지는 나를 끌고 가다시피 해서 현관으로 나아갔다. 복도를 지나 현관에 내려가 양말만 신은 채로 바깥으로 나갔다.

'왜그러는데너머리가이상한거아니야**이야만인!**'

나는 멍하니 입을 벌렸다.

'이 야만인'이라고 똑똑하게 들렸다.

나와 겐지는 바깥에 있었다. 가로등이 밝다. 라이트를 켠 자전거에 탄 사람이 깜짝 놀라 우리 남매를 바라보며 지나갔다. 장보기 카트를 끌고 가던 앞집 아주머니가 "어머나, 남매 싸움이니?" 하고 빙글빙글 웃으면서 상점가로 걸어갔다.

"들리지?"

겐지가 무뚝뚝한 목소리로 말했다.

"들려."

나는 대답했다.

"이게 어떻게 된 일이야?"

"밖에 나오면 들려."

겐지는 집 쪽으로 손을 흔들었다.

"하지만 저 안으로 들어가면 들리지 않아."

나는 집을 올려다보았다. 모르타르 칠 여기저기가 얼룩진 벽. 창가에는 화분이 늘어서 있지만 반수가 시들었다. 북쪽 낙수받이 하나가 〈 모양으로 휘어 지붕에서 떨어져 버렸다.

낡은 집이다. 하지만 틀림없는 우리 집이다. 어제까지는—적어도 심야의 한순간을 제외하고는—다들 아무 이상 없이 살아온 집이다.

"너희, 맨발로 이런 곳에 서서 뭐해?"

아버지의 목소리에 돌아보았다. 잿빛 셔츠를 입고 한 손에 도시락을 들었다.

"다녀오셨어요."

우리는 반사적으로 말했다. 인사는 이상한 녀석이다. 장례식에서 만나도 '안녕하세요' 하고 말하는걸.

아버지는 뚱하니 나를 관찰했다.

설명하려고 하는데 그보다 먼저 겐지가 엄마 손을 끌고 현관에서 나왔다. 바깥에 한 걸음 발을 내딛자마자 엄마가 "들려!" 하고 소리쳤다.

아버지는 분노 일보 직전까지 와 있었다.

"뭐냐, 이게. 웬 난리야? 하나같이 맨발로 나와서."

할머니도 현관까지 나왔다. 벽을 따라 신발장을 잡고서 샌들을 신으려던 참이다. 엄마가 달려가서 손을 빌려 주었다.

"아버지, 속았다 생각하고 아무것도 묻지 말고 집으로 들어가 봐."

아버지는 우리를 빤히 바라보았다. 농담이 아니라고—일단은—판단해 주었는지 도시락을 나에게 건네고 현관으로 향했다. 집 안에 있는 괴수와 싸울 때 도시락을 들고 있으면 방해가 되기라도 한다는 듯.

아버지가 집 안으로 사라져 버리자 남은 네 명은 판결을 기다리듯 섰다. 옆집 주인이 창문으로 얼굴을 내밀었다.

"오스기 씨, 가스 누설인가요?"라고 물어서 엄마는 웃으며 "죄송해요" 하고 대답했다. 뭐가 죄송한지 잘 모르겠지만 옆집 주인에게는 통한 듯했다. 고개를 집어넣는다.

아버지가 돌아왔다.

"대체 뭐가 어떻게 된 거야?"

그렇게 물었다.

"몰라."

겐지가 대답했다.

"어구야, 아까보다 잘 들리는구나."

할머니가 말했다.

"모르겠다니, 뭐가?"

"아버지도 들리지 않았지? 집에 들어가니까."

"뭐가 들리지 않는다고?"

우리는 얼굴을 마주 보았다. 엄마의 낯빛은 마치 표백한 행주 같았다.

겐지가 처음으로 움직였다. 집 안으로 뛰어들어 갔다가 다시 잰걸음으로 돌아왔다.

"제대로 되어 있어."

그렇게 보고했다.

"제대로 들려."

"너희 전부 어떻게 됐냐?"

아버지가 말하고서 턱으로 우리를 재촉했다.

"어쨌든 집으로 들어가자. 창피해서 못 살겠다."

우리는 채찍질당한 말처럼 꾸물꾸물 움직이기 시작했다. 다시 옆집 주인이 얼굴을 내밀었다. 카트를 끌고 가던 앞집 아주머니도 장을 보고 돌아왔는지 걸음을 멈추고 이쪽을 바라본다. 계속 도시락을 들고 있던 나는 갑자기 그게 우습게 느껴졌다.

"야, 이거 들어."

나는 겐지의 손에 떠넘기고 현관을 올라갔다. 부엌까지 돌아왔을 때 멀리서 사이렌이 들려왔다.

가스 회사의 긴급 차량이었다. 이내 현관에서 "오스기 씨 댁인가요? 가스가 새는 곳이 어디죠? 쉭 쉭 새는 소리가 들리는 것 같다고 통보가 들어왔어요" 하는 목소리가 들렸다.

나는 머리를 감싸 쥐었다.

5

그날 밤 나와 엄마와 겐지는 유괴범에게 목숨을 구걸하는 인질처럼 필사적으로 아버지를 설득했다.

"정말이라니까."

"이런 바보 같은 거짓말을 할 리가 없잖아."

"믿을 수 없겠지만 진짜야."

할머니 혼자만 아무 일도 없었던 것처럼 방에 틀어박혀 또 텔레비전을 보고 있다. 아까 넌지시 들여다보았을 때는 가요 방송을 물끄러미 보고 있었다.

아버지는 갑자기 세상 모든 게 자신을 배신하기 시작한 것 같다는 얼굴로 우리를 노려보았다. 도대체 가족 전원이 동시에 '머리가 이상해지는' 일만큼 일가의 기둥에 대한 매몰찬 배신 행위가 있을까, 하고 생각하는 얼굴이었다.

"나는 이렇게 죽을 둥 살 둥 열심히 일하는데, 너희는 무슨 생각을 하는지 도무지 모르겠다"란다.

"아무도 당신이 게으름을 피운다고 말하지 않아요. 왜 얘기가 그런 쪽으로 가요?"

엄마는 머리 아픈 사람처럼 관자놀이를 눌렀다.

"그럼 뭐야. 뭐가 불만이야? 왜 이런 짓을 하는데?"

"아버지, 나는 그만둘래."

겐지가 의자를 박차고 일어났다. 아버지는 번득이며 눈을 부라렸다.

"다 내 잘못이냐?"

"그런 얘기가 아니래도."

"이제 됐잖아? 아버지한테 아무리 설명해도 소용없어."

"소용없다니, 소용없다는 게 무슨 말버릇이야!"

의자를 쓰러뜨리며 일어난 아버지가 겐지와 서로를 노려보았다. 남자는 이래서 싫다.

"그만들 해. 진지한 얘기니까. 또 그런 일이 없다고 장담 못하잖아. 어쩔 거야?"

"그렇죠. 그 일을 고민하시는 편이 건설적이라고 봅니다."

갑자기 제삼자의 목소리가 끼어들었다. 우리 네 사람은 조종받은 것처럼 일제히 돌아보았다.

그곳에는 한 남자가 있었다. 구릿빛 광택의 양복을 입고 연지색 넥타이를 맸다. 머리는 칠대 삼으로 가르고 무태 안경을 썼다. 마흔 살 안짝일까. 하얀 얼굴이 오묘하게 싱글거린다.

"당신, 누구야?"

겐지가 먼저 물었다. 상대는 '안 되겠네요'라는 듯 고개를 저었다.

"대뜸 누구냐고 물으며 접촉하는 건 미개인의 방식이에요."

"괜찮아, 겐지는 미개인이니까."

내가 말했다. 내가 한 말이지만 제법이라고 생각했다. 아무도 칭찬해 주지 않았지만.

"당신은 어디로 들어왔죠?"

엄마가 물었다.

"현관으로 들어왔습니다."

상대는 대답하고 머리를 슥 매만졌다.

"필요하다면 저는 어디로든 들어올 수 있지만 처음에는 예의라는 게 있으니까요."

"어디로든 들어올 수 있다니, 너 누구야?"

이번에는 아버지가 따졌다. 집 안으로 들어온 길고양이를 보는 눈초리로.

"기리하라입니다. 이 나라 말 중 가장 비슷한 음을 빌리면 그렇다는 거지만요."

우리는 누구의 얼굴에 대답이 씌어 있지 않을까 기대하며 각자의 얼굴을 둘러보았다. 어느 얼굴도 백지였다.

아버지 왈. "어디의 기리하라 씨인가?"

"그건 설명하기 어려워요."

기리하라라는 사람은 딱하다는 듯 대답했다. 정말로 유감이라는 표정이다. 설령 연극이라 하더라도 국회에서 답변을 하는 총리보다는 괜찮은 연기였다.

"다만 이것만은 말씀드릴 수 있어요. 제가 이 댁에서 일어나는 일의 회답입니다."

"우리 집에서 일어

또 소리가 사라졌다. 말하던 겐지가 입만 뻐끔거리는 것처럼 보였다.

"이 일이죠, 물론."

기리하라라는 사람은 만족스러워하며 대답했다. 다시 들렸다.

"당신이 한 짓이야? 당신이 우리 집 안의 소리를 지웠어?"

나는 의자 등을 잡고 몸을 내밀었다.

"네. 그런데 미치코 씨, 오른쪽 눈 안에 빠진 속눈썹이 들어갔어요."

나는 깜빡이고서 손가락으로 눈을 비볐다. 그러고 보니 아까부터 따끔따끔했다.

"고마워."

인사하고 나서 이 사람이 내 이름을 어떻게 알까 하고 생각했다.

"소리를 어떻게 지우지?"

아버지가 질문했다. 기리하라라는 사람은 "그것도 설명이 어려워요" 하고 대답하고 주변을 둘러보았다. 뭘 하나 했더니만 앉을 의자를 찾고 있었다. 할머니의 빈 의자를 발견하더니 풀썩 앉았다.

"설명드릴 테니 질의응답은 나중에 하시고 먼저 제 얘기를 들어 주세요."

우리는 흘끗 눈짓을 주고받고서 기리하라라는 사람에게 시선을 돌렸다. 그가 얘기를 시작했다.

"저는 원로원 직속 음파 관리 위원회의 태양계 제3지부에서 파견되어 온 사람입니다. 이 나라 말로 가장 알기 쉽게 표현하면 '음파 G맨'이라고 해야 할까요."

조금도 알기 쉽지 않다.

"어디의 원로원?"

겐지가 물었다. 얘가 '원로원'이란 말을 아는 건 SF 판타지인 〈영웅 전설일본에서 큰 인기를 끈 컴퓨터 게임 시리즈〉 같은 게임을 엄청 좋아하기 때문이다.

"물론 은하계 공화국이에요, 겐지 씨."

벌린 입이 다물어지지 않았다. 겐지는 흥미를 내비쳤다.

"그럼 당신이 아까부터 '이 나라'라고 한 건―."

"먼저 지구, 그리고 지구 안에 있는 일본을 말하죠."

무테 안경을 살짝 만지더니 말을 잇는다.

"설마 지구 외에는 지적 생물이 존재하지 않는다는 비현실적인 소리를 하시려는 건 아니죠?"

아무도 대답하지 못했다.

"미치코, 경찰을 불러."

아버지는 조용히 내게 말했다.

나는 현실과 망상의 줄다리기에 가로놓인 아이처럼 옴짝달싹할 수 없었다. 기리하라라는 사람은 그런 나와 아버지를 향해 검지손가락을 세워 타이르듯 말했다.

"경찰이라는 존재는 저도 압니다. 이 일을 하다 보면 다들 한 번은 그 말을 입에 담으시거든요. 그러나 현명한 처사라고 볼 수 없네요."

"왜?"

"경찰이 관여하면 저는 지부에 보고를 넣어 즉시 여기서 프로젝트를 중단합니다. 장소는 다른 곳이어도 괜찮으니까요. 제2후보 댁은 여기보다 다소 조건이 나쁘지만 그건 어떻게든 되겠죠. 그렇다면 문제는 우리보다 이쪽 가족분들께 남습니다."

기리하라라는 사람은 처음으로 '우리'라는 말을 썼다. 그게 너무 기분 나빴다.

"아시겠어요? 저는 바로 퇴산합니다. 아니, 여기에 붙들린다 하더라도 진짜 임무 얘기는 경찰에게 하지 않을 거예요. 변명도 얼마든지 가능합니다. 물론 프로젝트는 중지니까 이제 소리가 들리지 않는 일도 없습니다. 그렇게 되면—."

겐지가 뒤를 이어받았다.

"경찰을 불러도 우리가 돈 사람 취급을 받을 거야!"

"그렇죠."

기리하라 씨는 사람은 딱하다는 듯 우리를 둘러보았다.

"그러니까 협력을 부탁드립니다."

이미 주도권을 쥐었다는 얼굴로 말을 계속한다.

"고작 한 달 정도예요. 종일 소리가 사라지는 일은 없습니다. 댁 안에서만 소리가 사라지고요. 바깥 생활에 지장을 줄 일은 하지 않겠습니다. 약속드릴 수 있어요."

거절이고 자시고도 없다. 우리 가족은 모두 홀린 것처럼 말이 나오지 않았다.

"이것만 알려 주세요."

겐지가 웬일로 정중하게 말했다.

"집 안의 소리를 지우고—지우는 거죠? 우리 귀가 들리지 않게 되는 게 아니라."

"그렇습니다."

"그걸로 대체 뭐가 되지? 당신들 위원회는 무얼 위해 이런 짓을 하는데?"

기라하라라는 사람은 그 자리에서 대답했다.

"음파의 총량 규제예요."

엄마가 내 얼굴을 바라보았다.

"배기가스 총량 규제 같은 건가?"

내가 물었다.

"그렇습니다. 지구라는 천체는 태양계 안에서도 음파량이 특히 많은 별이라서요."

"그래서 다른 별이 불편한 건 아니잖아. 우주 공간에서 소리가 들릴 리가 없으니까."

내가 무심결에 말하자 기리하라라는 사람은 눈살을 찌푸렸다.

"다른 사람한테 폐를 끼치지 않는다고 해서 자기 파괴적인 일을 해도 된다는 의미는 아닙니다. 이대로 음파를 흘리다 보면 지구에는 머지않아 금이 갑니다. 음파라는 건 다시 말해 진동이니까요. 우리는 그걸 내버려둘 수 없어요."

그때까지 계속 침묵을 지키던 아버지가 견디지 못하고 입을 열었다.

"그런 건 더 큰 공장 같은 데서 하면 되잖아."

기리하라라는 사람은 침착했다.

"네, 하고 있어요. 여러분께서 모르실 뿐이죠."

"그럼 왜 우리 같은 일반 가정에서—."

"미세 조정이에요."

기리하라라는 사람은 곤란하다는 얼굴로 대답했다.

"큰 조정에는 커다란 손잡이를, 작은 조정에는 작은 손잡이를 돌려야 하죠. 이것만은 대가 소를 포함할 수 없어요."

아시겠지요, 이해하셨지요, 하고 일어선다.

"운이 나빴다고 생각하시고 조금만 참아 주세요. 부탁드립니다. 그냥 여론 조사에 참여하게 되었다고 생각하시면 됩니다. 소리가 없으면 밤에 푹 잘 수 있답니다. 여태껏, 그렇죠, 일주일 정도 전부터 시험적으로 때때로 소리를 지웠어요. 대부분 여러분이 잠든 시간대를 골라서요. 그렇지 않을 때는 아주 짧은 시간에 거의 분 단위로 했습니다. 눈치채지 못하셨죠?"

나는 아직 엄마를 보고 있었다. 엄마는 입술을 핥았다.

"알람이 울리지 않았던 적은 있어."

마치 그게 재앙이기라도 한 것처럼 곤란한 얼굴을 했다.

“그런 일은 자주 있잖아? 무의식중에 멈추고 또 잤나 보다 했지.”

“다른 건?”

“두 번 정도 세탁기의 물이 다 찼다는 버저가 들리지 않아서 물이 넘칠 뻔한 적이 있었어…….”

“당신이 게을러서 그렇겠지.”

아버지는 언짢게 말했다. 엄마는 정색했다.

“내가 게으르다고? 내가? 그럼 당신, 일요일에 나 대신 빨래부터 다림질까지 해 봐. 그러면 되겠네. 당신은 뭐든 잘하잖아? 하지 않을 뿐이지.”

“바보가.”

아버지가 입버릇처럼 달고 사는 소리를 하자 엄마가 대꾸했다. 나와 겐지는 두 사람을 말리기 위해 엉거주춤한 자세로 일어나며 외쳤다.

“둘 다 그만

또 소리가 사라졌다.

우리는 마개가 빠진 튜브처럼 털썩 주저앉았다. 기리하라라는 사람은 생글생글 웃었다.

“싸움 중재에도 쓸 만하네요.”

다시 소리가 돌아왔다. 어쨌든 이 남자가 소리를 내거나 지우거나 할 수 있는 건—믿기 어려운 얘기지만—분명해 보였다.

나는 기리하라라는 사람을 째려보았다.

"나는 눈치챘었어."

"하하."

상대방은 턱을 쓰다듬었다.

"잘도 공황에 빠지지 않았군요."

나는 왜 잠자코 있었느냐는 모두의 시선을 받으며 나직하게 대답했다.

"그때 살짝 취해서 그 탓인 줄 알았어."

"바보가."

아버지가 또 짧게 말했다. 가래를 뱉듯 말을 뱉어 버린다. 꼭 그 부근에 말을 받아 낼 보이지 않는 가래 항아리가 존재하는 것처럼.

"그렇게 나쁘지 않지요?"

기리하라라는 사람이 말했다.

"그럼 여러분, 잘 협력해 주시길 부탁드립니다."

그런 말을 남기고 돌아가려고 했다. 겐지가 불러 세웠다.

"기리하라 씨, 지구에는 뭘 타고 왔어? 원반?"

기리하라라는 사람은 걸음을 멈추고 잠시 생각했다.

"겐지 씨가 말씀하신 '원반'이란 여기서 '아담스키형'이라고 불리는 그건가요?"

"응."

기리하라 씨—그렇게 불러도 되겠지. 본인이 그렇게 이름을 댔고 달리 부를 만한 호칭이 없으니까—는 경멸하듯 코로 웃었다.

"그건 못써요. 연비가 나빠서요."

기리하라 씨가 모습을 감춘 뒤에도 우리는 일 분은 족히 어쩌지도 못한 채 주저앉아 있었다. 그러다가 갑자기 튕기듯 바깥으로 달려 나갔다.

아무도 없었다. 바뀐 건 하나도 없다. 한 블록 앞 모퉁이를 택시가 미끄러지듯 달려갔을 뿐이다.

"머리가 돈 사람 아니야?"

겐지가 중얼거렸다.

집으로 돌아가니 할머니가 거실에 나와 있다. 신문을 보려던 참이다.

"얘."

엄마를 부른다.

"오늘 밤 서스펜스 드라마가 몇 번에서 한다고 했지?"

"어머니, 텔레비전만 보지 말고 빨리 주무세요."

아버지가 퉁명스럽게 대답했다.

할머니는 애처롭게 등을 웅크리고 방에 틀어박혀 버렸다. 우리는 힘없이 벽을 바라보았다.

6

집 안에서 소리가 사라져 간다.

기리하라 씨가 '머리가 이상한 사람'이든 아니든 그것만은 사실이었다.

다음 날부터 그건 자주 일어나기 시작했다. 게다가 반드시 가족 전원이 모였을 때. 압도적으로 저녁이 많았다.

엄마에게 물어보니 낮에 할머니와 둘이서 점심을 먹을 때에는 일어나지 않는다고 한다. 이것도 프로젝트인지 하는 것 안에 있는 걸까.

"가능한 한 많은 사람이 있을 때가 아니면 하는 의미가 없는 것 아니니?"

엄마가 말했다.

"그렇게 생각한다는 얘기는 기리하라 씨의 설명을 곧이듣는다는 말이야?"

내가 묻자 얼굴을 붉힌다.

어처구니가 없다. 은하계에 원로원 따위가 있을쏘냐.

하지만 실제로 소리는 사라져 갔다. 어떻게 된 건가 생각하다 보면 내 머리가 혼란스러워진다.

"무슨 속임수가 아닐까."

겐지는 태평하게 말했지만 설령 그렇다 하더라도 누가 무슨 목적으로 그런 덫을 놓을까. 설마 마을 사람들이 안심하고 우리 집을 험담할 수 있도록 여기만 '소리 왕따'를 하는 건 아니리라.

"나쁜 병의 시작인지도 몰라."

아버지는 우리에게 다 함께 이비인후과에서 검사 받기를 제안했다. 우리도 찬성했다.

아버지는 자동차 제조업체 가운데 가장 큰 회사에서 일한다. 사원을 위한 대형 병원이 있어 우리 식구는 줄곧 거기서 진찰을 받았다. 이번에도 다 함께 그곳으로 갔다.

사실 우리는 같은 병원에서 불과 한 달쯤 전에 정기 건강 검진을 받고 모두 이상 없다는 보증서를 받았다. 철저한 건강 검진으로 사원과 가족 전원이 공짜나 다름없는 요금만 지불하면 된다. 일반적인 엑스레이 검사나 혈액 검사 외에도 여자는 부인과 검진도 있고 시청각 검사까지 해 주었다.

이상 따위 있을 리가 없었다. 무엇보다 귀 자체가 이상하다면 집 안에서만 '들리지 않는' 상태가 발생하는 건 부자연스럽다. 그래도 찾아간 이유는 뭐라도 하지 않으면 이상해질 것 같았기 때문이다. 그뿐이다.

우리는 가족끼리—할머니는 별개로 치고—미리 의논해 이비인후과의 담당 의사에게 '때때로 귀가 잘 들리지 않는다'라는 얘기만 하기로 했다. 있는 그대로 얘기할 용기는 도저히 나지 않았다.

담당 의사는 가족 전원이 찾아온 것만으로 복잡한 표정을 지었다. 건강 검진 때 귀를 봐준 그 사람이었으니 더욱 그랬다.

"이상은 없어요."

예상했던 대답이었다.

"할머님은 그렇지 않지만, 이건 노령 때문인지라 어쩔 수 없으니까요."

"그러면 우리는 어떻죠? 귀에 이상이 없는데 들리지 않는다니."

아버지가 물고 늘어졌다.

"스트레스겠죠."

의사는 망설임 없이 대답했다.

"다만 오스기 씨는 오랫동안 소음이 심각한 직장에 계셨으니 난청이 시작되었다 해도 무리는 아니죠. 이제 회사에서 난청을 산재로 인정해야 해요. 그런 분이 많이 계시거든요."

"마누라랑 애들은 어떻게 된 겁니까?"

"따님이나 아드님은 워크맨을 가지고 계시나요?"

우리가 고개를 끄덕이자 의사는 '그것 때문이군요' 하는 얼굴을 했다.

"사모님은 귀뿐 아니라 온몸에 피로가 쌓였겠죠. 나이 드신 분을 모시며 맞벌이를 하려면 주부의 부담이 클 테니까요."

"저기요."

나는 눈을 치뜨고 담당 의사를 바라보았다.

"일반적으로—어디까지나 일반적으로요, 어떤 한정된 특정한 곳에서만 난청이 될 수도 있나요?"

그는 활짝 웃었다.

"록 콘서트 회장 같은 데서는 있을 것 같군요."

"예에."

"여러분, 어디 특정한 장소에서만 귀가 잘 들리지 않으십니까?"

의사는 진지한 얼굴로 돌아와 물었다. 우리는 당황해서 고개를 내저었다.

"아뇨, 그런 황당한 일은—있으면 어떨까요?"

그는 가만히 우리를 바라보았다.

"그런 일이 있다면……. 그렇군요, 있을지도 모르고 없을지도 모릅니다. 여러분, 그런 얘기를 들은 적은 없습니까?"

다짐을 받는 듯한 질문이다. 나는 되물었다.

"선생님은 있으세요?"

"아뇨, 없습니다."

담당 의사는 부정했다. 우리는 석연치 않은데 그는 이상하게 단호했다.

우리가 진찰실을 나갈 때 그가 말했다.

"이런 말밖에 해 드릴 수 없어서 죄송합니다."

이성이란 걸 버리면 기리하라 씨가 말한 어이없는 설을 받아들이는 게 가장 편하다. 우리는 지구에 금이 가지 않도록 숭고한 희생을 치르고 있다고.

웃기지 마라.

기리하라 씨는 자주 우리 집에 찾아왔다. 거의 날마다, 한 번은 얼굴을 비쳤다. 혼자만 사태를 파악하지 못한 할머니는 기리하라 씨를 아버지의 동료라고 믿었다.

신기하게도 현관을 잠가 놓아도 기리하라 씨는 어느새 집 안으로 들어와서는 우리 바로 옆에 서서 빙글빙글 웃고 있었다. 시험 삼아 현관 열쇠를 바꿔 보았지만 소용없었다. 기리하라 씨는 문제없이 들어왔다.

"어떠세요? 좀 익숙해졌습니까?"

의기양양하게 묻는다. 뭐라도 집어 던지고 싶다. 우리가 그런 난폭한 기색을 보이자 기리하라 씨는 슬픈 듯 눈썹을 내려뜨리며 이렇게 타일렀다.

"조금만 고생하시면 된다고 했죠? 부디 말썽 부리지 마세요. 일을 크게 만들면 위원회에서 당신들을 처분하려고 할지도 몰라요. 우리에게는 지구 괴멸을 막기 위해 한 집안을 말살하는 것쯤 일도 아닌걸요."

이 사람은 정말 제정신이 아니다. 질서 정연한 망상으로 머리가 가득 찼다. 우리는 제각기 그렇게 생각했다. 생각하지만 겉으로 드러나는 행동은 취하지 않았다. 무서우니까.

'위원회'라든가 '지구에 금이 간다'는 게 무서운 게 아니다(당연하다!). 다른 사람이 이런 사람을—본의는 아니지만—집에 들인 우리를 똑같은 인간이라고 여길지도 몰라서 무서운 것이다.

그리고 실제로 집 안에서 소리가 사라지곤 하는 게 무서운 것이다.

"어쨌든 한동안 가만히 상태를 지켜보자."

아버지의 말이 우리의 심경을 가장 잘 나타냈다.

집 안에서만 한정적으로 일어나는 현상이라도 소리가 없으니 엄청나게 불편했다.

들리지 않으면 우리는 먼저 떠들기를 포기했다. 꼭 필요한 용건이 있을 때는 필담으로 바꾸기로 했다.

입을 확실히 벌리고 말해도 서로 입술을 읽는 데 한계가 있다. 아버지는 특히 서툴러서 하다 보면 이쪽 복장이 터진다.

필담 역시 그건 그것대로 귀찮았다. 늘 작은 메모장과 볼펜을 준비해 두고 거기에 자잘하게 써야 하니까.

애당초 대화와 같은 템포로 필담하는 것 자체가 무리인데 그런 상태에 익숙하지 않은 우리는 성급하게 갈겨쓰니 결국 의사소통이 안 되는 경우가 많았다. 그리고 일일이 한자 쓰기가 답답해서 히라가나나 가타카나만 쓰게 된다.

'미치코 목욕탕 써' 같은 말이 적힌 종이를 보고 움직이다니, 우스운 걸 넘어서 한심하기까지 하다.

화장실을 쓸 때도 곤란했다. 들어가 있을 때 '무음'이 되는 건 별로 상관없지만 마침 바깥을 지나가던 누군가가 안에서 소리가 들리지 않으니까 켜 놓은 불을 깜빡하고 끄지 않았구나 하고 멋대로 생각하고—라기보다는 오히려 습관적으로—불을 꺼 버리는 일이 있었다.

소리와 빛이 없는 화장실에 들어가 보라. 이렇게 무서운 건 없다.

나는 '무슨 일이 있어도 화장실 전등은 끄지 마' 라고 크게 써서 문에 붙였다.

소리가 없는 상태는 갑자기 찾아오므로 대화가 어중간하게 끊기는 일도 잦았다. 그것이 시작되면 우리는 한숨을 쉬고 입을 다문다. 텔레비전 방송이 아무리 재미있어도, 아니, 재미있으면 한층 더 소리가 들리지 않는다는 사실에 울화통이 터져서 전원을 꺼 버렸다. 나랑 겐지는 이 상태가 해소되면(기리하라 씨가 말하는 '미세조정'이 끝나면!) 전부 봐 주겠다며 눈에 띄는 방송을 부지런히 녹화해 두었다.

확실한 오락이라면 독서뿐이다. 나는 원래 싫어하는 편이 아니고 겐지는 얼씨구나 하며 의기양양 만화를 읽을 수 있어서 크게 괴롭지 않았지만 아버지는 손을 든 것 같았다. 십수 년 만에 《베이스볼 매거진》 따위를 사 오거나 했다. 엄마는 여성 주간지를 읽었다.

할머니는 어쩌고 있느냐 하면 텔레비전을 본다. 원래부터 거의 들리지 않았으니 그다지 영향을 받지 않는 것이리라. '무음'이 찾아와도 할머니의 세 평짜리 방에서는 푸르스름한 텔레비전 불빛이 깜빡였다.

온갖 종류의 가전 제품은 언제 알람이 무력화될지 모르므로 하나하나 곁에 꼬박 붙어 있어야 했다. 여태까지처럼 엄마한테만 맡겨서는 어림도 없었으므로 자연스럽게 나는 물론이고 아버지와 동생까지 일을 돕게 되었다.

엄마는 이게 싫지만은 않아 보였다. 기리하라 씨를 붙잡고 '뭐든 좋으니 언제 들리지 않게 되는지 미리 알려 줄 수는 없나?' 하고 불평을 늘어놓은 아버지한테 기리하라 씨가 '저한테는 그럴 권한이 없어서요'라고 대답하자 엄마는 싱글거렸다.

가장 큰 고민의 씨앗은 전화였다.

'무음'일 때에는 걸지 않으면 되고, 걸 수도 없다. 걸려오는 전화는 자동 응답으로 해 두면 된다. 긴급하게 걸어야만 할 때에는 공중전화를 쓰면 된다. 그건 문제없다.

하지만 '무음' 상태가 아닐 때 전화를 걸고 싶으면—용건은 없지만 걸고 싶으면 어쩌지? 애초에 나는 용건 없이 걸 때가 많았다.

수화기를 손에 들었다. 지금은 '무음'이 아니다. 미니컴포넌트에서는 좋아하는 멜로디가 흘렀다. 잘 들린다. 어서 걸자.

그래도 걸 수 없었다. 한창 얘기하는데 '무음'이 찾아오면, 하고 생각하면.

참을 수밖에 없었다.

수다쟁이 동료가 '요즘 미치코, 이상하지 않아? 전화하면 갑자기 입을 다물어 버린다니까' 같은 말을 떠들고 다니면 곤란하다.

참자, 참아. 이런 일이 끝나거나 끝낼 수 있다면 모든 게 원래대로 돌아가리라. 우리는 나름대로 이따금 모든 소리가 들리지 않게 되는 사태에 익숙해졌다.

하지만 세상은 그 정도로 무르지 않았다.

7

사건은 오월 중순에 발생했다.

밤 아홉시가 지나 내 방 전화가 울렸다. 그날은 저녁때 한 번 '무음' 상태가 있었고 한 시간 정도 만에 해제되어서 나도 긴장이 풀려 자동 응답으로 해 두지 않았다.

받아 보니 상사였다.

"오스기인가? 긴급 연락이다."

긴장한 목소리다.

"서둘러

거기서 들리지 않았다. 또 '무음'이 시작되었다.

나는 온몸이 서늘해졌다. 소용없는 줄 알면서도 몇 번이나 '여보세요? 여보세요?' 하고 외쳤다. 간신히 정신을 차리고는 전화카드를 들고 공중전화가 있는 상점가까지 달려갔다.

회사 대표 번호로 걸어 보아도 '죄송합니다, 오늘 영업은 종료했습니다'라는 자동 응답이 들려올 뿐이다. 상사는 어디 다른 장소에서 걸었나 보다.

나는 집으로 되돌아가 수첩을 들고 공중전화로 돌아왔다. 동료 집으로 전화를 걸었다.

처음에 건 곳은 자동 응답 전화가 응답했다. 혼자 사는 사람이니 긴급 연락을 받고 벌써 나가 버렸으리라. 다음에 건 곳은 가족이 받아 뭔지 모르지만 조금 전에 서둘러 나갔다고 한다.

"어디로 간다고 했나요?"

"글쎄요."

정말이지 어쩜 이리 무관심한 가족인지! 나는 수화기를 내던졌다.

다시 한번 기도하는 심정으로 회사에 걸었다. 이번에는 사람이 받아 주었다! 옆 부서의 차장으로 지금 온 참이라고 한다.

"이상하군. 자네 집으로 긴급 연락이 가지 않았나? 긴급 전화 연락망을 써서 연락했을 텐데."

"전화가 왔는데 중간에 끊어져 버렸어요!"

"아, 그래."

차장은 수상해하는 말투로 대답했다.

회사의 독신자 기숙사에서 불이 났다고 한다. 상당히 큰불로 부상자가 속출한 모양이다. 독신자 기숙사에는 집이 지방인 남자 사원뿐이라 가족도 바로 달려올 수 없다. 부상자를 돌보고 식사 준비를 돕기 위해서 여사원을 소집했다고 한다.

나는 택시를 잡아 독신자 기숙사로 향했다. 자택에서 통근하는 여사원 중 가장 멀리서 다니는 여자애와 함께 현장에 도착했다. 그녀가 말했다.

"어라, 오스기 씨는 나보다 훨씬 가까우면서."

나는 정신없이 일했다. 열심히 도왔다. 다행히 사망자는 나오지 않았지만 기숙사는 전부 타 버렸다. 기숙사에 사는 사람들은 다들 충격을 받았다.

새벽녘이 되어 부상자가 수용된 병원 복도에서 전화를 건 상사와 마주쳤다. 얼굴에 재가 묻었다.

"뭐야, 자네도 왔었나?"

말투가 차갑다.

"무리할 필요는 없어."

"전화 상태가 나빠서 중간에 끊어졌어요. 제가 얼마나 걱정했다고요. 정말 죄송합니다."

상사는 미소 지었다. 호통치는 편이 낫겠다 싶은 미소였다.

"중간에 끊어지는 전화는 현대에는 존재하지 않는 줄 알았네만. 거참 골동품이로군. 소중히 하라고."

"믿기 어려우시겠지만 정말이에요. 제 전화는—."

"자네가 끊었어."

상사는 쌀쌀맞게 말했다.

"그래서 나도 끊었네. 비상사태라 달리 전화 걸 데가 잔뜩 있었거든."

그러고는 가 버렸다.

곁에서 듣던 동료 여자애가 "신경 쓰지 마. 지금은 다들 흥분했으니까" 하고 나에게 속삭였다. 그녀는 맨 먼저 달려왔다.

나는 "응" 하고 대답했다.

나나 그녀나 '신경 쓰지 않는' 걸로 끝날 리가 없음을 알고 있으면서.

"우리는 기숙사 사람들에게 미치코가 전화를 끊어 버렸다고 얘기하지 않을게. 누구든 즐거울 때는 방해받기 싫잖아. 그럴 때가 있지."

"난 좋은 일 때문에 일부러 전화를 끊은 게 아니야."

"알아, 그렇겠지."

나는 돌아서서 그녀를 바라보았다. 그녀의 눈이 웃고 있었다. 서부극에 나오는, 무장하지 않은 사람을 등 뒤에서 쏘아 죽이는 살인청부업자의 웃음이었다.

다음 날 점심이 지나서 집에 돌아왔다. 엄마와 할머니가 점심을 먹고 있었다.

"어서 와, 큰일이었지? 뉴스에도 나오더라."

엄마가 토닥여 주었다. 할머니는 벌꿀을 바른 빵을 우물우물 씹었다.

"나 잘래."

나는 그렇게 말하고 계단을 올라가 침대에 기어들어갔다.

저녁에 눈을 뜨자 다시 소리가 사라져 있었다. 배가 고프고 기운도 빠져 휘청거리면서 계단을 내려가니 기리하라 녀석이 현관으로 미끄러지듯 걸어왔다.

화가 났다. 볼이 뜨거웠고 머릿속은 웽웽거렸다. 이런 상태였으니까 그런 짓을 할 수 있었던 거라고 일단 변명은 해 두고 밝히는 바인데, 나는 기리하라 씨의 멱살을 붙잡고 바깥으로 끌고 나갔다.

"무슨 일입니까?"

기리하라 씨는 넥타이를 고쳐 매면서 물었다. 낯빛이 하얘진 이유가 가로등 불빛 탓만은 아니라고 생각하니 유쾌했다.

"이 벽창호야."

나는 으름장을 놓았다.

"앞으로 내 질문에 척척 대답하지 않으면 찢어 주겠어."

"뭘 찢습니까?"

기리하라 씨는 더없이 진지하게 질문했다.

"당신은 대체 어디에서 온 거야?"

"그러니까 저는—."

"우주 같은 소리 하지 마. 이제 지긋지긋해. 당신은 늘 택시로 돌아가잖아."

기리하라 씨가 우리 집에 드나들면서 겐지가 몇 번인가 뒤를 미행했다. 우리 식구도 나름대로 해결책을 찾고 있었으니까.

기리하라 씨는 늘 택시를 잡아 어디로 돌아갔다. 아버지의 반대로 오토바이 면허를 따지 못한 겐지는 거기서 추적을 포기하고 돌아오는 일을 반복했다.

"어디서 왔어? 당신은 누구야?"

목소리가 갈라지는 걸 느꼈다. 근처에서 창문이 열리는 소리가 들렸다. 꼴사납든 소문이 퍼지든 이제 상관없다.

"미치코 씨, 무슨 일이 있으셨습니까?"

기리하라 씨는 내 눈 속을 들여다보며 물었다. 나는 그의 멱살을 붙잡았던 손을 떼었다. 그 손으로 자신의 입가를 막고 몇 번인가 한숨을 쉬었다.

"어떻게 소리를 지우는 거야?"

다시 거센 목소리를 낼 수 있었다.

"말할 수 없습니다."

"정말로 찢어 버린다?"

나는 기리하라 씨에게 열 손톱을 보였다.

"가능하면 사양하고 싶지만 저는 직무에 충실한 사람이라 역시 말씀드릴 수 없습니다."

우리는 아무것도 모르는 타인이 보면 오해할 것 같은 자세였다. 나는 갑자기 깨닫고 몸을 뺐다.

"미치코 씨, 뭘 그렇게 화내세요? 무슨 괴로운 일이 있었나요?"

무테 안경을 쓴 남자는 안경테를 살짝 만지고서 진심으로 동정한다는 듯 물었다.

'어이없어.'

나는 생각했다.

'전부 당신 탓이잖아.'

"내 탓이라고 생각하는 건 내가 말한 '은하계 공화국 원로원'을 믿었다는 얘기군.”

나는 깜짝 놀라 고개를 들었다. 기리하라 씨가 싱글싱글 웃었다.

“지금 당신이 말했어?”

“네.”

“내 마음을 읽은 거야?”

“통찰력만 조금 있으면 지금 같은 건 누구든 할 수 있어요. 아마 미치코 씨도 하고 계실걸요?”

기리하라 씨는 내막만 알면 뭐든 간단하다고 중얼거렸다.

나는 어깨를 축 늘어뜨렸다. 갑자기 피곤해졌다.

“알았어. 돌아가.”

기리하라 씨는 고개를 내저었다.

“저는 노인장과 약속이 있어요.”

기리하라 씨는 언제부터인지 할머니를 ‘노인장’이라고 불렀다.

“뭐?”

“오목을 둘 거예요. 노인장은 실력이 아주 좋으세요.”

나는 잠시 말을 잃었다. 간신히 “이봐, 기다려!” 하고 불렀을 때 기리하라 씨는 현관에 있었다. 양말을 벗고 있다.

현관 안쪽은 이미 ‘무음’ 상태다. 나는 손짓과 입술 움직임으로 물었다.

‘양말은 왜 벗는데?’

기리하라 씨는 냉큼 도로로 나가 나를 손으로 불렀다. 나도 도로로 한 걸음 나갔다.

“아까 미치코 씨가 양말만 신은 저를 길로 끌어냈기 때문이에요."

"당신이 벗은 양말이 집 안에 굴러다니는 걸 보고 싶지 않아."

"그거라면 걱정하지 마세요. 제 주머니에 넣을게요. 그런 걸 물으려고 저를 불러 세웠습니까?"

"아니야."

그래, 양말 따위 아무래도 좋다.

"한번 제대로 물어보고 싶었어. 당신은 왜 우리 집에 와? 프로젝트인지 뭔지는 그렇다 치고 왜 우리 집에 뻔질나게 찾아오는 거야? 누가 당신에게 들어와도 된다고 했어?"

기리하라 씨는 차분했다.

"노인장께서 저한테 놀러 오라고 하셨어요."

"거짓말 마. 할머니는 당신 따위 부르지 않아. 텔레비전 보기를 좋아하시는걸."

기리하라 씨는 정색하며 생각에 잠겼다.

"노인장은 오목도 좋아하세요."

나는 할머니가 오목을 좋아한다는 사실을 몰랐다. 그걸 타인이 알려주다니 마음이 찜찜했다.

기리하라 씨는 말없이 나를 보았다. 코알라처럼 무표정하다. 그런 주제에 나를 꾸짖는 것 같았다.

'이제까지 아무도 노인장과 오목을 둔 적이 없죠?' 하고 말하는 듯했다.

저도 모르게 말이 난폭해지고 말았다.

"뭐야, 그 얼굴은."

“이게 제 얼굴이에요.”

“흥, 알았어.”

나는 다시 기리하라 씨에게 다가섰다.

“알았다고, 당신이 어떻게 멋대로 우리 집에 들락날락하는지. 할머니지? 당신, 할머니를 구슬려서 문을 열게 했구나?”

기리하라 씨는 고개를 가로저었다.

“노인장은 저 같은 사람의 꾐에 넘어갈 분이 아닙니다.”

그 말만 하고는 아까 얘기한 대로 현관에서 벗은 양말을 웃옷 주머니에 쑤셔 넣고(불결해!) 할머니 방으로 들어갔다.

나는 부엌으로 가서 꾸역꾸역 밥을 먹었다. 전화 중간에 ‘무음’이 찾아온 일과 결과적으로 일어난 일에 대해서 아무한테도 얘기하지 않았다.

부모님은 각자 신문과 책을 읽었다. 엄마가 나를 위해 커피를 타 주었다. 어항 안에 있는 것처럼 집 안은 괴괴했다.

내 방으로 돌아가니 자동 응답 메시지가 세 건 들어 있었다. ‘무음’ 상태가 풀리고 나서 되돌려 들어 보았다.

세 건 모두 동료가 나를 위로해 주려는 전화였다. 정말로 그럴 마음이 있어서라고 믿고 싶었다.

그러나 나는 또 ‘무음’에 감싸인 것처럼 아무것도 느낄 수 없었다. 사실을 말해도 다들 이렇게 위로해 줄까. 아니면 나를 병원으로 데려갈까.

문득 얼마 전에 다 읽은 『로필드관의 참극』이 떠올랐다. 상류 가정에 고용된 가정부가 문맹임을 들켰다는 이유만으로 주인 일가를 몰살한다는 얘기였다.

'유니스 파치먼이 커버데일 일가를 죽인 건 읽고 쓰기를 할 수 없었기 때문이다.'

나는 침대에 앉아 양손으로 얼굴을 덮었다. 나도 유니스처럼 외톨이라고 생각했다.

8

다음 날 회사를 쉬었다.

엄마한테는 지쳐서 하루 누워 있겠다고 변명했다. 회사에는 전화를 걸지 않았다. 이대로 그만두어도 된다는 생각마저 했다.

엄마가 점심 무렵 "같이 밥 먹을래?" 하고 불렀지만 건성으로 대답하고 침대에서 나가지 않았다.

두시가 지나 아무래도 배가 고파서 뭔가 먹을까 싶었다. 잠옷 위에 카디건을 걸치고 문을 살짝 열자 복도에 할머니가 서 있었다.

겐지의 방에 들어가려 한다.

나는 숨을 죽이고 살짝 연 문 안쪽에 붙어서 틈새로 상태를 살폈다. 할머니는 겐지의 방에 몰래 들어갔다가 금세 나왔다. 오른손을 쥐고 있다. 뭔가 가지고 나왔는지도 모른다.

할머니는 계단으로 내려갔다. 나는 서둘러 옷을 갈아입고 발소리를 죽이며 계단을 반쯤 내려가 복도를 내려다보았다.

할머니는 현관에서 샌들을 신었다. 어디로 가려는 것 같았다.

미행은 간단했다. 할머니의 둥근 등은 눈에 잘 띄었고 경계를 전혀 하지 않았으니까.

할머니는 위태위태한 발걸음으로 잘 걸었다. 도로를 하나 건너고 두 개 건너고 다리를 건너고 육교도 하나 건넜다. 그때는 지쳤는지 중간에 주저앉고 말았다. 튀어 나가 부축해서 집으로 데리고 돌아가고 싶은 마음이 간절했지만 꾹 참았다.

도착한 곳은 작은 어린이 공원이었다. 좁은 곳이지만 아직 학교가 끝날 시간이 아니라서 인기척이 없었다.

옛날에 나와 겐지가 자주 놀았던 공원이다. 할머니도 참, 이런 곳에서 뭘 하시려는 거람, 하고 생각했을 때 할머니가 찬찬히 걸어가더니 공원 구석에 있는 벽돌로 만든 벤치로 다가가는 모습이 보였다.

앗, 하고 생각했다.

벤치 뒤쪽에 벽돌이 빠지는 장소가 있다. 그 장소는 어릴 적 나와 겐지와 할머니 세 사람이 정한 비밀의 '보물 상자'였다.

우리 부모님은 내가 태어나자마자 할머니와 동거를 시작했다. 엄마한테 할머니는 시어머니다. 아이, 다시 말해 나와 겐지를 기르며 의견이 엇갈리는 일이 많았던 모양이다.

'할머니는 금방 응석을 받아 준다니까'라는 말을 나도 들은 적이 있다. 특히 우리가 자라며 부모님을 조르기보다 할머니를 조르면 더 잘 받아준다는 걸 알고부터 꽤 커다란 마찰의 원인이 되었다.

할머니는 '보물 상자'를 생각해 냈다. 나나 겐지에게 과자나 용돈을 주고 싶을 때, 할머니는 공원까지 와서 벤치의 벽돌을 빼고 그

안에 숨겨 두었다. 우리는 여기 와서 과자를 먹거나 받은 용돈으로 게임을 하며 놀았다. 하지만 그것을 집으로 가지고 돌아가서는 안 된다.

그렇게 하면 엄마의 체면도 서고 우리 남매도 즐겁다. 할머니도 결코 무턱대고 무르기만 한 사람이 아니었으니까 우리에게 안 좋은 영향을 줄 만한 보물을 숨기지는 않았다. 모든 게 원만하게 돌아갔다.

아주 오래전 추억이다. 벌써 잊었던 일이다. 할머니는 벤치 뒤편 '보물 상자'에 뭔가를 숨겼다.

그러고는 벽돌을 원래대로 돌려 놓고 왔던 길을 종종거리며 돌아갔다. 다리가 무거워 보였다. 옛날에 우리를 위해 보물을 숨기러 와 준 시절에는 저렇게 걷지 않았다. 등도 꼿꼿했다.

나는 할머니의 모습이 시야에서 사라지기를 기다렸다가 벤치로 다가갔다. 어느 벽돌이 빠지는지 정확히 기억했다.

그곳에 아버지의 열쇠고리가 있었다. 엄마의 고리 장식이 있었다. 내 귀걸이가 숨어 있었다. 아까 할머니가 여기에 둔 건 겐지의 교복 단추였다.

빼낸 벽돌을 든 채 생각에 잠겨 있는데 누가 톡 하고 어깨를 두드렸다.

기리하라 씨였다.

"왜 당신이 여기에 있지?"

놀란 것까지 더해 거칠게 물었다. 기리하라 씨는 기분이 상한 기색도 없이 담담하게 말했다.

"노인장은 당신들의 추억을 모으고 계시는 것 같네요."

"추억?"

"그래요. 함께 가지고 갈 수 있도록."

"가지고 간다니……. 할머니가 가출이라도 한다는 거야?"

아예 있을 수 없는 일은 아니다. 우리 아버지는 장남이지만 요코하마에 동생이 산다. 할머니는 작은아버지 집에라도 갈 작정일까?

"저도 오늘 밤으로 작별입니다."

기리하라 씨는 하늘을 올려다보았다.

"오늘 밤으로 프로젝트가 끝나거든요."

저녁을 먹고 나서 할머니가 방으로 돌아가자 '무음'이 찾아오기 전에 오늘 있었던 일을 부모님과 겐지에게 설명했다.

"할머니는 역시 옛날로 돌아가 버리신 게 아닐까."

엄마가 중얼거렸다. 여태껏 비밀로 해 두었던 '보물 상자' 일을 털어놓아도 이제 싫은 내색은 비치지 않았다.

"너희가 이상하게 돈이 많다 싶은 적이 있기는 해."

"그렇게 큰돈은 받지 않았어."

겐지가 변명했다.

"집에서 가지고 간 물건을 그런 곳에 숨겨서 어쩌시려는 걸까. 할머니는 요코하마의 작은아버지 댁으로 가시고 싶은가."

"그건 아니겠지."

아버지는 말이 끝나기 무섭게 부정했다.

"어머니는 제수씨랑 사이가 나쁘니까."

"할머니 혼자서는 전차도 못 타시는걸."

"그럼 그런 걸 왜 모아?"

"옛날에 하던 걸 떠올리고 그리워하시는 거겠지. 모른 척해 두는 게 좋지 않을까."

기리하라 씨는 모습을 보이지 않았지만 나는 가족에게 기리하라 씨가 '오늘 밤으로 끝이다'라고 말했던 걸 얘기했다.

부모님과 겐지는 맥이 빠진 얼굴을 했다. 나도 똑같은 표정을 지었을지도 모른다.

"그 녀석, 대체 뭐였지."

겐지가 물었다. 아무도 대답하지 않았다.

열시쯤 '무음'이 찾아왔다. 우리는 조금 두근거렸다. 이게 마지막이라는 해방감에서 오는 두근거림과 마지막이니까 이런 희한한 체험을 제대로 맛봐 두자는 마음으로.

'무음'은 두 시간 정도 이어졌다. '무음'이 끝났음을 안 건 할머니의 방을 들여다보러 간 엄마가 "할머니가 안 계셔!"라고 외친 소리가 들렸을 때였다.

엄마는 파출소로 달려갔다. 겐지는 근처를 찾아다녔고 나와 아버지는 어린이 공원으로 향했다.

"어디로 갈 생각이든 먼저 보물을 찾으러 갈 거야!"

그러나 한발 늦었다. 열쇠고리도 고리 장식도 귀걸이도 단추도 보물 상자 안에서 사라졌다. 할머니는 그걸 들고 어딘가로 가려고 한 것이다.

사정을 말하자 파출소에서는 경찰차를 준비해 주었다. 동네 사람들도 도와주어 함께 찾으러 돌아다녔다. 오월도 중순이 넘었는데 우리는 손이며 발이 시린 듯한 느낌을 받았다.

두 시간 후에 두 역 떨어진 마을 파출소에서 연락이 들어와 할머니가 무사하다고 전해 주었다.

"혼자 계신 게 아닌 것 같아요."

"누구랑 함께입니까?"

나는 아버지의 질문에 우리 동네 경찰 아저씨가 대답하기 전에 그게 누구인지 알았다.

"기리하라라고 하는 중년 남자가 아닌가요?"

"그 사람이 오스기 할머니를 설득해서 자살을 막았다고 합니다."

"자살?"

"예, 나이도 먹을 만큼 먹었고 몸도 말을 듣지 않고 살아도 모두에게 방해만 된다면서. 그걸 함께 있던 남자가 그렇지 않다고 설득했다는군요."

나는 무심결에 중얼거렸다.

"기리하라 씨가……."

경찰은 고개를 저었다.

"그 사람은 그런 이름이 아니에요. 그리고 그 남자는—."

그렇게 말하며 아버지를 흘끗 보았다.

"아버님과 같은 회사에 다닌다더군요. 가지고 있던 신분증에 따르면 연구실 스태프 같습니다."

9

할머니는 그대로 보호된 동네에 있는 병원에 입원했다. 감기에 걸렸다고 한다. 엄마가 갈아입을 옷을 가지고 날아갔다.

아버지는 회사와 몇 번인가 전화를 주고받은 끝에 당혹스러운 얼굴로 수화기를 두고 "영문을 모르겠어" 하고 말했다.

"회사의 높으신 분들이 지금 우리 집에 온대. 그—기리하라라는 남자를 데리고. 그 남자가 우수한 연구원이라는군."

"아버지는 녀석이 자기가 다니는 회사 사람이란 걸 알아채지 못한 거야?"

어이없어하는 겐지를 보며 아버지는 머리를 북북 긁적였다.

"현장에 있으니까 연구실 사람 얼굴 따위 본 적이 없다고."

"너도 한 공장에만 종업원이 수백 명이나 있는 회사에 취직하면 잘 알게 될 거야."

내 말에 겐지는 입을 다물었다.

회사의 높으신 분이란 건 연구실 실장과 아버지 직속 상사였다. '어이구, 폐를 끼쳤습니다' 하는 분위기로 들어와서는 나를 '따님', 겐지를 '아드님'이라고 불렀다.

기리하라 씨는 멍한 얼굴로 그들의 뒤를 따랐다. 내가 불러도 눈도 들지 않았다.

"이거, 우리도 사정을 알고 놀란 참이에요."

연구실 실장은 이마의 땀을 닦았다. 갈색으로 고르게 볕에 그을

렸는데 손등만 하얗다. 골프를 쳐서 탄 것이다.

"저희 집에서 일어난 일과 회사 연구실에서 하던 일이 무슨 상관이 있습니까?"

아버지가 물었다. '여쭙는' 말투였다. 나는 짜증이 났다. 하는 수 없다, 직장인이니까 하고 생각하면서도 싫었다.

연구실장이 "사실은" 하고 운을 띄우며 설명했다.

최근 몇 년, 아버지의 회사에서는 소음 속에서 장시간 일하는 현장 작업자 중에 난청을 호소하는 환자가 늘었다. 그것도 쉽게 넘길 기세가 아니라 이대로 가다가는 산재로 인정해야 할 정도가 되었다고 한다.

"연구실에서는 현장 작업자가 쓸 수 있는 가볍고 장착했을 때 이물감이 없는 고성능 귀마개 개발을 시작했네. 귀마개라고 하면 고무나 솜을 둥글게 뭉친 것 같은 물건이 연상되어 버리니 모양새가 그러네만, 이건 그런 싼 물건이 아니야. 간단히 말하면 이른바 하이테크 귀마개지. 귀 안쪽에 붙여 외부 리모컨 조작으로 작동시킬 수 있어. 자네에게 뛰어난 성능을 더 설명할 필요는 없겠지? 이미 체험해 보았으니까."

나는 겐지의 얼굴을 보았다. 동생은 아버지를 쳐다보았다. 아버지는 벽을 바라보았다.

"노력한 보람이 있어서 올 연초에 벌써 실용 단계에 들어갔다네. 남은 일은 현장에서 실험하는 것뿐이었지. 우리는 현장 종업원 중에서 주임 이상의 지위에 있으면서 근무 태도가 좋은 사원을 몇 명 골라냈어. 그리고—."

“봄에 한 건강 검진 때 청력검사를 구실로 그들과 가족 모두의 귀에 하이테크 귀마개인지 하는 걸 붙였군요.”

내가 선수 쳐서 말하자 연구실장은 손수건으로 이마를 닦았다.

“그래요, 따님께서도 그때는 전혀 알아채지 못했죠? 그만큼 장착은 간단합니다.”

나는 떠올렸다. 귀가 들리지 않기 시작했을 무렵 식구들이 다 함께 회사 병원에 갔을 때의 일을.

이비인후과 선생님은 ‘이런 말밖에 해 드릴 수 없어서 죄송합니다’ 하고 말했다. 사정을 모두 알고 있었기 때문이다.

“그러면 나만 해도 됐잖습니까. 현장 실험이라면.”

아버지가 불만스럽게 말했다. 나는 고개를 젓고 자리를 일어났다.

기업이란 철저할 정도로 빈틈이 없으니 자사 종업원의 청력 장애를 줄이는 목적만으로 연구실에 개발을 명하거나 하지는 않았을 터다.

주판을 놓아서 ‘하이테크 귀마개’ 자체에 상품 가치가 있다고 판단했으리라.

나는 ‘그랬겠지’ 하고 생각했다.

고속도로나 공항 주변에 사는 사람에게 이걸 착용하게 할 수 있다면 어떨까. 무엇보다 리모컨으로 작동시킬 수 있다는 점에 가치가 있다. 스위치를 켜기만 하면 소음은 모두 차단할 수 있으니까.

하지만—정말로 그뿐일까.

리모컨을 각각의 귀마개를 찬 사람 외 인물이 조작한다면 어떻게 되지? 그 인물은 백 명이면 백 명의 귀마개를 한 인간이 가진 소리를 들을 자유를 손안에 쥐는 셈이지 않은가.

스위치 하나로. 네, 이제 시끄럽지 않지요? 야간 발착도 가능하고 제한 속도도 필요 없습니다. 주민 여러분은 밤에 자는걸요. 그뿐만이 아닙니다. 빌딩 건설 현장 가까이나 하수도 공사를 할 때 근처 사람들에게 착용시킬 수도 있어요. 예, 스위치를 켭니다. 정숙. 좋죠?

그런 형태로 상품화하기 위해서는 일반 가정에서도 시험해 볼 필요가 있다. 아니, 그편이 주목적이었으리라.

"예, 뭐, 그래도 실용화 실험은 폭넓을 필요가 있어서."

연구실장은 계속 땀을 훔치면서 말했다.

"실험에 착수할 때에는 한 가정에 한 사람씩 연구원을 파견해 정중히 목적을 설명하고 협력을 요청하도록 조처할 셈이었습니다. 실험에 협력해 준 현장 종업원에게는 앞으로 승진, 승급, 그 밖의 우대를 약속했고 위험도 없으니 정말 이상적인 실험이었습니다만, 댁의 담당인 이 연구원이—."

실장은 기리하라 씨의 본명을 말했지만 나는 듣고 싶지 않았다. 기리하라 씨면 충분했다.

"—여러분께 얼토당토않는 엉터리 소리를 했다더군요. 그에게 듣고서 우리도 깜짝 놀란 참이라……. 어째서 요즘 어린애도 웃어 넘길 만한 얘기를 지어냈는지……."

고개를 숙이고 있던 기리하라 씨가 그제야 얼굴을 들었다. 나를 향해 맥이 풀린 미소를 지었다.

"저는 누가 화내 주기를 바랐습니다."

기리하라 씨가 말했다.

"이봐, 자네!"

실장이 막았지만 혼잣말처럼 중얼거림을 멈추지 않았다.

"저는 누가 거슬러 주기를 바랐습니다. 바보 같은 헛소리를 지껄이면 누가 그렇게 해 주지 않을까 했습니다……."

"발칙한 생각이로군. 그것 때문에 오스기 씨 가족에게 얼마나 큰 폐를 끼쳤는지 생각해 본 적이 있나?"

실장은 그렇게 꾸짖고서 우리에게 어색하게 웃었다.

"이거, 이런 형태로라도 우리가 알게 되어 다행입니다. 오늘 밤에 파출소에서 온 연락으로 그의 언동이 이상하다는 걸 몰랐다면, 우리는 줄곧 그에게 실험을 계속하게 했을 테죠. 보고서는 제대로 올려서 우리는 영락없이 오스기 씨도 실험에 대한 설명을 듣고 협력해 주었다고만 생각했어요."

여기서 짐짓 목소리를 낮추었다.

"사실은 아무래도 노이로제 같아요. 이번 연구 때문에 규슈의 자사에서 이쪽으로 불렀는데요. 가족을 두고 혼자 올라왔죠."

"혼자 여기로 올라온 지 얼마나 되었습니까?"

"칠 년이에요. 이번 연구는 정말 큰일이었거든요."

"그 사이에 휴가는?"

"있었지만 사실상 없는 거나 마찬가지죠. 이 사람만 그런 게 아니에요. 저도 그렇습니다. 연구원 전원이요."

실장은 빼기면서 말했지만 나는 듣지 않았다. 칠 년, 하고 생각했다. 칠 년. 태어난 갓난아이가 자라서 초등학교 일학년이 되는 시간이다.

거스를 수 없었기 때문에 외톨이.

나는 기리하라 씨가 할머니와 오목을 두던 모습을 떠올렸다.

가족이면서 격리되었다. 이 집에서 할머니가 그랬던 것처럼.

내 눈에 소리가 들리지 않는 텔레비전 앞에 앉은 할머니의 등이 떠올랐다. 서랍에서 귀걸이를 가져가는 모습이 떠올랐다.

할머니는 오늘 밤에 죽으려고 했다. 우리 가족의 추억이 담긴 물건을 가지고. 이전부터 그럴 작정으로 물건을 모아서는 감추었다.

기리하라 씨와 할머니는 외톨이였다. 그러니까 오늘 밤 함께였다. 할머니는 마지막 작별 인사를 자신과 똑같이 외톨이인 사람에게 고하고 가려고 했다.

그렇게 되기 전에 기리하라 씨가 멈춰 주었다.

그리고 기리하라 씨는 우리 집에서 이렇게 말했다. 거슬러 주세요. 누가 거슬러 주기를 바랐습니다. 나는 거스르지 못해서 외톨이니까.

나는 벽을 향한 채 "나가" 하고 작게 말했다. 실장과 아버지 상사가 누구를 말하냐는 듯 두리번거렸다.

"나가. 당신들 말이야. 이 집에서 나가."

"오스기 씨—."

아버지의 상사는 도움을 구하는 것처럼 아버지를 보았다. 아버지는 묵묵히 팔을 꼬았다.

"어이, 돌아갈 문은 저쪽이야."

겐지가 그들을 밀었다.

"이 사람을 두고 갈 수는—."

"나가라면 나가! 나가! 나가라고!"

나는 외쳤다. 외칠 때마다 자신 안에서 무언가를 쫓아내는 것 같았다. 나만이 아니라 아버지와 겐지도, 그리고 기리하라 씨도 "나가!"라고 외쳤다.

"나가! 나가!"

우리는 웃기 시작했다. 웃고 또 웃고 진심으로 즐겁게 웃어 댔다.

더는 소리가 멈추거나 웃음이 끊이는 일이 없었다.

역자 후기

【 역자 후기 】

미야베 미유키는 아무렇지 않게 특별한 작가입니다. 별것 아닌 이야기를 때로는 서글프게, 으스스하게, 익살스럽게 엮어 내는 기묘한 작가입니다.

이 책은 기묘한 작가 미야베 미유키의 기묘한 단편집입니다.

전혀 다른 장르, 분위기, 소재……. 이렇게까지 통일감이 없어도 될까 싶은 일곱 가지 이야기를 대체 왜, 누가 한 권의 책으로 엮었을까요. 그런데 참 이상하죠? 전혀 다른 일곱 가지 이야기가 제법 잘 어울리다니요. 꼭 전혀 다른 일곱 빛깔을 지닌 무지개가 더없이 조화로운 것처럼요.

그나저나 저는 글을 옮길 때 과하게 작품에 감정이입해서 대사에 맞춰 울상을 지었다가 웃는 낯이 되었다가 하는 그다지 보기 좋지 않은 버릇이 있는데 말이죠.

「지하도의 비」는 격정적인 쓸쓸함으로,

「결코 보이지 않는다」는 먹먹해하며,

「불문율」은 분통을 터뜨리며,

「혼선」은 어릴 적에 이불을 뒤집어쓴 채 귀를 쫑긋 세우고 으스스한 옛날이야기를 듣던 기분으로,

「영원한 승리」는 뜻하지 않은 로맨스에 설레는 마음으로,

「무쿠로바라」는 불합리와 맞설 수 없는 무력함을 느끼면서,
「안녕, 기리하라 씨」는 유쾌한 노래를 흥얼거리며,
룰루랄라 작업했습니다. 아마 작업하는 저를 쭉 지켜본 사람이 있다면 자꾸자꾸 바뀌는 표정이 매우 우스꽝스러웠겠죠.

일곱 가지 이야기 중에는 미소 짓게 하는 결말도 있지만, 오싹하거나 불합리함을 느끼게 하는 결말도 있습니다. 그래도 한결같이 마음 한구석이 찡하고 따뜻해지는 까닭은 미야베 미유키의 다른 책이 그러하듯, 이 책 역시 약자의 편에 서서 '그래, 조금만 더 힘을 내요. 아직 포기할 수 없잖아요' 하고 말을 걸어 주는 이야기이기 때문이겠지요.

다른 분들은 일곱 빛깔의 이야기를 어떤 표정을 지으며 읽으셨을지 무척 궁금합니다.

추지나

불문율

2판 1쇄 발행 2016년 10월 20일
2판 2쇄 발행 2019년 7월 15일

지은이 미야베 미유키
옮긴이 추지나

발행편집인 김홍민 · 최내현
책임편집 유온누리
편집 안현아
마케팅 홍용준
표지디자인 이혜경디자인
용지 한승
출력 블루엔
인쇄 현문
제본 대신문화사

펴낸곳 도서출판 북스피어
출판등록 2005년 6월 18일 제105-90-91700호
주소 (03961) 서울특별시 마포구 방울내로 11길 43 101-902
전화 02) 518-0427
팩스 02) 701-0428
홈페이지 www.booksfear.com
전자우편 editor@booksfear.com

ISBN 978-89-98791-53-7 (04830)
978-89-91931-11-4 (세트)

책값은 뒤표지에 있습니다.
파본은 구입하신 곳에서 교환해 드립니다.